KB081997

세계 최초의 비행기 飛車, 1592년 조선의 하늘을 날다

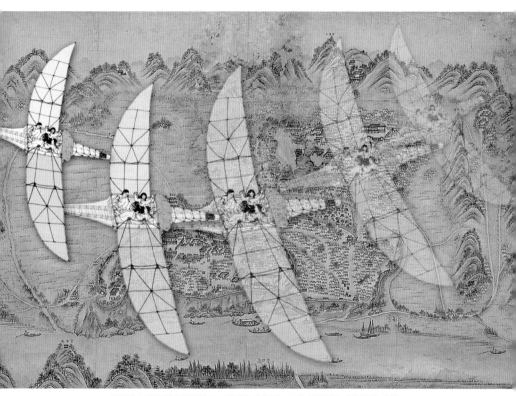

김동민 소설 『비차』를 바탕으로 그린 비차 상상도(TV조선 〈박종인의 땅의 역사〉 방영)

세계 최초의 비행기 〈비차〉 이야기 소설로 나왔다! -연합뉴스
진주 출신 김동민 작가, 역사 장편소설 〈비차〉 출간! -뉴스경남
작가 김동민 씨 역사 장편소설 〈비차(1, 2)〉 출간! -뉴시스
〈비차〉를 아십니까, 진주성 〈비차〉 복원 시동! -경남일보
행복한 책읽기 〈김동민 비차〉-KNN

비차(비거)는 우리의 역사이며, 자긍심이며, 대한민국의 유산입니다!

권덕규(權悳奎) 『조선어문경위(朝鮮語文經緯)』
조선시대발명품(朝鮮時代發明品) (원문)

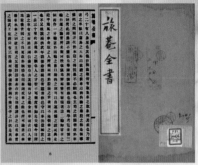

신경준(申景濬) 『여암전서(旅菴全書)』
차제책(車制策) (원문)

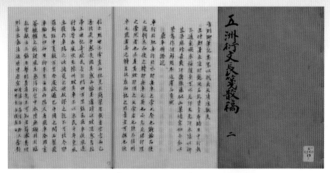

이규경(李圭景) 『오주연문장전산고(五洲衍文長箋散稿)』
비차변증설(飛車辨證說) (원문)

비차(비거)가 기록된 고문헌에서 발췌

▶ 신경준의 〈여암전서〉: '…성주와 친한 어떤 이가 비차(비거)를 만들어 성 중으로 날아 들어가 성주를 태워 30리를 날아 왜적의 칼날에서 피할 수 있었다…'

▶ 이규경의 〈오주연문장전산고〉: '…비차(비거)는 네 사람가량 태울 수가 있고, 모양은 따오기와 비슷한데, 배를 두드리면 바람이 일어나서 공중으로 떠오르고…'

▶ 권덕규의 〈조선어문경위〉: '…정평구는 조선의 비차(비거) 발명가로 임진란 때 진주성이 위태로울 때 비차(비거)로 친구를 구출해 삼십 리 밖에 내렸다…'

▶ 일본 역사서: '…전라도 김제에 사는 정평구가 비차(비거)를 발명하여 1592년 10월 진주성 전투에서 이를 사용하였다…'

인류의 항공(航空) 역사를 다시 써야 할
놀라운 역사소설!

『비차』(전2권)는 조선 최초, 나아가 세계 최초의 비행기인 비차(비거, 飛車)를 제재로 다룬 김동민 역사 장편소설로 '임진왜란 당시 진주성이 왜군에게 포위당했을 때, 성주 김시민과 친분이 두텁던 정평구라는 사람이, 나는 수레, 비차(비거)를 만들어 타고 성안으로 날아 들어가, 성주를 태우고 30리 밖에 이름으로써 인명을 구했다.'는 기록에 착안한 것입니다.

그렇다면 비차(비거)는 라이트 형제가 1903년에 띄운 플라이어호보다 311년이나 앞섰다는 얘기입니다. 소설적 상상력을 통해 그것을 오늘에 재현시켜 한국의 세계 최강 항공우주국을 꿈꾸는 데 창작 의도가 있다 하겠으며, 이 소설을 통해 우리 선조들의 비차(비거)의 창의성과 우수성을 전 세계에 알리고, 역사소설로서 우리의 올바른 역사관과 국가관 및 항공우주산업에 대한 꿈과 희망이 더더욱 확대되어질 수 있도록 전 국민적 관심과 인식을 새롭게 정립하는 계기가 되리라 확신하며 특별 기획한 김동민 작가의 신간 역사 장편소설입니다.

비차(비거) 발명가 정평구 묘소
(전북 김제시 부량면 신두리 명금산 소재)

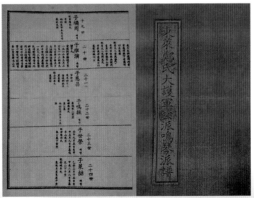

비차 발명가 정평구의 후손들이 제공한 정평구 가문 족보
東萊鄭氏大護軍公派鳴琴派譜(동래정씨대호군공파명금파보)

정평구는 20세 손으로서 본명은 '유연(惟演)'이고 호가 '평구(平九)'인 것으로 되어 있으며, 김제 부량면 재월리에서 1566년 3월 3일에 태어나서 1624년 9월 9일에 졸하였고, 어릴 적부터 천재로서 병법과 축지법에 능통하고, 선조 24년 무과에 등과하여, 비차(비거)를 발명, 1592년 임진왜란 때 진주성 싸움에서 외부 연락 및 아군 보급용으로 사용하여, 국가에 큰 공을 세운 사실이 역사에 기록되었다는 내용이 보인다.

소설 속에서 재현한
비차(비거)의 동력(추진)장치 원리

대장간의 풀무 원리를 이용하여 계속 바람을 일으켜 비차(비거)가 앞으로 나아가게 하고, 장착한 기구가 떨어지지 않게 하기 위해서는 원 밖으로 나가려는 원심력과 안쪽을 향하려는 구심력이 작용하는 쥐불놀이의 원리를 활용하는 작품 속 주인공들! 특히 정평구는 화약을 아주 잘 다루는 군관이었으며, 진주 남강의 자연 바람과 강물의 양력(揚力)도 이용한 천재 과학자였다.

항공우주박물관과 공군박물관 〈비차(비거)〉 전시

EBS 역사채널e 〈비차(비거)〉 방송

YTN 사이언스 〈조선의 비행기 '비거(비차)'는 실제로 존재했을까?〉

비차의 노래

작사 김동민
작곡 미정

난다 난다 비, 비차
진주성에 가 보자
비차 비차 비차다
진주성에 가 보자

난다 난다 비, 비차
사~천에 가 보자
비차 비차 비차다
사~천에 가 보자

비차 키즈

작사 김동민
작곡 미정

너 알아, 한국인이 발명한 세계 최초의 비행기는
막차 홍차 숨차 비차
나 알지, 비~차
나는 비차에 미쳐 결혼도 안 하는 남자
너는 비차 하나 만들어 달라는 여자
bee bee bee bee bee-cha

너 또 알아, 비차가 날았던 성은
산둥성 나고야성 드라큘라성 진주성
나 알지, 진~주~성
터져 터져 화약 불꽃
진주성에 피어나고
남강 유등 비차
진주성을 감고 돌아
fly fly fly fly flying-car

너 또 또 알아, 비차 제작자 중 실존하지 않은 가상인물은
전라도 김제 사람 정평구
충청도 노성 사람 윤달규
강원도 원주 사람 서모씨

경상도 진주 사람 강조운
나 알지, 강~조~운
새가 되어 날아간 비차
드론 되어 날아온 비차
bee bee bee bee bee-cha

꿈 가져 비차 가져
꿈 가져 비차 가져
fly fly fly fly
한국은 너무 좁아
지구도 너무 좁아
bee bee bee bee
우주로 날아갈 거야
비차 타고 갈 거야
fly bee fly bee fly bee

우리는 비차드론 시대 도전자
우리는 우주항공 시대 주인공
fly fly fly fly flying-car
bee bee bee bee bee-cha

비차라는 이름으로

작사 김동민
작곡 미정

진주대첩 불꽃 튈 때 진주 같은 진주성에
기적같이 나타난 새 한 마리 보았어라
뼈대는 대나무 날개는 무명천 머리는 솜뭉치
그 이름하야 날 비 수레 차, 비차라네
정평구가 만들었다 기록에 나와 있느니
아, 한국인이 발명한 세계 최초의 비행기, 비차여

(후렴)
오누나 오누나 비차가 돌아오누나
진주사천 항공산단 하늘가로 오누나

임진전쟁 물살 칠 때 운명 같은 진주성에
신비롭고 거대한 새 한 마리 날았어라
다리는 소나무 힘줄은 삼베끈 깃털은 화선지
그 이름하야 날 비 수레 차, 비차라네
삼십 리를 날아갔다 문헌에 밝혀 있느니
아, 한국인이 발명한 세계 최초의 비행기, 비차여

(후렴)
오누나 오누나 비차가 돌아오누나
진주사천 항공산단 하늘가로 오누나

비차

비차 1 - 진주대첩, 비차, 나는 수레
김동민 장편소설

초판 1쇄 2016년 10월 01일
초판 2쇄 2019년 03월 01일

지은이 김동민
펴낸이 신현운
펴낸곳 연인M&B
기 획 여인화
디자인 김주리
마케팅 박한동
홍 보 정연순
등 록 2000년 3월 7일 제2-3037호
주 소 05052 서울특별시 광진구 자양로 56(자양동 680-25) 2층
전 화 (02)455-3987 팩스 (02)3437-5975
홈주소 www.yeoninmb.co.kr
이메일 yeonin7@hanmail.net

값 14,000원

ⓒ 김동민 2016 Printed in Korea

ISBN 978-89-6253-190-9 04810
ISBN 978-89-6253-189-3 04810(전2권)

비차

세계 최초의 비행기

飛車, 1592년 조선의 하늘을 날다

김동민 장편소설

1

진주대첩, 비차, 나는 수레

연인M&B

조선 최초의 비행기, 아니 세계 최초의 비행기가 조일전쟁 당시에 우리 나라 영남의 진주성에서 날았다. 상상만으로도 숨이 막힐 일이다. 한데, 만약 그것이 지어 낸 이야기가 아니라 실제로 있었던 역사적인 사건이었 다면? 이 소설은 충분한 가능성이 있는 이런 가설에서부터 출발한다.

세계 최초의 비행기는 라이트 형제가 1903년 12월에 띄웠다는 플라이어 호로 알려져 있다. 그런데 조일전쟁이라면 1592년이 되겠고, 그렇다면 라 이트 형제의 비행기보다도 무려 311년이나 더 앞서 우리나라에 비행기가 있었다는 놀라운 얘기가 된다.

조선 고문헌뿐만 아니라 일본 역사서인 왜사기(倭史記)에도, 전라도 김 제에 사는 정평구가 비차를 발명하여 1592년 10월 진주성 전투에서 이를 사용하였다고 적어 놓고 있으니, 기록으로 본다면 비차 제작자와 비행 (飛行) 시기 및 장소는 드러난다.

하지만 역사적 고증으로 들어가게 되면 문제는 달라진다. 우선 비차 자체의 존재성 여부이다. 여기에는 적잖은 논란의 여지가 있는 바, 무엇보다도 지금 우리가 실물로 볼 수 있는 비차(그 당시 제작된)는 하나도 없다는 것이 걸림돌이다. 정확한 설계도나 원리 등이 기록되어 있지 않아 공식적으로는 인정받지 못하고 있는 게 현실이다.

왜 기록이 부실하고 더 계승 발전시키지 못했을까? 우선 조선 사회는 서양 과학기술을 멀리하려는 경향이 있었고, 특히 비차 같은 것이 군사적으로 악용될지도 모른다는 경계심 때문이었다는 설이 있다. 그런가 하면, 그 당시 비차를 본 진주 사람들이 선조에게 상소를 올렸지만 하늘을 나는 기구가 있을 리 없다고 보고 헛소문으로 판단, 받아들이지 않았다는 설도 있다.

이러한 과오는 오늘날에도 그대로 이어지고 있다. 이탈리아의 레오나르도 다빈치가 새의 날개 작용을 과학적으로 분석하여 상상비행 시대를 열었다는 것에 탄복하고, 미국의 라이트 형제의 비행기에는 열광하면서, 왜 한국의 정평구가 발명한 세계 최초의 비행기인 비차는 기억에서조차 지우려 하고 있는가?

이런 안타까운 상황이 필자로 하여금 이 소설을 쓰게 했고, 과학적 입증이 불가한 영역은 작가의 상상력을 통해 메울 수 있으리라는 기대와 사명감이 집필의 힘이 되어 주었다.

또한, 다행히 KBS 역사스페셜 팀과 건국대학교에서 기록을 토대로 정평구의 비차를 복원, 시험비행을 한 결과 20미터 높이에서 70미터까지 날 수 있다는 사실을 확인, 정평구의 비차가 실제로 있었을 것이라는 점을 입증한 바가 있다. 그러나 아쉽게도 비차의 추진장치까지 완벽하게 복원하지는 못했고, 어떤 면에서는 이것이 새로운 비차 복원 내지는 홍보, 발전에 대한 거부감이나 두려움으로 작용하고 있지나 않을는지.

우리는 KBS 역사스페셜 복원팀처럼 3개월이 아니라, 3년, 더 나아가 30년, 300년이 걸리더라도 보다 완벽한 비차—추진장치까지 장착한—를 복원해야 할 것이다. 그것은 한국인의 탁월한 창의성과 우수성을 알리는 계기가 되고, 세계 항공발달사에서도 우리 비차를 출발점으로 공인, 한국이 우주탐사의 주역으로 우뚝 서게 할 것이다.

인류가 처음으로 새처럼 하늘을 날 수 있게 하였던 비차의 감동과 위대함이 인간 비행(飛行)의 족적으로 영원히 남아 있을 우리 한국 땅에 세계 최고의 항공우주산업 클러스터를 구축하는 것은 당연하다.

그러기 위해서 임진년 그날의 민·관·군처럼, 우리나라가 21세기 항공우주산업의 메카로 거듭날 수 있게 할 역량과 소신을 갖춘 '행동하는' 주인공들로 구성된 '제2의 민·관·군'을 기대해 보고 싶다.

끝으로, 졸저가 조선 최초, 아니 세계 최초의 비행기인 비차를 오늘에 재현시키고, 청소년들에게 꿈과 창의력을 키워 주면서, 더 나아가 대한민국이 세계 최강의 항공우주국이 되는 데 기폭제가 되었으면 좋겠다.

2016. 8. 지리산 부춘재에서
김동민

차례

프롤로그

따오기다.

그는 하루도 거르지 않고 끼니를 잊은 채 그 새를 찾아다니고 있다. 어느 날은 산간의 논에서, 또 어느 날은 계곡에서, 또 어느 날은 높은 나뭇가지 위에 마른 가지로 만든 둥우리에서 따오기가 나는(飛) 모습을 유심히 관찰하고, 그것을 잡아서 해부하여─칼로 날개를 이리저리 잘라내 보기도 하고, 피가 뚝뚝 떨어지는 새의 사체를 보며 그 피보다도 더 진한 피눈물을 펑펑 내쏟기도 하면서─사람도 새나 연(鳶)처럼 날 수 있는 원리를 알아내기 위해 죽기로 애써 온 세월이 얼마큼인지 모른다.

그런데 이날은 다르다. 따오기가 아닌 다른 대상과 맞닥뜨리기로 작심, 어쩌면 목숨을 잃을지도 모를 위험한 곳으로 가는 것이다.
……왜적들은 무주와 진안, 장수 쪽으로 진격해 오고 있단다. 그곳에 당도한 그는, 화려한 비단으로 싼 상자 여러 개를 왜적이 오는 길목에

놓고, 그 주위에 금가락지 몇 개를 떨어뜨린 후 숨어서 기다리고 있었다. 이윽고 나타난 왜적들은 그게 보물 상자라고 생각하고 열었는데, 그 속에서 무엇이 나왔던가. 바로 무수한 벌들이었고, 왜적들은 벌침에 쏘여 혼비백산 달아났다.

그는 다시 왜적들보다 먼저 가서, 이번에는 좁은 골짜기 작은 길 위에 똑같은 상자들을 나열해 두었다. 그것을 본 왜적들은, 두 번 다시는 속지 않는다며, 분명히 벌 떼가 들어 있을 그 상자들을 한곳에 모아 불을 질렀더니, 이게 웬일인가? 굉음과 함께 상자에서는 불길이 치솟았고, 왜적들은 죽기도 하고 부상을 입기도 하였으니, 상자 속에는 화약이 들어 있었던 것이다.

그는 자신이 태어난 전라도 김제군 부량면 제월리로 돌아온다. 잠시 결별했던 따오기와의 영원한 만남을 위하여. 몸은 하얗고, 뒷머리에 긴 볏과 깃이 있고, 등 쪽에 독특한 연홍색을 띤 따오기. 길고 아래로 굽어진 부리는 흑색으로 앞 끝만 붉다는 것은 물론, 번식기에는 분비물을 날개에 문질러서 깃과 목, 어깨 등이 암회색으로 변한다는 사실까지도 그는 알고 있다.

그는 덫을 놓아 잡은 따오기가 있는 은밀한 작업장으로 향한다. 그만이 알고 있는 비밀 장소다. 그는 칼을 들어 따오기의 날개를 이렇게도 자르고 저렇게도 잘라 그 구조를 알아본다. 부리를 살펴보기도 하고, 몸통과 붉은 다리를 번갈아 집어 들고 열심히 관찰도 한다. 입으로는 슬픈 노래 비슷한 이런 소리를 내면서. ―따옥, 따옥, 따옥아……. 정말로 그의 두 눈에는 눈물이 고여 있다. 그는 혼잣말을 한다. 어떻게 보면 세상에서 가장 심지가 깊고 외로운 사람이고, 어떻게 보면 무모하기 그지없는 괴짜나 미치광이 같기도 한 그.

"미안하구나, 따옥아. 나를 용서해 다오. 하지만 네가 살고 있는 여기 조선과 이 땅을 떠나서는 잠시도 살 수 없는 조선 백성들을 위해 희생한다고 생각해 주렴. 나도 너와 같이 이 한 목숨 버릴 각오를 하고 있다."

그는 벌써 수십 마리도 더 넘게 묻혀 있는 저쪽 따옥이 공동묘지를 억지로 외면한다. 그동안 그 따옥이 숫자만큼의 실패와 좌절 그리고 자살 충동을 거듭해 왔다. 그 고통과 낙담이라니! 그 크나큰 죄책감이라니!

때로는 정답게 노닐고 있는 암수 중에서 한 마리를 포획해야 했는데, 그러면 도망쳤던 한 마리가 잡혀가는 짝을 버려둔 채 가지 못하고 그의 뒤를 쫄쫄 따라붙기도 하는 것을 애틋한 눈빛으로 지켜보아야만 했다. 그런가 하면, 새끼를 밴 어미 따옥이를 죽이지 않으면 안 될 경우까지도 있었다. 차마 인간으로서는 할 수 없는 짓이었다.

그러나 절대로 체념하거나 포기하지는 않을 것이다. 죽어서도 이 일을 계속할 것이다. 그런 결심과 함께 그는 또다시 이 세상에서 가장 아프고 구슬픈 노래를 부르기 시작한다. 그가 새로운 탄생을 위해 어쩔 수 없이 죽여야만 하는 새, 그 새의 핏물이 튀고 깃털이 어지럽게 날리는 속에서.

─따옥, 따옥, 따옥아······.

그는 누구인가?

그가 바로 세계 최초의 비행기인 저 비차(飛車: 비거라고도 한다)를 발명한 조선 시대 천재 과학자인 정평구였으니······.

연에 앉은 새

방패연이었다.

이마에 둥근달을 오려 붙이고, 중앙 방구멍 옆 좌우에는 빨강 파랑 노랑 검정의 색종이로 장식한 연이었다. 꼬리는 없어 수놈이었다. 세로 두 줄의 벌이줄과 가로 활벌이줄을 잡았다.

그런 연 하나가 마을 초입에 있는 그 집 지붕 위로 두둥실 높이 떠 있었다. 어디선가 누가 띄운 연이 바람을 타고 날아올라 거기 하늘에 걸려 있는 것이다.

설주 두 개나 네 개, 아니면 여섯 개로 짜서 중앙에 자루를 박고 실을 감는 얼레를 잡고 있을 사람은 눈에 띄지 않는다. 아마도 멀리 있는 듯하다. 연줄이 어느 방향으로 드리워져 있는지도 잘 모르겠다. 하지만 많이 날려 본 솜씨임에는 틀림없다.

한데, 무슨 일일까? 길가의 어른, 아이 할 것 없이 모두가 넋을 잃은 채 목을 빼고 그 연을 올려다보고 있었다. 하얀 털이 복슬복슬한 삽사리란 놈도 제 딴에는 무엇을 아는지 그 연을 보며 연방 컹컹 짖어 대었다.

그때 그 연이 내려다보듯 하고 있는 그집 쪽을 향해 걸어가던 웬 탁발승도, 무심코 같은 곳을 바라보다가 자칫 손에 든 바리때를 떨어뜨릴 뻔했다. 그의 입에서 경악하는 소리가 흘러나왔다. 하지만 다음 순간, 그의 얼굴에는 무어라 형언할 수 없는 묘한 빛이 서렸다. 그러고는 연신 고개를 끄덕거리는 품이 마치 스스로 뭔가를 확신한다는 모습과도 같았다.

그곳에는 실로 신기하고 경이로운 광경이 펼쳐져 있었다. 공중에 띄워놓은 그 연의 윗부분에 새 한 마리가 올라앉아 있지 않은가! 분명히 새였다. 몸집이 그리 크지 않은 것으로 보아서는, 참새 같기도 하고 인근 산에서 날아온 이름 모를 멧새 같기도 했다. 연에 앉은 새.

그런데 하늘에서는 또 하나의 희한한 장면이 펼쳐지기 시작했다. 여러 소리들이 나왔다.

"어? 새가 한 마리 더 왔네?"

"가만 있거라. 암컷이 수컷을 유혹하려고 온 게 확실해."

"에이, 여기서 보고 암수 구별을 어떻게 할 수 있는데?"

"암컷이 맞는다고. 연에 앉아 있는 새 앞에서 계속 꼬리와 날개를 파닥거리고 있잖아."

어쨌든 간에, 뒤에 온 새는 앞의 새더러 어서 같이 가자고 하는 것같이 보이긴 했다. 하지만 수컷은 옴짝달싹하지 않는다. 결국 암컷은 포기한 듯 휑하니 날아가 버렸다.

그런데 이번에는 달콤한 구애(求愛)가 아니라 생명을 노리는 무서운 포식자가 나타났다. 흑갈색의 커다란 솔개가 방패연 위로 그 모습을 드러낸 것이다. 그러고는 빙빙 돌고 있는 게 누구 눈에도 그 날카로운 발톱으로 연에 앉은 새를 덮치려는 게 확실해 보였다.

"크, 큰일났다! 어, 어서 달아나라, 새야."

"연 날리고 있는 사람이 어딨지? 연을 빨리 안 내리고 뭐하는 거야?"

사람들이 오히려 안절부절못하며 야단난리가 났다. 하지만 정녕 기이한 것은 그 새의 반응이었다. 자기를 낚아채려는 맹금을 눈치 채지 못했을 리가 없음에도 불구하고 전혀 동요하지 않고 그 자리를 지키고 있는 것이다.

그러자 기적이 일어났다. 솔개도 그 작은새에게 그만 질려 버렸는지 어느 순간 선회를 멈추고 높은 허공 어딘가로 몸을 솟구치더니 금방 사람들 시야에서 사라져 버리는 것이다.

암컷의 유혹과 포식자의 위협을 이겨 낸 연 위의 새. 그 새는 그 고을 사람들에게 과연 무엇을 전하려는 것일까?

사람들은 그 자리를 뜰 줄 몰랐다. 사람들 눈길을 잡아끈 까닭은 또 있었다. 지금은 연을 날리는 계절이 아니라는 사실이었다. 연날리기는 정초부터 정월 대보름 사이에 성행했고, 특히 대보름날에는 연줄을 끊어 연을 날려 보냄으로써 액막이를 하면서 연놀이를 끝내었다. 그날 이후에도 연을 날리면 '고리백정'이라고 욕을 하기도 했다. 그런데 지금 어느 곳에서 띄우는지는 모르지만, 어떤 사람이 8월에 연놀이를 하고 있는 것이다. 8월의 연날리기라니.

어쨌든 그것은 수십 년 동안 연을 보아 왔던 사람 눈에도 생전 처음 보는 장면이 아닐 수 없을 것이다. 더욱 희한하달까 불가사의한 일은, 그 연이 새를 태우고도 흔들리거나 땅으로 처박히지 않고 아주 잔잔하고 여유로이 떠 있다는 사실이었다.

'역시 내가 내다보고 있는 그대로구나! 게다가 방패연이라니? 무릇 방패라는 것은…….'

탁발승은 가슴이 터질 것만 같아 크게 숨을 몰아쉬었다. 전쟁 때 적의 칼이나 창, 화살 따위를 막는 무기가 바로 방패가 아닌가. 그 방패를 본떠 만든 연, 방패연.

'만약 내가 기대하는 것으로도 그자들을 막지 못한다면 어찌할꼬?'

남들은 무슨 뜻인지 모를 그런 말을 속으로 중얼거리며 걱정과 우려에 휩싸이는 탁발승 눈에는, 지구를 절반으로 나눈 모양의 하늘이 지상의 사람들을 똑바로 겨냥하고 있는 활시위처럼 느껴져, 학질 앓는 사람같이 부르르 온몸을 떨어야 했다. 그때 탁발승 가까이 서 있던 어떤 노파 하나가 문득 입을 열어 이렇게 흥얼거리기 시작했다.

"서울 선비 연을 띄워 곤륜산에 걸렸네. 아홉 방의 세녀(洗女)들아, 연줄 거는 구경 가세."

그것은 연날리기를 노래한 그 고을 민요였다. 그러자 막 초로에 접어든 한 사내는 장단 맞추듯 바람에 흔들리는 논의 허수아비같이 몸을 우쭐거렸고, 크고 작은 계집아이들은 따라 부르기도 했다. 탁발승은 어쩐지 코끝이 찡했다. 중국의 신화나 전설에 등장하는 수많은 낙원들 중에서도 가장 영험이 강한 신선들의 땅이라 일컬어지는 곤륜산. 옥산(玉山)이라고도 하는 그곳에 사는 선인을 서왕모(西王母)라고 한다던가. 그런 선인에 견주어 보면 우리 중생들은 얼마나 초라하고 가련한 존재들일까?

하지만 머리칼이 허옇게 세다 못해 푸른빛마저 감도는 그 노파는, 그동안 외로웠던지 다른 사람들이 같이 놀아 주자 무척이나 신이 나는 모양이었다. 그녀는 이빨도 거의 남아 있지 못해 동굴 속 같은 시커먼 입을 열어, 아까부터 연에만 눈을 주고 있는 사내아이들 관심도 끌기 위한 듯 이렇게 물었다.

"배꼽을 떼내어 이마에 딱 붙이고, 뼈대만 남은 것이 종이옷을 입고 공중에서 춤추는 게 뭐냐?"

그러자 사내아이들이 입을 모아,

"연요, 연! 저기 있네요?"

"할머니는 눈이 어두워 잘 안 보이세요?"

아이들이 싱겁게 금방 답을 알아맞히자 노파는 그만 시무룩해졌다. 탁발승 눈에 비친 그녀의 얼굴 모양이, 머리 부분은 화살촉과 같고 꼬리는 깃발과 흡사한 가오리연을 방불케 하였다. 조선의 대표적인 연이 방패연과 가오리연이었다.

이윽고 연에 올라앉아 있던 새가 훌쩍 날아오르더니 산 쪽으로 사라졌다. 연 주인도 얼레질을 하여 연실을 감아들이는지 연이 그 집에서 멀어지고 있다. 연과 새가 사라진 하늘은 더없이 넓고 푸르렀다. 그 수수께끼와도 같은 일이 있게 한, 연을 날리던 그는 어디 사는 누구일까?

탁발승의 낡은 짚신도 다시 뭉툭한 코끝을 옮겨 놓기 시작했다. 그러면서 생각했다. 아마도 연에 미쳐 있거나, 연에 얽힌 각별한 비밀을 가진 이가 날린 연일 거라고. 좀 더 하늘 귀에 가까이 다가가서 소원을 빌어 보기 위해서거나, 사랑하는 여자에게 애정의 징표로서 알리고자 하는 연일 거라고.

잠시 후, 탁발승은 사람들의 관심을 한몸에 받았던 그 연을 머리에 얹어 놓고 있던 그 집 사립문 앞에 가서 염불을 외기 시작했다.

"아, 어떤 스님께서 시주 받으러 오셨는가 봐요."

"그래? 그럼 어서 나가 봅시다."

그런 말소리와 함께 장지문이 급히 열리고 젊은 농사꾼 부부가 마루로 나왔다. 그들은 합장하며 중년의 탁발승을 맞이하였다. 정작 집주인들은 자기들 초가지붕 위에 떠 있던 연으로 인해 밖에서 떠들썩하게 벌어졌던 일에 대하여 아무것도 모르고 있는 듯했다.

"고맙습니다. 부처님께서 이 집안에 복을 주실 것입니다. 허허."

여자가 쌀독에서 퍼 온 쌀을 받아 넣은 바리때의 나무뚜껑을 덮으면서 탁발승이 말했다. 그런데 웬 영문인지 그는 곧장 다른 집으로 갈 기색이 아니었다. 그뿐만 아니라, 그는 남의 여자의 부른 배를 슬쩍 한 번 보고 나서 이런 알 수 없는 소리를 하였다.

"장차 태어날 아이는 하늘을 훨훨 나는 새의 운을 타고 났으니, 그 이름을 새 조, 운수 운, 그렇게 해서 조운(鳥運)이라고 하십시오. 그러면 나중에 성장하여 나라가 위기에 빠졌을 때, 새처럼 날아서 우리 조선을 건질 귀인의 생명을 구하게 될 것입니다."

비봉산 서편 자락에 감싸인 가마못 안쪽 마을 어귀에 있는 그집 마당에 홀연 긴장감과 경악의 기운이 흘렀다.

"나, 나라가 위기에 빠진다고요, 스님?"

이마가 반듯하고 콧대는 약간 고집스러워 보이는 남편이 크게 놀라 물었다. 만삭인 그의 아내도 몹시 두려워하는 빛과 함께 못 미더워하는 얼굴이었다.

"나라를 위기에서 건질 그 귀인이 누군가요? 아, 그보다도 우리 아이가 어떻게 새처럼 날 수 있겠어요?"

그러자 길이가 길고 품과 소매를 넓게 지은 웃옷을 입은 탁발승은, 밑이 빠르고 위가 바라져 연잎 모양과 같이 생긴 바리때를 든 손을 가늘게 떨었다. 그 순간, 살가죽이 쭈그러질 정도로 비쩍 야윈 그의 몸에서는 가랑잎 굴러가는 소리가 나는 듯했다.

부부는 그런 탁발승에게서 왠지 모를 신비감 같은 것을 느꼈다. 답변을 궁리하기 위한 듯 잠깐 고개를 숙였다가 다시 들며 그가 말했다.

"글쎄요. 어떻게 생각하면 진정 무서운 일이지요. 사실 빈승도 그게 의문입니다. 사람이 새처럼 난다는 것도 그렇고, 또, 그 귀인이 누군지도 현재로선 알 길이 없습니다. 하지만 제 눈앞에 내다보이는 아이의 운명이 그렇게 돼 있군요."

"……!"

"……?"

부부는 멀뚱멀뚱 서로의 얼굴만 마주 보았다. 그냥 자비심으로 아무런 조건 없이 그에게 작은 성의를 베풀어 준 대가치고는, 지나치게 거창하고 엉뚱스럽다는 생각이 들어서였다. 그렇지만 탁발승은 갈수록 한층 심각하고 진지한 모습이었다.

"제가 풍수 공부에는 일천(日淺)한 몸이지만……."

그러면서 탁발승이 한 번 더 나무로 대접처럼 만든 공양 그릇을 바투 잡았다. 이번에도 그에게선 마른 검불을 밟거나 뒤적일 때 나는 소리가 스쳐 나왔다.

"저 산이 생긴 형세를 보십시오. 참으로 신묘하지 않습니까? 불가사의 그 자체라고나 할까요?"

그곳에서는 그 고을 주봉(主峯)인 비봉산과, 꼭 가마솥같이 생겼다 하여 가마못이라고 불리는 못이 한눈에 바라다보였다.

"스님 말씀을 듣고 보니 정말 그렇군요. 지금까지는 그냥 예사로 보아 왔는데……."

남편이 신기하다는 듯 믿음직스럽게 보이는 두툼한 입술을 열어 말했다.

"꼭 새가 날개를 활짝 펼치고 있는 것 같습니다."

"아, 정말!"

얼굴이 갸름한 산모도 해산을 코앞에 둔 배에 비해 코스모스같이 가냘퍼 보이는 고개를 끄덕였다. 약간 붓기 오른 얼굴이지만 아름다운 용모였다.

"한데, 문제는……."

문득 탁발승이 자기 몸에 걸친 잿빛 승복처럼 어두운 낯빛을 지었다. 음성도 돌덩이를 매단 듯 무거워졌다. 무엇보다 와락 무섬증이 덤벼들었다. 똑같이 가슴이 철렁 내려앉은 부부가 또 눈을 마주쳤다. 별안간 악귀가 내뿜는 입김과도 같은 두렵고도 침침한 공기가 집과 사람을 휘감았다.

"가마같이 생긴 저 가마못이지요."

탁발승이 정맥이 내비칠 정도로 살이 없는 손가락으로 가마못 쪽을 가리키며 말했다. 그의 음성은 나직했지만 듣는 사람 가슴팍을 파고드는 이상한 힘이 있었다.

"예? 가마못이……."

"저 못에서 많이 자라는 마름의 잎은, 어린아이 머리가 헐었을 때 쓰면 좋은데……."

조금 전까지 비봉산을 올려다보고 있던 부부는 가일층 가슴이 섬뜩하여, 담장 가까이 붙어 자라는 오래된 감나무 가지 사이로 보이는 동구 밖 가마못으로 동시에 눈을 돌렸다. 부부와 같은 쪽을 보며 비봉산을 이야기하는 탁발승 목소리가 메마르게 갈라져 나왔다.

"본래 저 산에는 봉황새가 살고 있었다고 전해지지요. 그래서 사람들은 '봉산'이라고 불렀고요."

그 순간에는 탁발승이 그들 부부 눈에, 아무리 배가 고파도 좁쌀은 절대 먹지 않고 대나무 열매만 먹고, 보통 나무에는 깃을 들이지 아니하고 오동나무에만 깃들인다는, 저 상상 속의 봉황새처럼 비쳤다. 그만큼 그의 말에는 이제 신뢰감이 묻어난다고나 할까?

"그런데 저 가마못 열기가 너무나 뜨거웠지요. 봉황새는 가마못에서 치솟는 불길에 타서 죽을 것 같았습니다."

눈가가 곁불을 쐰 듯 붉어지는 탁발승이었다.

"아, 어떡해요?"

남달리 심성이 여린 산모가 안타까운 표정을 지었다. 그러다가 낯을 찡그리는 것으로 보아 뱃속 아기가 발길질을 심하게 하는 것이 아닌가 싶었다. 그런 아내를 보는 남편 머릿속에 신혼 첫날밤이 떠올랐다. 가만히 안기만 하는데도 족두리가 벗겨져 내릴 만큼 전신을 부들부들 떨어대는 바람에 자칫 합방을 하지 못할 뻔했던 그날 밤, 토벽의 봉창을 비추는 달빛은 어쩌면 그리도 깊고 푸른 숨소리를 내는 것같이 느껴졌던가.

"무릇 생명을 가진 모든 것들은 자기가 있던 곳에 정이 가는 법 아닙니까?"

탁발승의 목소리도 바지랑대에 올라앉은 잠자리 날개같이 떨렸다.

"그래 봉황새도 산에 둥지를 틀고 어떻게든 견뎌 보려고 했지만……."

결국 봉황새는 훌쩍 날아가 버렸고, 사람들은 그때부터 봉산에 '날 비(飛)' 자를 붙여 비봉산이라고 부르게 되었다는 것이다.

"어디로 날아가 버렸을까요?"

남편은 마침 볏짚을 인 지붕 위를 날아가고 있는 까치 한 쌍을 쳐다보며 물었다. 검은 머리와 하얀 가슴 그리고 군청색이 잘 어우러진 털이 대단히 아름다워 보였다. 하지만 봉황새는 아니라는 생각이 그의 가슴을 안타깝게 후려쳤다.

"한자말로는 작, 희작, 건작, 비박조, 추미, 신녀 등등, 참으로 여러가지 이름을 가진 새지요."

"나는 신녀라는 말이 마음에 드오이다. 신녀, 신녀라……."

언젠가 그들 부부가 무슨 일로 옥봉리 향교에 갔을 때, 거기 유림 선비들이 팽나무 가지에 앉아 있는 까치를 보며 나누던 얘기들이 남편 머릿속에 되살아났다. 왜 까치를 신녀(神女)라고도 하는지 아내가 굉장히 궁금해했다. 그래 집으로 돌아오는 길에 동네 서당에 들러 거기 훈장에게 물어보았더니 답변이 이러했다.

"불교를 믿는 여자, 그런 뜻이라오. 철저한 근신 생활로 차원 높은 법신의 계시를 받는 일을 하는 국무(國巫), 그러니까 나랏무당을 일컫는 말이기도 하지요."

"그러면 보통 무당과는 다른데……?"

아내 말에 그 훈장은 이렇게 설명해 주었다. 무당과는 입는 옷도 다르고, 특히 무당처럼 정령을 모시고 액신을 몰아내기 위해 굿을 하지 않는다. 하지만 까치와 신녀를 연결짓는 데는 나도 좀 이해가 안 되기는 한다.

그날 남편은 내 아내가 혹시 무당이나 신녀가 되어 버리지 않을까 싶어 더럭 겁이 났었다. 나같이 높은 벼슬자리에도 있지 않고 가진 것도 별로 없는 농투성이 아내로 썩기에는 아까운 여자라고 늘 생각했었다. 그런데 신녀까지는 아니어도 지금보다는 좀 더 독실한 신자가 되라는 뜻에서 오늘 탁발승의 방문을 받은 게 아닌가 헤아려 보는 남편 귀에 탁발승의 말이 들려왔다.

"글쎄요. 그건 누구도 모릅니다. 그러나 봉황새는 날아갔지만 이 고을 사람들은 끝까지 포기나 실망을 하지 않았지요. 그 증거로……."

탁발승의 길고 가느다란 검지 끝이 고을 남쪽 방향을 가리켰다.

"저기 봉곡리를 아시지요?"

남편은 두 팔로 옹헤야 도리깨질을 하는 시늉을 해 보이며,

"넓은 타작마당이 있는 곳 말씀입니까?"

그의 말은 도리깨로 곡식 이삭을 두드려 떨어낸 낟알같이 그곳 마당 가로 흩어져 내리는 듯했다.

"예, 맞습니다. 거기에다 봉의 알자리를 만들었던 겁니다."

탁발승은 기도하듯 간절한 얼굴이 되었다.

"봉황새가 알을 낳고 이 고장에 그대로 머물러 있으라고 말입니다."

배가 아파 오는지 상을 펴지 못하고 있던 아내가 반갑고 들뜬 목소리로 물었다.

"아, 그럼 지금도 그 봉황새는 우리 고을에 살고 있나요?"

현실과 비현실을 오가는 그들이었다. 탁발승이 고개를 돌려 찡그림이 많이 가신 산모의 얼굴을 보며 예언자처럼 말했다.

"앞으로 살게 될 것입니다. 바로 부인께서 낳으실 그 아이가 저 비봉산 정기를 타고 태어날 것이니까요."

남편이 조심스럽게 입을 열었다.

"그러니까 스님 말씀은, 우리 아이가 비봉산에 살던 봉황새의 환생이다, 그런……?"

탁발승이 확인시켜 주듯 자신있게 말했다.

"새의 운을 타고 태어나는 것이라고 하지 않았습니까?"

"그래도 사람은 사람이고, 새는 새인데……."

남편이 오늘내일 보게 될 내 자식이 사람의 운이 아니고 새의 운을 탔다는 소리에 약간 께름칙해하는 표정을 짓는데, 탁발승 입에서는 더한

층 놀랍고 기이한 말이 흘러나왔다.

"조금만 더 말씀드리지요. 이제 곧 충청도 땅에서도 새 사내아이가 탄생할 것인데, 이 댁 아이와 그 아이는 한날한시에 세상 빛을 볼 것이며, 장성한 후에 크나큰 인연을 맺고 살아가게 될 것입니다."

"……."

"새가 숲을 찾지 않으면, 숲이 새를 찾아나서야……."

부부는 아까처럼 얼빠진 모습들로 아무 말도 꺼내지 못했다. 도대체 수수께끼 같은, 아니 뜬구름 잡는 소리가 아닐 수 없었다. 여기 경상도와 거기 충청도가 어디 삽짝 밖만 나가면 되는 거리인가 말이다. 더욱이 두 아이는 아직 세상에 태어나지도 않았다. 그 벙벙한 표정들을 읽은 탁발승이 미리 단단히 다짐을 두듯 했다.

"빈승도 더 이상은 알 수가 없습니다. 설사 안다고 하더라도 이야기해서는 안 되리라 봅니다. 그것은 천기누설이 될 것입니다. 너무나 상서롭지 못한 말씀입니다만, 태아에게 큰 화가 미칠 수도 있다는 얘깁니다."

"우, 우리 아이에게……!"

부부 낯빛이 동시에 담장 같은 흙빛으로 변했다. 탁발승 음성이 목탁소리나 종소리같이 바뀌었다.

"어쨌든 장차 위태로운 우리 조선을 구할 훌륭한 인물들로 자랄 수 있기를 부처님께 기도드릴 뿐입니다."

"스님은 대체 누굽니까?"

남편이 사뭇 흔들리는 목소리로 물었고, 아내도 커다란 눈으로 그의 얼굴을 뚫어지게 쳐다보았다. 그러나 탁발승은 그저 이렇게 선문답하듯 할 뿐이었다.

"산도 아닌 산에 있는, 암자도 아닌 암자에 잠시 머물고 있는, 떠돌이 아닌 떠돌이 중이지요. 거기는 암자 속에 산이 있는 곳이랍니다. 허허."

부부는 대체 저게 무슨 의밀까 싶어 의아해하고 있는데, 탁발승이 사립문 쪽으로 무겁게 한 걸음 옮기면서 혼잣말같이 하는 소리가 이랬다.

"산이면 강 따라 강이면 산 따라 그렇게 가야 하는 게 우리네 인생이거늘, 나무와 물은 벌써 저만큼 가 버렸도다!"

"예?"

부부 눈에는 그가 나무나 물처럼 비쳤다. 머리가 떵하고 다리가 비치적거렸다. 별안간 그가 요사스러운 중같이 느껴졌다. 어쩌면 악귀가 중의 모습으로 변신하여 우리 자식이 태어나지 못하게 방해와 저주를 하려고 온 게 아닌가 싶었다.

"제발 이 집안에 좋지 못한 기운이 흘러들어 오지 않기를……."

까칠한 그의 입술을 통해 이어지는 소리들은 더한층 기분 나쁘고 불가해한 말이었다.

"때로는 부처도 아닌 부처와 마귀도 아닌 마귀가 사람을 쫓아오는 수도 있나니……."

남편은 갑자기 머릿속이 하얗게 비어 버리는 느낌이었다. 세상도 온통 소병(素屛)으로 둘러쳐지는 듯했다. 상중의 제사 때 사용하는 흰 종이만으로 발라진 병풍이었다.

"새의 깃털이 떨어진 자리에는 바람이 일기 쉬운 법, 무슨 나무를 방풍림으로 삼아야만 보호할 수……."

탁발승의 이야기가 끝나기도 전에 남편은 아내 앞을 막아섰다. 탁발승의 말이 마귀의 독기로 변해 아내와 뱃속 아이를 해칠 것만 같았다. 그는 탁발승의 손에 들린, 자기들이 시주한 쌀도 담겨 있는 바리때를 빼앗아 마당에 패대기쳐 버리고 싶은 충동을 가까스로 억누르며 물었다.

"스님은 부처를 모십니까, 마귀를 모십니까?"

홀연 공기 속에 시퍼런 비수가 꽂혀 있는 듯했다.

"카옥, 카오옥!"

까치가 날아가던 지붕 위로 까마귀 떼가 지나가고 있었다. 죽음의 그림자를 이끈 불길한 울음소리를 떨어뜨려 놓고서였다.

"여, 여보!"

탁발승보다 아내가 놀라 먼저 말했다.

"스님께 무슨 말씀을 그렇게 하십니까?"

그러자 탁발승이 천천히 입을 열었다.

"새가 연 위에 앉았습니까, 연이 새 위에 앉았습니까?"

남편 안색이 불을 담은 듯 벌게졌다.

"그, 그건 또 무슨 해괴한……?"

"세상 모든 것들은 어떻게든 서로 인연을 맺게 되는 법이지요."

탁발승 눈길이 남편에게서 아내에게로 옮겨졌다.

"부인이 아이를 갖지 못해 마음고생들이 심하셨지요? 그래 용하다는 점쟁이한테는 다 가 보고, 잉태할 수 있다고 하는 별의별 방법을 다 써 보셨고요."

"스님께서 어떻게 그걸……?"

그러면서 두 눈에 눈물이 핑 도는 아내였다. 남편도 목이 메어 아무 말도 하지 못했다. 뒤돌아보면 가문을 이어 갈 아들을 얻기 위해 해 보지 않은 일이 없었다.

가시 돋친 고추를 따서 먹었고, 누런 장닭의 불알을 생으로 먹었다. 다산(多産)한 집의 식칼을 몰래 훔쳐서 도끼를 만들어 베개 아래 두고 자거나 속옷에 차고 다녔다.

　뿐만이 아니었다. 어린이들이 물놀이를 하는 광경, 북을 치는 장면, 수탉의 싸움 모습, 전쟁놀이 등을 그린 백동자병풍(百童子屛風)을 아내의 잠자리에 펴고 잤다. 그런가 하면, 빗돌에 새겨 놓은 글자 가운데 '子, 男, 勇, 力, 文, 武' 같은, 소위 사내와 연관이 있다는 글자를 파서 가루로 만들어 삼키기도 했다.

　그리하여 그중 하나가 영험을 보였는지, 이도저도 아니면 삼신할미가 도왔는지, 하여튼 마침내 아내는 입덧을 시작한 것이다.

　"감꽃은 그해에 자란 녹색 가지에만 피는 법, 백 년이 되면 천 개의 감이 달리고……."

　탁발승이 마당가에 자라는 감나무를 보며 하는 그 말에, 아내 가슴을 적셔 오는 민요 하나가 있었다. 꿈 많던 처녀 시절에 벗들과 감나무 밑에 모여 부르던 노래였다. 감꽃을 주우면서 이별한 사랑, 그 감이 익을 적에 오시면 사랑…….

　부모의 반대로 사랑하는 남자와 헤어진 슬픔과 고통을 견디지 못해 성안 우물에 몸을 던진 벗도 있었다. 이성 간의 사랑이 부모자식 간의 사랑보다 강할 수도 있다는 사실이 믿어지지 않았다. 왠지 가슴이 한참 먹먹해진 아내는 자신을 다독거렸다. 가마솥 열기를 이겨 낼 수 있는 강한 봉황새 같은 아들만을 생각하자고.

　"언젠가는 빈승이 조운이를 만날 날이 오게 될 것입니다."

　그게 탁발승이 마지막으로 남긴 말이었다.

　"……."

　감잎이 바람에 살랑거렸다. 대문간을 나서자마자 크게 다툰 사람같이 다시는 뒤도 돌아보지 않고 가는 그의 걸음걸이는, 부부 눈에 도도히 흘러가는 물길같이 가로막을 것이 없어 보였다.

"여보! 지금 우리가 꿈을 꾸고 있는 건 아니죠?"

아내가 물었다. 남편이 대답했다.

"꿈을 꾸고 있는 게 맞소."

"예?"

화등잔 같은 눈을 하는 아내에게,

"태몽 말이오."

그러더니 사립문 밖을 내다보며 남편은 이렇게 말했다.

"그는 모든 악으로부터 우리 조운이를 지켜 주기 위해 온 선승이오."

보랏빛과 주황빛이 엎질러진 물감같이 서려 있는 서녘 하늘로 기우는 낙조를 전신으로 받아내며, 자기 키보다도 훨씬 긴 그림자를 끌고 멀어져 가는 탁발승의 뒷모습은 이 세상 사람 같지가 않았다.

그 시각, 여기는 충청도 목천현 백전촌.

잣밭마을에 팔월 한가위를 하루 넘긴 달이 뜨기 시작한다. 보름달보다 열엿샛날 달이 더 크고 둥글다는 걸 아는 사람은 안다.

늘 발돋움을 하고 있는 거인 같은 잣나무 그림자를 밟고 선 두 사람이 있다. 체구가 우람한 사내와 만삭의 여인. 경상도 땅의 그 부부가 바람을 타고 구름 속을 날아 그곳 충청도 땅까지 다다른 것인가? 남편들이 하나같이 건장하고 부인들 배도 똑같이 불러 있다. 하지만 행색이며 말씨 그리고 풍기는 분위기는 전혀 달랐다.

"지금 부인께서 달을 안고 계시는 것 같구려."

남편 눈에는 달도 부끄러워할 꽃 같은 부인이었다.

"부끄러운 말씀이오나……."

여인은 이지러졌다가 찬 하늘의 달처럼 아이 낳을 달이 찬 자신의 배를 매만지며,

"해를 안고 있다고 생각하시면 아니 되실는지요."

대화가 사뭇 선문답을 연상케 했다. 사내는 정색한 얼굴로 물었다.

"해? 해라고 하시었소?"

초사흘 달은 잰 며느리가 본다고, 아주 미세한 것까지도 잘 살피는 슬기롭고 민첩한 아내의 말이기에 사내는 조금 긴장되기도 했다.

"달이 아니라 해……."

사내는 두꺼운 가슴을 쑥 내밀고 숨을 들이켠 후 말했다.

"그러니까 부인 말씀은, 딸보다 아들이기를 더 바라신다는……?"

딸만 내리 일곱을 낳아 가계를 전승할 수 있는 아들이 없자 후실을 들이고 첩을 얻더니, 끝내 조강지처를 내쫓아 버렸다는 이웃마을 홍 첨지에 대한 소문이 사내 머리에 떠올랐다.

"이몸이야 부인께서 저 잣나무같이 늠름한 사내아이를 낳아 주신다면 더 이상 바랄 게 없겠소만, 허허."

회갈색 나무껍질이 벗겨진 자리에는 적갈색 속몸이 남는 잣나무. 대단히 아름다울 뿐만 아니라 재질도 가볍고 향기가 좋은 그 나무 목재는 고급 건축재로 제격이었다.

"당신께옵서는 늘 잣나무는 암꽃보다 수꽃이 더 아름답다고 하십니다만……."

여인은 무슨 말을 해도 투정부리는 것같이 보이지는 않을 정숙함을 간직한 모습이었다. 그들 저택의 안채와 사랑채를 구분짓는, 중문을 중심으로 둘러친 '내외담' 근처에 자라는 껍질이 깨끗한 배롱나무를 특히 좋아하는 그녀였다. 떠나간 벗을 그리워하는 나무이기도 하다는 그 나

무가 좋다는 아내는 누구를 그리워하는 것일까 궁금해지기도 하는 사내였다.

"공자의 묘지 주변에는 오래된 측백나무가 가득 심어져 있다고 들었소. 내 무덤가에는 잣나무를 가득 심어 달라고 유언을 남기고 싶은데……."

어느 날인가 사내가 그런 말을 했을 때, 아내는 당장 검고 아름다운 두 눈에 눈물이 글썽해지면서 말했다.

"제발 앞으로는 그런 말씀하지 마세요. 사별이라는 것, 생각만 해도 미칠 것 같아요."

그 기억을 떠올리며 남편은 말해 주었다.

"나는 가지 위쪽에 피는 암꽃보다 가지 밑에 피는 수꽃이 더 좋다고 한 것뿐인데……."

그 말에 아내는 퍼뜩 깨달았다. 아, 저이는 아마도 겸손함에 대해 말씀하고자 했던 모양이구나! 하고.

"저는 붉은색 수꽃보다 자주색 암꽃이 더 좋기는 합니다만……."

그러는 여인의 얼굴은 휘영청 밝은 달빛 아래 배꽃같이 새하얘 보였다. 속살은 더 희다는 것을 알면 무색해진 달은 그 빛을 거둬들일지도 모른다.

"솔방울보다 큰 잣나무 열매 같은 자식아……."

기원하는 듯한 여인의 말에 사내가 소리 내어 웃으며 말했다.

"나는 그보다도 암수한그루인 저 잣나무처럼……."

여인은 그만 믿지 않게 눈을 흘기며,

"예에? 욕심도 과하셔라! 어쩌면 그런……?"

"아아, 아니요. 그냥 농담으로 한번 해 본 소리요. 쌍둥이는 무슨……?"

그 말을 남긴 사내는 홀연 입을 다물고 주위에 모여 서 있는 잣나무 들을 둘러보았다. 바느질 솜씨 뛰어난 아내가 애지중지하는 바늘 모양 의 잎에도 달빛이 미끄러지고 있었다. 쏘아보는 듯한 그의 눈빛이 형형했 다. 두 눈에 일렁이는 것은 의외에도 애틋한 그리움의 물결이었다.

잘 듣거라. 네 혈통은 신라 경순왕에게서 나왔느니라. 일러 주시던 아 버지 김석. 잣을 해송자(海松子)라고 부르기도 하는 것은, 신라 사신들이 중국에 갈 때 잣을 가져다가 팔았기 때문에 붙여진 이름이라고 하셨 던가.

유달리 아들 욕심이 많으셨던 선친이었다. 성균 진사로서 영의정에 증 직되기도 하지만, 기묘사화를 당하여 드디어 은둔하여 벼슬하지 않으셨 던 당신을 떠올리는 사내 눈에 엷은 눈물방울이 맺혔다. 놀란 여인이 마 음으로 그 눈물을 받아 마셨다.

"우리 집 수랑(守廊)을 좀 더 좋게 꾸몄으면 하는데 부인 생각은 어떻 소?"

사내의 느닷없는 그 말에 여인은 눈을 휘둥그레 뜨며,

"갑자기 그 방을 왜……?"

손님방으로 사용하는 수랑은 하인들이 거처하는 행랑채에서 조금 떨 어져 있었는데, 여인이 볼 때는 전혀 손색이 없었다. 오히려 장차 태어날 자식을 위해 아이들이 쓰는 작은사랑을 손보자면 또 모르겠지만.

"요즘 들어 부쩍, 집으로 찾아온 내방객들을 극진히 대하시던 생전의 아버님 모습이 자꾸 생각나서……."

그 말끝에 사내는 눅진한 목소리로 또 이랬다.

"얼마 전 꿈에는, 나는 여기서 살란다, 하시면서 수랑에 드러누우시고는……."

"시아버님께서 그런……."

여인의 가슴이 칼로 저미는 듯 아려 왔다. 근동에서 이름난 효자로 알려졌던 남편은, 저승에 간 선친이 이제 이승에 와서는 당신이 살던 집의 손님이 되어 찾아온 것이라고 보는 것이리라. 차라리 불귀의 객이 더 마음 아프지 않을지도 모른다. 홀연 달빛이 흐느끼는 소리를 내는 듯했다.

"지난 정월 열나흗날 밤에 동리 사람들이 하던 잣불놀이가 생각나시는지요?"

여인이 애써 밝은 목소리를 내었다.

"속껍질을 벗긴 잣 열두 개를 바늘과 솔잎에 꿰어 불을 켜서 열두 달에 비겨 보면……."

사내는 잠자코 고개를 끄덕였다. 잣의 불빛이 밝으면 그달, 혹은 그해의 신수가 좋고, 불빛이 약하면 신수가 나쁘다고 점쳐 보는 잣불놀이였다.

"중국이나 일본에도 그런 민속놀이가 있는지 모르겠어요. 정말 우리 민족은……."

지금 달은 잣나무 가지에 걸려 오도 가도 못하는 것같이 보였다. 그처럼 아내가 지아비 마음을 풀어 주려고 애씀에도 불구하고 선친의 불운을 잊을 수 없는 사내 마음은 움직일 줄 몰랐다. 그것을 아는 여인의 심정은 더한층 무겁고 조급했다.

"사주나 운을 말하면 미신이다, 사람을 해치려는 나쁜 귀신의 꾐에 넘어가는 짓이다, 그런 말을 하는 사람들도 있지만, 그런 것을 떠나 그 잣불놀이는……."

그러나 거기서 여인도 그만 입을 다물고 말았다. 미신이니 귀신이니 하는 좋잖은 말은 삼가야 마땅했다. 태아를 생각해서라도 좋은 음식과 좋은 말만을 입술에 묻혀야 한다고 들었거늘, 잣불을 하면 그해 신수가 좋지 못하게 나오는 경우도 있지 않은가.

'아, 이놈도 제 어미를 보고 그런 불길한 소리는 하지 말라고 야단이구나!'

여인은 뱃속 아이가 심한 발길질을 해대는 것을 느끼며 그런 생각과 함께 왠지 얼굴이 화끈거려 남편을 훔쳐보았다. 부인 피부에 윤기가 흐르고 탄력이 넘치는 것은 예로부터 유명한 우리 마을 잣 덕분이라는 말로, 은근히 자기 내자의 아름다움을 입에 올리면서 애정 표시를 하던 지아비가 아니던가?

그런데 시절이 하 어수선하니 저러시는 건가. 웅숭깊고 과묵한 그가 저렇게 흔들리는 모습을 보인 적은 거의 없었는데. 집안 하인들도 두려워하면서 존경하는 상전인데. 그건 아무래도 아내의 해산달인지라 심경이 불안한 탓이려니 싶기도 하였다.

'몸이 편하면 마음도 편하다고 하였으니, 내가 저이를 위해 좋은 방석을 마련해 드리면 어떨까?'

여인의 머릿속에는 투박하지 않게 가는 올의 왕골을 재료로 하고, 그 사이사이에 물감 들인 올을 가지고 문양을 집어넣어 아름답게 만든 방석이 자리 잡았다. 겨울이면 솜방석, 여름이면 밀대방석.

'색실로 가운데에는 화초와 새를 수놓고, 테두리에는 무늬를 넣은 둥근 꽃방석도 하나 새로 만들고……'

그때 마음의 손으로 부지런히 방석을 엮고 있는 여인의 귀에, 언제 어느 곳에서 들어도 안정감을 주는 굵직한 저음이 들려왔다.

"그만 들어가도록 하십시다. 벌써 서늘한 밤 기운이 부인 몸에는……."

사내는 성큼 앞서 걷기 시작했다.

'저이 어깨가…….'

평소와는 달리 약간 처진 듯한 그의 왼쪽 어깨를 무연히 쳐다보며 여인은 조심스레 발을 옮겨 놓았다. 거기 잣나무숲에 둥지를 틀었을 새가 퍼드덕거리는 소리가 지상에서 내는 소리 같지가 않았다. 그러자 인간이 모를 무슨 연(緣)에서 비롯된 것일까? 여인의 머릿속에 이런 생각이 자리잡은 것은.

'혹시 봉황이 날아든 것은 아닐까? 호랑이는 백수의 왕이고, 봉황은 새 중의 왕이라고 했는데…….'

여인이 문득 정신을 차려보니 남편은 어느새 저만큼 앞쪽에 서서 몸이 무거운 아내가 다가오기를 기다리고 있었다. 그러고는 오래 아끼고 있었던 듯 아까보다 더욱 눅진한 목소리로 말했다.

"간밤 꿈에 봉황이 집으로 날아드는 게 보였소."

"봉황이 집으로……!"

소스라치듯 놀라는 여인에게 사내가 덧붙였다.

"용구름 바로 옆에 있다가 말이오."

여인은 사내 옆에 가 섰다. 그러자 남편 몸이 용구름같이 느껴지면서 금방이라도 그녀 뱃속에서 봉황이 날아나오는 듯한 환각에 빠졌다. 대나무 열매를 먹고 산다는 새.

사내는 조선조 을사명현 가운데 한 사람인 김충갑, 여인은 참봉 이성춘의 딸인 창평 이씨였다. 달이 따라왔다. 잣나무 잎사귀처럼 푸른빛이었다.

그날로부터 만 열흘이 지나 여인은 튼실한 잣나무 같은 퍽 건강한 남아를 출산하였다. 고고의 울음소리가 유난히 우렁찼다. 그리고 한날한 시에 그곳에서 한참 아래로 내려오는 남방 고을 진주에서도 새의 운수를 지니고 한 사내아이가 태어났다.

충청도 땅에서는 잣나무 가지가 길찍길찍하게 하늘로 뻗어 있었고, 경상도 땅에서는 온 동네방네 새소리가 넘쳐나고 있었다.

세월은 경상도와 충청도에 공평하게 흘렀다. 해가 붉은 구슬처럼 비봉산 기슭을 타고 내려 가마못에 기우뚱 잠기고 있는 시각, 마을 어귀에 위치한 농사꾼 집에서는 오늘도 어제와 똑같은 대화가, 한창 저녁밥을 짓느라고 굴뚝에서 모락모락 피어오르는 연기처럼 새나오고 있었다.

"조운이 이놈이 또 대밭에 갔나 보구려. 오늘은 어느 대밭에 갔지?"

"어디로 갔는지는 몰라요. 천지가 대밭이니 알 수가 있어야죠. 우리 고을만큼 대나무가 많이 자라는 곳도 없지 않아요?"

"봉황새가 먹을 대나무 열매를 마련해 주기 위해, 예로부터 선조들이 그렇게 대나무를 많이 심었다는 소리가 맞는 것 같소."

"그 덕분에 우리가 조운이를 얻었다고 생각하면, 정말 고마운 일이 아니겠어요?"

"그건 그렇지만, 그날 그 스님에게서, 새의 운을 타고 태어난 데서 올지도 모를 일에 대해, 어떤 처방책을 얻어 두지 못한 게 너무 후회가 되오."

"천기누설이라고, 더는 아무것도 묻지 말라고 했잖아요?"

"하긴 저놈 운명이 그렇다면 처방책 따위가 무슨 소용이 있겠소만……."

"그래도 대밭에 가는 것 말고는 애를 먹이는 게 없으니 다행이에요."

"그건 맞소. 사실 우리 자식이라고 해서 하는 소리는 아니고, 조운이만큼 착하고 사려 깊은 아이도 흔치는 않을 거요."

부모가 그런 이야기를 나누고 있을 때, 조운은 대나무를 찾아서 이곳저곳으로 다니고 있었다. 그가 대나무로 직접 만든 연을 다른 아이들에게 나눠 준 게 수십, 아니 수백 개도 더 될는지 모른다. 아이들은 그가준 연에 열광했다. 그는 연의 황제였다.

조운의 연 만드는 솜씨는 귀신도 혀를 내두를 정도였다. 탄력이 좋은대나무를 골라서 가운데를 굵게 하고 양끝은 얇게 다듬었다. 연살과종이가 휘지 않도록 연의 몸체를 적당히 젖힐 줄도 알았다. 가운데의 방구멍은 연이 오르내리는 것을 수월케 해 줄 뿐만 아니라, 센바람을 빨아들여 잘 뜨게 한다는 사실도 깨달았다. 그리고 연이 공중에서 잘 놀게하는 데 큰 역할을 하는 게 허릿살이란 것까지도 모르지 않았다.

비단 연만이 아니었다. 대나무를 전문적으로 다루는 장인들보다도 더정교하고 멋진 죽제품을 만들어 모두의 놀람과 감탄을 자아내기도 하였다. 그렇지만 더 많은 대나무가 필요했다. 그래서 나중에 자신이 진짜 꿈꾸는 '그것'을 만들 시기가 오면, 미리 보아 둔 곳의 대나무를 베어다가 쓸 작정이었다. 그랬다. 아무도 모르는 그의 꿈은 오로지 '그것'하나만을 향해 줄달음질치고 있었다. 대나무는 그런 사실을 알고 있을까?

그런데 문제가 생겼다. 우리 남동생한테도 연을 만들어 달라며 여자아이들이 접근해 온 것이다. 물론 순수한 목적에서 그러는 경우도 있겠지만 불순한 의도로 그러는 경우도 적지가 않았다. 여자아이들은 잘생기고 착하고 손재주까지 뛰어난 조운의 관심을 끌기 위해 선물 공세도 서슴지 않았다. 순진한 조운은 당황하고 난감했다.

결국 더 큰 불상사가 닥쳤다. 조운의 환심을 사지 못한 몇몇 여자아이들이 헛소문을 퍼뜨린 것이다. 조운이 어떤 여자아이와 몰래 놀아난다는. 그러면 그 상대가 누구인가? 참으로 기찰 노릇은 조운과 같은 동네에 사는 미친 여자아이라는 거였다. 세상에, 그가 광녀와 사귀고 있다니.

그리고 어불성설이게도 그런 소문이 나게 할 빌미 제공자가 바로 조운 자신이었으니……

한편, 대밭을 찾아 헤매는 과정 속에서, 조운은 자신도 모르게 고향 땅에 대한 애정과 집착을 심어 가게 되었다. 또한 그것은 일찍 익은 곡식이나 과일처럼, 그를 또래들과는 비교할 수 없을 정도의 조숙한 아이로 만들었다. 그리하여 그가 아직 어린 마음속에 꼭꼭 쟁여 넣었던 고향 풍광들은, 나중에 어른이 되었을 때 소롯이 되살아나 여린 그의 가슴을 후려치곤 하였고, 그게 일평생 뜻을 두게 되는 그 일에 무서울 정도로 매달리게 하는 원동력이 되었다.

조운은 영특했다. 하지만 신은 아니었다. 그는 내다볼 수는 없었다. 그 기억들이, 훗날 그 고을이 병란(兵亂)에 처하게 되었을 때, 그 자신을 옭아매는 동아줄이 될 줄은. 그게 하늘이 정해 준 그의 운명대로 되기 위한 시간들이었다는 건 더더욱 알지 못했다. 그런 의미에서 그는 아주 위험하고 서툰 외줄타기를 하는 어릿광대와도 같았다. 진짜 광대인 얼럭광대가 되기 위해서는 아직도 가야 할 길이 너무나 멀고 험한.

이날 조운이 간 곳은 유서 깊은 그 고을을 휘감아 흐르는 남강(南江) 가장자리였다. 거기는 그 고장에서도 가장 대나무가 많이 자라는 지대였다. 그래서 앞으로 자신의 꿈을 이루는 데 제일 큰 도움을 주리라는 기대를 갖게 하는 곳이었다. 하도 빽빽하여 하늘이 잘 보이지 않을 지경이었다. 하지만 대밭 속에만 들면 그는 마치 뜨뜻한 아랫목에 든 것같이 몸도 마음도 그렇게 포근하고 평안할 수 없었다. 그 또한 대나무 가족이었다.

그런데 조운이 울창한 대밭 속을 헤매고 있을 때였다. 그는 갑자기 앞에 불쑥 나타난 그림자를 보고 소스라쳤다. 처음에는 무슨 짐승인 줄 알았다. 말로만 들어왔던 온몸이 멍든 것처럼 시퍼런 대나무귀신인가 싶었다. 대나무는 꽃을 피운 후에는 죽어 버린다는 어른들 이야기가 얼핏 떠오른 것도 그때였다. 하지만 자세히 보니 조운 자신과 나이가 비슷해 보이는 사내아이였다. 왠지 여자아이가 아니라는 게 덜 부담스러웠다. 그랬다. 자신이 광녀와 놀아난다는 그 풍문이 퍼진 이후로 세상에서 조운에게 가장 버겁고 무서운 대상은 호랑이나 솔개가 아니라 바로 여자였다.

흔한 일은 아니지만 어쩌다 대밭에서 보아서는 안 될 장면과 맞닥뜨릴 때가 있었다. 남의 눈을 피해 몰래 만난 남녀가 정사를 벌이는 광경이 그것이었다. 하얀 알몸으로 뒹구는 그들이 조운 눈에는 대나무의 땅속줄기 마디에서 돋아나는 죽순같이 비치기도 했다. 대숲에 폭풍이 불고 소나기가 내리고 있었다.

한 번은 여자가 사내 등을 물어뜯었다. 그러자 물린 자리에서 핏물이 흘러나왔다. 조운의 눈에 푸른 대나무가 붉은 대나무로 바뀌고 있었다. 대밭이 자지러지듯 붉은 비명 소리를 내었다. 붉은 새가 붉은 울음을 울었다. 숨을 죽이고 있는 그의 몸도 마음도 온통 붉게 물들어 갔다.

조운은 그 사내아이가 혼자라는 사실에도 안도했다. 하지만 상대는 더 겁을 집어먹는 눈치였다. 조운은 대번에 알았다. 그 아이는 저 백정(白丁) 출신이라는 것을. 제멋대로 내버려 둔 머리칼하며 새카만 피부와 형편없는 의복 차림, 무엇보다 언제나 조선에서 가장 천한 신분으로서 온갖 탄압과 멸시를 받아 온 약자의 열등의식과 위축감 같은 게 분명히 서려 있었다. 사람은 어릴 때부터도 자신이 타고난 팔자나 운명의 굴레를 고스란히 둘러쓰고 있어야 하는 모양이었다. 슬프고 화가 날 일이었다.

"너 여기서 뭘 하니? 내 이름은 조운이라고 한단다. 강조운."

조운이 먼저 말을 걸었다. 처음 만나는 아이지만 그 자신처럼 대밭에 와 있다는 한 가지 사실만으로도 어쩐지 그 아이가 친근하게 느껴졌다. 물론 아직은 세상 물정 모르는 나이였기에 신분이니 빈부 격차니 하는 따윈 아무런 의미가 없을 때였다. 그렇지만 백정 아이는 더한층 당황하는 빛이었다. 그는 가까스로 입을 열었다.

"나, 나는…… 사, 상돌이라고……"

조운이 확인하듯 다시 물었다.

"상돌?"

"응."

백정 아이가 고개를 끄덕였다. 목도 새카맸다. 까마귀가 보면 '할배, 할배' 하겠다. 거기 노랗게 마른 댓잎 하나가 붙어 있었다. 그것은 무슨 상처 딱지 같았다.

"아무튼 반가워."

"나도."

"난, 나무 중에서 대나무가 제일 좋아."

"나도."

대나무 사이로 흔들리는 물살처럼 흘러든 햇살이 계속 똑같은 말만 하는 상돌의 얼굴과 어깨 반쪽을 비춰 주고 있었다.

해 저물녘이면 집 마루 끝에 앉아 낮은 흙담장 너머로 어둠이 깔리기 시작하는 동네를 내다보곤 하는 조운이었다. 그럴 때 세상은 절반은 희고 절반은 검은 새같이 느껴지곤 했는데, 지금 상돌에게서도 그와 흡사한 감정을 맛보았다.

"근데, 너도 대나무가 필요한 거니? 어디다 쓸 건데?"

조운의 말씨가 곱게 나와 그런지 상돌도 차츰 경계심이 가시는 표정이었다. 하지만 여전히 조심스럽긴 마찬가지였다.

"평상을 만들려고……."

"아, 그래? 하긴 대나무 평상은 시원해서 참 좋지. 평상은 다 좋지만."

보통 때는 봉당에 놓고 툇마루처럼 쓰지만, 여름이면 안마당에 옮겨 놓고 그 위에 누워 하늘을 올려다볼라치면, 제 몸이 구름장이 되어 두둥실 떠가는 환각에 빠지기도 했다. 꿈에는 공중을 날아가는 평상도 보았다.

"대나무만 있으면 못 만들 게 없거든? 임금님 앉아 계시는 용상도 만들 수 있을 거야."

조운은 스스로 듣기에도 자기 말투가 너무 어른스럽다 여겨졌다. 상돌도 조운에게, 넌 대나무가 왜 필요하냐고 묻고 싶은 얼굴이었다. 조운은 잠시 난감했다. 상대도 대답을 해 주었으니 그도 당연히 그래야 했다. 하지만…….

그 백정 아이뿐만 아니라 어느 누구라도 그가 대나무를 재료로 하여 만들려고 하는 것이 무엇인지를 알게 되면, 필경 자기를 미친 사람 취급할 것이었다. 미쳐도 보통 미친 게 아니라고, 놀라서 달아나거나 복날 개 울가에서 몽둥이로 개 때려잡듯 할지도 모른다. 그리고 그 무엇보다도 그가 꿈꾸는 그것이 완성될 때까지는 비밀로 해 두어야 했다. 자칫 고을 원님이라도 알게 되면 민심을 어지럽히는, 말도 되지 않는 허황되고 요사한 짓을 하려고 한다고 옥에 가두어 버릴지도 모른다.

엊그제께에도 있었던 부모님 말씀이 조운의 뇌리를 스쳤다.

"이놈아, 또 감옥에 가나?"

아버지 술명의 말에 어머니 박씨가 아들 조운의 역성들듯,

"여보! 거기가 왜 감옥인가요? 제가 좋아서 가는 곳인데……."

정말 대밭은 나에게 감옥일까? 조운은 대나무들에게 물어보고 싶었다.

"이건 좀 미안한 소린데……."

이번에는 아예 상늙은이 같은 어투였다. 상돌이 조운의 얼굴을 빤히 바라보았다. 비록 차림새는 초라했지만 눈빛은 방금 물로 헹궈낸 듯 퍽 맑아 보였다. 어떻게 보면 소 눈을 연상시켰다. 사람들은 미워하면서도 서로를 닮아 간다더니, 백정들은 소를 죽이면서 소를 닮아 가는 것일까. 이제는 조운이 더듬거렸다.

"난, 지금으로선 아무 얘기도 해 줄 수가 없어."

"……."

"왜냐 하면……."

그러자 상돌은 의외로 선선히 나왔다.

"괜찮아. 무슨 이유가 있을 테니까."

"……!"

조운은 그만 가슴팍이 찌르르 했다. 솔직히 백정은 사람이 아니라는 소리를 들으면서 자라왔다. 백정이 가마를 타면 동네 개가 짖는다고 했다. 그런데 저렇게 웅숭깊은 말을 하다니. 조운은 자신도 모르게 이렇게 말했다.

"이름이 상돌이라고 했지? 나중에 내가 남들한테 말해 줄 때가 되면, 꼭 너한테 먼저 말해 줄게."

그리고 나서 거기 빽빽한 푸른 대숲을 둘러보며,

"대나무들 보는 데서 약속한다. 손가락을 걸자면 걸 거고."

상돌이 계집애처럼 낯을 붉혔다. 댓잎이 수런거리는 듯했다.

"고마워, 조운……."

그렇게 말한 상돌은 망진산 쪽을 돌아보았다. 거기 산 아래 섭천에 백정들 거주지가 있다는 사실을 조운은 알고 있었다. 사람들은 누가 엉터리 소리를 하면 '섭천 쇠(소)가 웃는다.'고 했다. 그러자 더욱 그 아이가 불쌍하다는 마음이 일었다. 백정들은 다른 데서 살지 못하고 그곳에서만 생활해야 한다는 게 생각나서였다. 맨 처음에 둘이 맞닥뜨렸을 때 그 아이가 그렇게 몹시 놀라고 당황한 것도, 다른 사람 같으면 백정이 감히 어디에 왔느냐고 당장 야단을 치고 때리고 했을 것이기 때문이었다.

"그래 대나무는 좀 베었니?"

조운은 상돌이 손에 들고 있는 톱과 대나무를 번갈아 보며 물었다. 상돌이 잎을 쳐낸 대나무를 들어 보이며 대답했다.

"아직 이것밖에 못 베었어. 일단 집에 갖다 놓고 와서 더 가져갈 생각이야."

집이라는 그 일상적인 말이 이상하게 조운 가슴에 와 닿았다. 백정들이 사는 집에는 한번도 가 본 적이 없지만 그 말을 듣는 순간 짐승우리 같은 움막이 떠올라서였다.

"하긴 옮기는 게 쉽지 않을 거야."

예상했던 것과는 달리 상돌은 자기 주관이 뚜렷하고 꽤 당찬 아이 같았다. 하기야 그런 배포나 간담이 아니라면 언감생심 거기 오지도 못했을 것이다.

"잘못하면 다칠 수도 있으니까 조심해서 가져가."

그때 관목의 숲이나 흐르는 물 근처의 바위, 벼랑 등지에 서식하는 굴뚝새 한 쌍이, 땅 위에서 꼬리를 세우고 허리를 좌우로 흔들며 폴짝폴짝 뛰어다니다가 낮게 날아오르는 게 보였다. 짝짓지 못한 수컷은 연속적으로 울어 댄다고 하는데, 그래도 저 수컷은 외롭지 않아 행복하겠구나 싶었다.

"그래, 고마워. 그럼 난 가 봐야겠어."

"그럴래?"

상돌은 오랫동안 굶주린 송아지같이 작고 야윈 등을 돌려세웠다. 조운이 그의 뒷모습을 물끄러미 바라보고 있는데, 저만큼 가던 상돌이 고개를 돌리고 큰소리로 물었다.

"우리 언제 또 만날 수 있을까?"

조운은 싱긋이 웃으며 대답해 주었다.

"대밭에 오면 언제라도 얼굴을 볼 수 있을 거야. 난, 눈만 뜨면 대밭에 오거든."

상돌의 기쁜 목소리가 대밭에 푸른 메아리처럼 울려퍼졌다.

"그래, 잘되었네! 그리고 네가 대나무를 가지고 하려는 그 일도 잘되길 바랄게."

조운은 키다리 대나무들 사이로 멀어져 가는 그의 뒤에 대고 큰소리로 말했다.

"반드시 성공하고 말 거야! 그러니 너도 옆에서 좀 도와줘!"

그 소리는 때마침 불어오는 바람에 '스르렁스르렁' 소리를 내는 대밭 속으로 끝없이 자맥질하고 있었다.

백정 아이가 가고 난 후에도 조운은 한참 혼자 대밭에 있다가 나왔다. 서녘 하늘이 하루를 마감하고 있었다. 으깨진 홍시같이 붉은 노을 빛이었다. 내가 사는 고을에 유난히 백정이 많다는 사실이 어린 조운의 마음 위로 또 다른 노을을 지게 하였다.

조운은 비봉산을 바라보며 걸음을 떼놓았다. 아무리 어두워도 거인같이 우뚝 서 있는 비봉산은 보였다. 그리고 그 서편 자락 가마못 안쪽에 그의 집이 있었다. 언제 상돌의 집에 꼭 한번 가 보고 싶다는 생각이 들었다. 한동안 걷다 보니 관원들이 정무를 보는 관아가 먼저 모습을 보였다. 목사 행정청이 있는 자리였다. 자신도 모르게 얼른 손에 든 대나무를 등 뒤로 감추며 걸음이 빨라졌다.

조운이 그 미친 여자아이와 맞닥뜨린 것은 관아와 그의 집 중간쯤 되는 어름에서였다. 오직 자기가 만들려고 하는 그것만을 궁리하며 걷고 있던 조운은, 난데없이 누가 등짝을 탁 치는 바람에 놀라 뒤를 돌아보다가 눈을 크게 떴다.

"히히히."

요상한 웃음소리를 내는 그 여자아이, 바로 저 소문의 주인공인 광녀였다. 언젠가 그가 아이들에게 자신이 만든 연을 나눠 주고 있을 때, 옆에 와서 아주 부러워하는 눈빛으로 보고 있기에, 너도 하나 하라며 연을 준 적이 있었다. 못된 어느 놈이 빼앗아갔는지 아니면 어딘가에 버렸는지 몰라도, 그 여자아이가 그 연을 날리는 것을 조운은 한번도 본 적이 없었지만, 그 일이 있은 후로 그 여자아이는 조운만 보면 지금같이 몰래 뒤로 와서 등을 탁 때리곤 했다. 아무튼 어쩌면 그게 그 여자아이의 애정 표현 방식인지도 몰랐다.

"나 연 한 개 더 만들어 줘. 히히히. 나 그거 타고 사~천 가고 싶어. 히히히."

미친 여자아이가 말했다. 색주가에서 보았는지 저고리 옷고름을 들어 입으로 잘근잘근 씹으며, 요부처럼 살살 눈웃음치고 몸까지 배배 꼬면서.

"그, 그래, 알았어. 다음에 만들어 줄게."

얼굴이 크게 화끈해진 조운의 대답이 끝나자마자, 그 여자아이는 작고 좁은 앞가슴이 다 내비치는 때 낀 회색저고리와 하얀 허벅지가 고스란히 드러나 보이는 검정치마를 날리며 어디론가를 향해 달려가 버렸다. 조운은 연줄 끊어진 연처럼 멀리로 날아가 버린 연을 잠깐 떠올렸다. 그처럼 그 여자아이가 없어지면 그 추문도 사라질 수 있을까.

아직은 별이 뜨지 않은 하늘가를 천천히 날아가고 있는 새들이 보였다. 조운은 두 팔을 양쪽으로 크게 벌리고는 몸을 비스듬히 해 가며 미친 그 여자아이처럼 달려가기 시작했다. 조금만 더하면 대나무와 함께 몸이 그대로 붕 떠오를 것 같았다.

'아, 나와 큰 인연을 맺고 살아갈 거라고 그 스님께서 말씀하셨다는 충청도 그 아이는 지금 어떻게 지내고 있을까? 어서 만나 보고 싶네.'

조운은 얼굴도 이름도 모르는 그 동갑내기 아이가 자꾸만 떠올랐다. 장차 위기에 빠질 조선을 건질 귀인, 그리고 조운 자신이 구해야 할 사람이라고 했다.

그려지는 골격

한편, 조운이 밤낮 궁금해하는 충청도 그 아이도 여느 아이들과는 사뭇 다른 모습으로 성장해 가고 있었다. 신분이나 환경이 같지 않은 조운과는 전혀 다른 방향이었지만. 그런 면에서 보면 그들이 어떤 인연을 맺게 되리라는 그 탁발승의 예언부터가 허랑했다.

그 충청도 아이는 어려서부터 보고 들은 것에 대한 기억력이 좋을 뿐 아니라, 영리하고 재주가 넘치는 귀재로 소문이 나 있었다. 또한 잣밭마을 정기를 고스란히 이어받았는지, 뿌리가 깊고 줄기가 곧은 잣나무같이 기골이 장대하였다.

세상에는 비록 몸집은 커도 여자같이 심약한 사내도 있는 법인데, 그 아이는 큰 덩치에 걸맞게 병정놀이를 즐겼으며, 또 언제나 대장이 되어 또래들을 부하로 부렸다. 이웃마을 아이들과의 전쟁놀이에서 한번도 진 적이 없었다. 그런 그의 주변에는 많은 아이들이 들끓었다. 항상 제 혼자서 무언가를 만들며 지내는 조운과는 영 딴판이었다. 충청도 아이가 일찌감치 세상에 그 모습을 드러낸 호걸풍이라면, 경상도 아이는 자신을 남들 앞에 나타내기 싫어하는 은둔형이라고나 해야 할까.

여덟 살 때 일이다. 충청도 아이는 그날도 여느 때처럼 길가에서 동네 아이들을 거느리고 병정놀이를 하고 있었다. 대오(隊伍)는 조금도 흐트러짐이 없었으며, 진(陣)은 실제로 한창 전투 중이거나 야영을 하는 군사가 머물러 둔(屯)을 치는 곳처럼 긴장감마저 감돌았다. 그런데 하필 그때 천안의 사또를 태운 행차가 그곳을 지나갔다. 앞쪽에서 원님을 모시고 있던 수행원이 우렁우렁한 목소리로 무섭게 외쳤다.

"이놈들! 썩 길을 비키지 못할까? 뉘 행차시라고 조무래기들이⋯⋯."

그 시퍼런 서슬에 화들짝 놀란 아이들이 여름날 졸지에 소나기 만난 개미 떼같이 뿔뿔이 흩어지려 할 때였다. 그들 가운데 군계일학처럼 유난히 눈에 띄는 아이 하나가 다른 한 아이에게 시키기를,

"한 고을 사또가 감히 진중을 통과할 수는 없다고 일러라!"

그러자 막 길 옆으로 물러서려던 아이가 홀연 호기롭게 소리 질렀다.

"우리 대장님 엄명이오! 진중을 비켜 지나가시오!"

"뭐야?"

순간, 행차를 호위하고 있던 자들이 진노한 얼굴로 곧바로 달려들어 아이들 뺨이라도 후려칠 기세였다.

"요것들이 지금 정신이 있는 거야, 없는 거야?"

길가에 선 나무들과 길 위에 뒹구는 돌멩이들도 잔뜩 몸을 움츠리는 것 같았다. 그 아슬아슬한 찰나에 사또가 말에서 내리며 명했다.

"모두들 뒤로 물러서도록 하라."

"예?"

수행원들은 약간 영문을 알 수 없다는 표정들이었지만 복종하지 않을 수 없어 엉거주춤 옆으로 비켜났다. 하지만 사또를 경호하는 태세만

은 조금도 늦추지 않았다.

"음, 보자……."

사또는 대장이라고 불린 아이 쪽으로 다가갔다. 그러자 다른 아이들은 물론, 지나가다 그 현장을 보고 멈춰선 행인들도 마른침을 삼켰다. 엄청 위험한 공기가 감도는 속에 이런 소리들이 흘러나왔다.

"이제 저 아이를 끌고 가서 물고를 낼 것이야."

"아무리 철이 없다기로서니 저런 짓을 하다니?"

그런 가운데 대장 아이 바로 앞까지 가 선 사또는 잠시 말없이 아이를 내려다보기만 했다.

"흐음."

그 표정이 굉장히 복잡해 보였다. 어쩌면 너무나 화가 난 나머지 당장 그 자리에 꿇려 앉힌 다음 매로써 다스리지 않을까 싶었다.

그런데 아니었다. 사람들의 그 예상은 철저히 빗나갔다.

"어?"

사또는 한 손으로 아이 손을 잡고 다른 한 손으로 아이 머리를 쓰다듬으며 이렇게 말했던 것이다.

"큰 재목이로고! 네 이름이 무어냐?"

그러자 대장 아이는 조금도 당황하거나 굽히는 기색 없이 당당한 모습으로 응했다.

"김시민(金時敏)이라고 하옵니다."

아직 변성기도 오지 않은 아이의 목소리였지만 늠름하고 신뢰감이 전해졌다.

"김시민? 김시민이라."

사또는 그 이름을 마음에 새기듯 하더니,

"허, 사내가 목청 하나 커서 좋다. 가히 산을 무너뜨리고 강을 가를 기상이로다."

그리고 나서 그때까지와는 약간 다른 음색으로,

"그래 춘부장 존함은 어찌되는고?"

대장 아이는 차렷자세로 고했다.

"김 자, 충 자, 갑 자, 쓰시는 분이 제 부친이옵니다."

"무어라? 김충갑?"

일순, 사또 얼굴에 놀라는 빛이 확 살아났다. 음성도 덩달아 흔들렸다.

"아, 그러면 지평공(持平公)이 아니시더냐?"

"……."

"역시, 역시! 왕대밭에 왕대 나고 쑥대밭에 쑥대 난다는 옛말이 과연이로구나!"

사또는 무척 느꺼운 표정으로 다시 한 번 대장 아이 머리를 어루만져 주고는 수행원들을 돌아보며 말했다.

"자, 모두들 한쪽으로 비켜 지나가도록 하라. 조금이라도 해를 끼치면 아니 될 것이야. 흐음."

어른들은 아이들 놀이터를 밟을세라 신경을 쓰며 지나가기 시작했다. 행인들은 아직도 눈앞의 일이 믿어지지 않는지 다시 발을 옮겨 놓으면서도 얼떨떨한 표정들이었다. 하지만 나무들은 잎사귀를 살랑거리는 게 한숨 놓았다는 기색이었다. 구름 한 조각 둥실 떠가는 하늘이 부쩍 높아 보였다. 날아올라 뛰어들면 물속같이 자맥질을 할 수 있을 성싶었다.

대장 아이를 비롯한 모든 아이들은 점점 멀어져 가는 원님 행차를 물끄러미 지켜보고 서 있었다. 그때 아이 하나가 놀란 듯 대장에게 말했다.

"대, 대장! 사또 행차가 바로 가지 않고 대장 집 쪽으로 가고 있어!"

그러자 다른 아이들도 걱정스런 낯빛으로 대장을 쳐다보며 한마디씩 했다.

"혹시 대장 아버지께 가서 아들 죄를 따져 물으시려는 게 아닐까?"

"맞아. 아무래도 우리가 너무 무례한 짓을 했다고."

"아, 이 일을 어쩌지? 어쩌면 좋아?"

"크, 큰일 났어."

한참 듣고만 있던 대장 아이가 마치 남의 일처럼 전혀 아무렇지도 않은 얼굴로 입을 열었다.

"괜찮아. 조금도 염려할 것 없어."

아이들은 서로 얼굴을 마주 보며 '아닌데……' 하였다. 대장 아이는 여전히 불안해하는 아이들에게 낮은 소리로 천천히 말했다.

"상관없다니까? 우리 진중을 지키기 위해 마땅히 해야 할 일을 했을 뿐이니까."

늙은 여종을 거느리고 바깥나들이를 나온 양갓집 고명딸같이 보이는 어린 규수가, 그런 대장 아이를 유심히 지켜보고 있었다. 바람에 살짝 날리는 귀밑머리 아래 드러난 귓불이 유난히 희고 탐스러웠다.

아이들은 입을 모아 대장 아이더러 병정놀이를 더 하자고 했고, 대장 아이는 짙은 눈썹을 모으며 수성군(守城軍) 장수처럼 중얼거렸다.

"앞으로도 어느 누구든 우리 진중을 넘보게 할 수는 없게 만들 테다."

그러자 대장 명령을 받고 사또 행차를 향해 소리쳤던, 얼굴이 무같이 길쭉한 아이가 아까처럼 큰소리로 말했다.

"우리 대장 최고다, 최고!"

그게 신호탄이었다. 모두 대장 아이를 빙 에워싸고 팔을 창이나 칼처럼 치켜들며 함성을 지르기 시작했다.

"최고 대장님, 우리 대장님, 만세!"

"우리는 대장님을 영원한 우리 대장님으로 모실 것을 맹세하노라!"

"대장님만 있으면 우리는 누구에게도 지지 않을 것이다!"

아이들이 한창 그렇게 열띤 분위기에 휩싸여 있을 때, 원님 행차는 좌우 협문을 끼고 세 칸으로 구성된 솟을대문과 담장으로 둘러진 대장아이 저택 앞에 당도하였다. 말 위에 올라앉아 묵묵히 그 집을 바라보던 사또는 혼잣말로,

"으리으리하지는 않지만 집터가 장차 큰 인물을 배출할 지기(地氣)를 품고 있어."

목청이 우렁우렁한 수행원이 사또에게 무슨 말씀이냐고 물었다. 사또가 말에서 내리며 대답했다.

"아무것도 아닐세. 그냥 나 혼자서 해 본 소리라네."

갑자기 예고도 없이 불쑥 방문한 사또를 맞이한 충갑이 놀라 물었다.

"아, 어인 일이신지요? 이 누추한 곳을 찾아 주시고……."

사랑채에 든 사또는 충갑과 마주 앉자마자 대뜸 말했다.

"지평공께서는 참으로 훌륭한 자제분을 두셨소이다. 어쩌면 그렇게 대범할 수 있는지 정말 부럽소이다."

충갑이 걱정스런 표정을 풀지 못하며 또 물었다.

"혹시 부족한 게 많은 제 자식놈이 무슨 잘못이라도……?"

테두리가 녹색으로 둘러진 다홍색의 연꽃 문양 비단 방석에 앉은 사또는 크게 손사래를 쳤다.

"아니오이다, 아니오이다. 하하, 실은……."

사또는 짧게 이야기를 들려주었다. 다 듣고 난 충갑은 몹시 민망해하는 기색을 감추지 못했다.

"허, 이 일을, 이 일을 어쩔꼬?"

뒷마당으로 난 미닫이창 아래에 놓인 오동나무 문갑 위에 얹혀 있는 연적과 필통도 주인처럼 그 자리가 불편한 것같이 보였다. 충갑은 앉은 자리에서 고개를 숙여 보이며,

"사또! 이 사람 낯을 보시어 부디 제 자식놈 허물을 용서해 주셨으면 합니다. 그놈은 제가 즉시 불러서 따끔하게……."

사또는 조금 전 이씨 부인이 여전히 아름다운 얼굴로 가만한 미소와 함께 내놓고 나간 찻잔을 들어 잠깐 입만 축인 후에 찻상 위에 내려놓았다. 그러고는 붉은 입술을 천천히 열어 말했다.

"본관은 지평공께 치하를 드리고자 온 것이와다."

"예? 그, 그게 무슨 말씀이신자……?"

충갑으로선 통 이해가 되지 않을 소리였다. 그런 철따구니 없는 짓을 했다는데. 하지만 사또는 자못 대견스럽고 감탄한 빛으로 말했다.

"허허. 더 들어보시구려. 무릇, 진(陣)을 치고 놀이를 함은 그 지기(志氣)가 보통이 아님을 의미하는 것이며, 관장(官長)을 꾸짖어 말에서 내리게 함은 그 기운이 참으로 두렵다는 것을 느끼도록 하는 게지요. 또한, 그 모양이 웅걸(雄傑)하니 이것은 곧 전정(前程)이 만 리와 같다, 말하자면 나이가 아직 젊어서 큰 희망을 걸 만한 장래가 있음을 이르는 것입니다."

충갑은 그제야 이미 식어 버린 찻잔에 손을 가져갔다.

"진정 고맙고 황감한 말씀입니다. 하찮은 제 아들놈을 그렇게 좋게 보아 주시다니……."

백수백복이라 하여 수와 복 자의 형태를 다양하게 변화시켜 만든 글씨

병풍에서 눈을 돌리며 사또가 확신감 넘치는 목소리로 말했다.

"아드님은 이 나라 역사에 길이 남을 영웅이 될 것이외다."

짧은 담뱃대는 걸쳐 세우지 못하고 긴 것을 여러 개 걸쳐놓을 수 있는 장죽걸이의 국화무늬가 이날 따라 어쩐지 생소해 보인다는 생각을 하며 충갑이 말했다.

"아비로서 자식이 그렇게만 된다면야 오죽이나 좋겠습니까마는……."

한숨을 내쉬며,

"그놈은 항상 물가에 내놓은 아이 같은지라……."

계속 말끝을 흐리는 충갑더러 사또는 또렷한 어조로,

"누가 알겠소이까? 물가에 내놓으면 또 거기서 대단한 일을 해낼는지."

"옷이나 흠뻑 적셔 들어와 제 어머닐 성가시게나 안 하면 다행이겠지요."

충갑이 쑥스러운 웃음소리를 내었고, 사또 눈빛이 예지처럼 번득였다.

"어쨌든 제가 드리고 싶은 말씀은, 행여 부모 된 심정으로 자식 안전을 위해 저 잣나무 같은 기백을 꺾어 버리는 일은 없을까 하는 것이지요."

문갑과 같은 재료인 오동나무로 짜서 인두로 지져 나뭇결을 잘 살려 만든 지통(紙筒)에 꽂힌 긴 종이 두루마리를 꺼내 한시라도 한 수 적고 싶은 충동이 이는 충갑이었다.

"본관의 사가(私家)에도 가훈과 계서(啓書)를 적은 병풍을 한 구씩 비치하여 좌우명으로 삼고 있습니다만……."

"왕세자나 왕자께서 태어나실 때 사용하는 병풍도 좋지요. 천 년에 한 마리씩 나온다는 백사슴을 그려 넣은……."

잠시 후 충갑은 녹색 찻물이 절반가량 든 찻잔 속을 들여다보며 입을 열었다.

"물가에 내놓으면 거기서 대단한 일을 해낼는지 모른다고 하셨습니까, 사또?"

사또가 자못 흥미롭다는 표정을 지으며,

"왜요? 당장 물가에 내놓아 보시지요. 기대가 되지 않소이까? 하하하."

세상사 참 묘했다. 그들이 농처럼 주고받은 그 이야기가 현실로 나타날 줄이야. 조운과 시민이 똑같이 아홉 살로 들었을 때, 시민의 고향에서 벌어진 또 하나의 사건이 있었다.

그곳 충청도 목천현 백전촌 입구에는 백전천(栢田川)이란 큰 내가 굽이돌아 흐르고 있었다. 거기 물에 잠긴 커다란 바위가 있어 소(沼)가 생겼는데, 그 가운데 있는 커다란 뱀굴 속에는 사나운 이무기 한 마리가 살았다. 그리하여 사람이나 가축이 가까이 가면 수시로 출몰하여 꼬리를 쳐서 혼절시켜 씹거나 삼키곤 하였다.

시민은 도저히 참을 수 없었다. 하찮은 미물 따위가 감히 인간을 공격하다니. 그는 어떻게 하면 용이 되려다 실패한 채 물속에 산다는 그 큰 구렁이를 없앨 수 있을까, 밤낮으로 궁리하던 중 이런 이야기를 듣게 되었다.

―뱀이란 흉물은 뽕나무 활과 쑥대 화살로 쏘아 잡는다는 고사가 있느니.

그 길로 시민은 마을 뽕밭과 쑥대밭으로 내달렸다. 그러고는 깜냥에는 심혈을 기울여 뱀을 죽일 무기를 만드느라 한참 시간을 보냈다. 이윽고 궁시(弓矢)를 어깨에 멘 시민이 늠름한 모습으로 대사굴(大蛇窟) 근처에 나타났다. 누구 눈에도 퍽 어엿한 어린 장수 모습이었다. 하지만 너무나 위험한 일이 그를 기다리고 있었다.

그런데 시민은 혼자가 아니었다. 집에서 부리는 사내종 아이 하나를 대동하고 있었다. 잔뜩 겁을 집어먹은 마을 아이들은 가까이 가지는 못하고 멀찍이 떨어져 서서 지켜보기만 했다. 가장 충성스러운 부하인 얼굴이 무같이 길쭉한 아이도 그들 속에 섞여 있었다. 이윽고 시민이 종 아이에게 짧게 명했다.

"저 바위에 올라라."

비록 큰소리는 아니지만 위엄이 느껴지는 음성이었다.

"도, 도련……님……."

종 아이는 너무나 두려운 나머지 덜덜 떨리는 몸으로 도리어 뒷걸음질 치면서 바위에서 멀어지려 하였다. 그 순간, 숨 막힐 일이 벌어졌다. 시민이 종 아이를 향해 화살을 겨누는 게 아닌가? 그런 그의 입에서는 단호한 소리가 터져 나왔다.

"시키는 대로 하지 않으면 너부터 죽이겠다! 내가 한 입에 두 말 하는 사람이 아니란 것은 너도 잘 알렷다?"

상전이 아랫것들 단속하듯 하는 그의 두 눈에는 살기마저 감돌았다.

"아, 오, 올라 가, 가겠……."

평소 한번 한다면 무슨 일이 있어도 반드시 하고야 마는 주인집 도령의 끈덕진 성미를 누구보다 잘 아는 종 아이였다. 종 아이는 바위로 올라가지 않을 수 없었다.

"으……."

강가 가득 마을 아이들의 조바심 내는 소리와 마른침 삼키는 소리가 들렸다. 물고기도 수초 사이로 숨어 버리는 듯했다.

종 아이 그림자가 물에 비치었다. 그 찰나였다. 회오리바람이 미친 듯 홀연히 일고 물이 갈라지고 파도가 끓더니, 과연 엄청나게 큰 뱀이 그 흉악망측하기 짝이 없는 형체를 드러냈다. 그러고는 바윗돌을 친친 휘감고 턱을 치켜들고는 아가리를 쩍 벌려 종 아이를 해치려 하였다. 그 장면이 참으로 끔찍하여 종 아이는 물론 마을 아이들 모두는 비명을 내지르며 그만 눈을 질끈 감고 말았다.

그때 시민이 그야말로 번개 같은 동작으로 활을 당겼다. 화살은 정확히 뱀 몸뚱어리에 명중하였다. 연이어 두세 개의 화살이 더 허공을 갈랐다. 다시 눈을 뜬 아이들은 보았다. 시뻘건 핏물이 내를 적시고 있는 것을. 우뚝 서서 묵묵히 그 광경을 지켜보고 있는 대장 시민의 모습을. 예서 제서 환호성이 일었다.

"와! 죽였다! 뱀을 죽였다!"

"이무기가 없어졌으니 이제부터는 냇물에 들어가도 되겠다!"

"물고기들도 더 잡아먹히지 않고 살 수 있을 것이다!"

천년 동안 찬 물속에서 지내면 용이 되어 굉장한 소리와 함께 폭풍우를 불러일으켜 하늘로 날아올라 간다는 이무기. 하지만 어떤 저주를 받아 승천하지 못하는 뿔이 없는 용, 이무기. 그 몇 백 년 묵은 못된 이무기를 물리친 것이다.

그 소문은 삽시간에 퍼져 나갔다. 모두들 크게 놀라면서도 진정 장하고 이상한 일이라고 하였다. 열흘 이상이나 물에서 붉은 핏물이 가시지 않았다. 그것을 본 누군가는 그 빛이 닭볏의 그것 같다고 하였다. 새벽에 마(魔)를 쫓아 주는 크게 길한 짐승인 닭. 관(冠)이 있어 오덕(五德)을 갖춘 새로 알려진 닭처럼, 장차 시민도 문무(文武)를 겸비한 그런 인물이 될 것임을 알았던 것일까.

세월이 흘러 훗날에 그곳 주민들은 거기를 가리켜 김공(公)이 뱀을 쏘아 죽인 곳이라 하여 사사처(射蛇處), 혹은 사사암(射蛇岩)이라고 부르게 된다.

언제부턴가 조운은 똑같은 꿈 하나를 꾸고 있었다. 참으로 기이한 일이었다. 어쩌면 그렇게 조금도 변하지 않은 꿈을 꿀 수가 있을까? 그게 어언 수년째였다. 그런데 정작 중요한 것은, 그건 조운이 현실 속에서 늘 가지는 꿈, 다시 말해 소망이요, 이상이라는 사실이었다.

……그는 어마어마하게 커다란 연을 하나 만들었다. 얼레도 설주를 두 개나 네 개가 아니라 여섯 개나 되게 짜서 중앙에 큰 자루를 박아 엄청 컸고, 연줄도 어지간한 밧줄 정도는 되었다. 게다가 여느 연처럼 뼈대를 가는 대가지로 한 게 아니라 굉장히 굵은 것으로 만들었다. 더 놀라운 일은, 연의 맨 윗부분에 다른 연에서는 볼 수 없는 뼈대를 가로로 달았다는 사실이었다. 상단의 이쪽에서 저쪽까지 잇대어 놓은 그 살대는, 사람이 앉아도 끄떡없을 정도로 튼실하고 완벽해 보였다. 실제로 그는 나무에 오르듯 거기에 올라타서는 상돌에게 얼레를 넘겨주면서 연을 날리라고 했다. 연은 금방 두둥실 하늘로 떠올랐다. 공중에 오른 조운은 연 위에 앉아 상돌에게 계속 연줄을 풀라고 소리쳤다. 그는 점점 높이높이 날아올랐다. 새들이 그의 발밑에서 날고 있었다. 사람들과 집들이 아주 조그맣게 내려다보이더니 나중에는 그마저도 보이지 않았다. 그는 그저 연을 타고 끝없는 비행(飛行)을 하고 또 하였다…….

꿈에서 깨어난 조운은 아직도 제 몸이 공중에 붕 떠 있는 듯한 기분을 맛보았다. 연을 타고 새처럼 훨훨 날았던 그 자신의 모습이 현실에서보다 더 또렷하게 나타나 보였다.

조운은 꿈에서 보았던 그런 큰 연과 얼레와 연줄의 재료를 구해 볼 양으로 사방팔방 헤매었다. 세상에 없는 것을 만들려는 그 작업은 어쩌면 무모하고 미련하고 우악스러운 짓이었다. 그런 조운에게는 언제부턴가 몇 가지 별명이 따라붙고 있었다.

'새총각'과 '연무당' 그리고 '대나무귀신'.

그의 부모 강술명과 박씨는 갈수록 근심과 혼란에 빠졌다. 하도 대밭에만 가서 노니 대나무귀신이 들러붙었다고 하는 것은 그렇다 치더라도, 문제는 새총각과 연무당이라는 쪽이었다. 왜 그렇게 불리게 되었는가? 조운은 사람만 만나면 늘 이랬던 것이다.

—새들이 하늘에서 내려다보는 세상은 어떨까요?

—연에 올라타면 우리 인간도 날 수가 있어요.

—물레방아만한 얼레만 만들면 연은 집보다 커도 날릴 수 있다고요.

하루이틀도 아니고 그런 일이 연이어지자 급기야 사람들은 조운을 이상한 눈으로 보기 시작했다. 새와 연과 대나무에 관련된 것만 빼면 아무 문제가 없는, 아니 동년배들에 비해 훨씬 영리하고 예절 바른 젊은이였지만.

조운은 외톨박이가 되어 갔다. 그에게 말을 거는 사람은 거의 없었다. 아니다. 한 사람이 있다. 그 미친 여자아이. 이제는 처녀티가 나는. 하지만 세월은 그 광녀의 지능만은 비껴가 버린 듯했다. 나 연 한 개 더 만들어 줘. 히히히. 나 그거 타고 사~천 가고 싶어. 히히히.

그랬다. 아직도 여전히 몰래 그의 뒤에 와서 등을 탁 때리고, 저고리 옷고름을 들어 입으로 잘근잘근 씹으며, 요부처럼 살살 눈웃음치고 몸까지 배배 꼬면서, 나 연 한 개 더 만들어 줘. 히히히. 나 그거 타고 사~천 가고 싶어. 히히히.

조운은 궁금했다. 왜 그 광녀가 사천 가고 싶다고 하는지. 그래 어느 날 조운은 어머니에게 지나가는 말투로 물었다.

"머리 좀 이상한 그 처녀 말예요. 얼핏 들으니 사천 가고 싶다고 하던데 왜 그러는지 혹시 아세요?"

그러자 어머니는 아들을 물끄러미 바라보더니 이렇게 대답했다.

"나도 자세히는 모르겠는데, 언젠가 그 처녀 어머니한테서 들은 이야기가 있어. 그 처녀가 태어난 곳이 사천이래."

진주목(晉州牧) 사천현(泗川縣)이 그 처녀의 안태본이라는 얘기였다. 조운은 그제야 알았다는 듯 고개를 끄덕이며,

"아, 그 처녀가 그 이야기를 듣고 제가 태어난 곳으로 가고 싶다는 생각이 드나 봐요."

어머니도 안됐다는 듯,

"비록 정상적인 사람은 아니지만, 자기가 태어난 고향에 대한 그리움 같은 게 마음속에 늘 살아 있는 모양이지. 그건 사람이든 다른 동물이든 다 마찬가질 거야."

조운은 안타까운 목소리로,

"거기가 여기서 얼마나 된다고. 같은 목(牧) 안에 있는 곳인데……"

그날 밤 조운은 이런 꿈을 꾸었다. 그녀가 조운 자신이 만들어 준 연을 타고 어디론가 날아가고 있는. 그걸 본 조운은 혼자 이렇게 중얼거리고 있었다.

'사~천으로 가고 있을 거야.'

식구들이 하나같이 착한 그 사람들 집에 왜 비정상적인 생명이 태어난 그런 큰 불행이 덮쳤는지 모르겠다.

"조운이, 자넬 볼 낯이 없네."

"어이쿠! 하늘은 저런 년을 왜 데려가지 않는지. 도로 내 뱃속에 집어넣

을 수만 있으면 집어넣고 싶어. 나는 못 살아, 못 살아!"

아버지가 일찍 죽은 그 광녀의 오라버니와 어머니가 조운을 보면 늘 하는 말이었다. 가마못 안마을에서도 제일 뒤편으로 외따로 떨어진 다 허물어져 가는 오두막에 살고 있는 그들이었다. 그럴 때 조운이 하는 소리는 한 가지였다.

"연 하나 더 만들어 주면 돼요."

그러나 바로 얼마 전에 강변 대숲에서 그 광녀가 조운 자신에게 했던 그 일은 도저히 입밖에 꺼낼 수 없었다. 그녀의 가족들이니 얘기해 줄 수 있었다. 말해 주어야 했다. 아니, 그녀의 가족들이기에 더 들려줄 수가 없었다.

그때도 광녀는 그녀의 등장을 조운의 등을 탁 치는 것으로 알렸다. 그렇지만 그다음 언동부터는 완전히 달라졌다. 옷고름을 씹지도 몸을 배배 꼬지도, 심지어 나 연 한 개 더 만들어 줘. 히히히. 나 그거 타고 사~천 가고 싶어. 히히히, 도 아니었다. 그러면? 광녀는 광녀가 아니었다. 그녀가 이랬다.

"나, 너 어미 되고 싶어. 너, 나 아들 안 될래?"

"흐······."

조운은 그곳 대나무들이 일제히 자기를 향해 쓰러지는 것 같았다. 덮쳐 오는 듯했다. 그는 자신도 모르게 그녀를 쫓아 버리기 위해 손에 쥐고 있던 대나무를 마구 휘두르기 시작했다. 마치 무당이 대를 잡고 잡귀를 물리치는 것처럼.

그러자 한층 경악할 사태가 벌어졌다. 하나의 춘화(春畵)라고나 할까. 광녀가 순식간에 저고리를 홀러덩 벗어 던진 것이다. 그러고는 뽀얀 젖가슴을 쑥 내밀며 말했다.

"우리 아기 배고프지? 어서 어미 젖 먹어."

조운은 눈앞이 아찔해지면서 아무것도 보이지를 않았다. 해를 오랫동안 바라보았을 때 눈이 캄캄해지는 느낌과 비슷했다. 그런 조운의 귀에 이번에는 이런 소리가 들렸다.

"나, 너 각시 되고 싶어. 너, 나 신랑 안 될래?"

"미친년!"

조운은 끝내 소리 지르고 말았다. 그러고는 대나무를 더한층 힘껏 휘둘렀지만 그것은 광녀의 몸에 닿기 전에 거기 울창한 대나무들에 먼저 부딪혔다. 대나무가 방패 역할을 해 준 것이다. 그리고 그다음부터는 자신이 무슨 소리를 하고 어떤 짓을 했는지 조운은 조금도 기억할 수 없었다. 그가 문득 정신을 차린 것은 여자 울음소리를 듣고서였다. 난데없이 대숲에 울려 퍼지는 여자 울음소리.

조운은 그만 두 눈을 있는 대로 크게 떴다. 울고 있다. 미친년이 울고 있다. 언제나 '히히히' 하는 괴상망측한 웃음소리만을 내던 광녀가 '흑흑' 하고 운다.

"어, 어……."

더없이 당황하는 소리와 함께 조운의 손에 쥐어져 있던 대나무가 땅바닥으로 떨어졌다. 그와 동시에 다시 광녀 입에서 흘러나오는 예의 저 웃음소리. 히히히.

조운은 온몸에 소름이 쫙 끼쳤다. 웃다가 이번에는 또 울음. 광녀가 번갈아 가며 웃고 운다. 흑흑흑. 히히히. 웃는 그녀보다 우는 그녀가 조운은 더 무서웠다. 조운은 달아나려고 했다. 하지만 대나무뿌리가 발을 휘감은 듯 한 발짝도 움직일 수가 없었다. 광녀의 웃음소리, 울음소리에 머리가 터져 날 것만 같았다.

얼마나 미친년의 미친 짓이 계속되었을까? 이윽고 광녀는 제풀에 지쳐 힘이 빠진 것같이 보였다. 조운은 혼미한 상태에서 꿈결에서처럼 지켜보았다. 한참이나 숨을 헉헉거리던 광녀가 댓잎 낙엽이 몇 개 묻어 있는 저고리를 주워들어 다시 상체에 걸치고 있는 것을.

그런 다음 광녀는 비척비척 발을 옮겨 놓기 시작했다. 점점 멀어져 가는 그녀의 뒷모습을 대나무들이 무연히 바라보고 있었다. 조운은 털썩 그 자리에 주저앉고 말았다. 엉덩이에 심한 통증이 느껴졌다. 어쩌면 대꼬챙이 같은 것에 찔렸는지도 몰랐다. 하지만 조운은 그대로 앉아만 있었다.

어느새 놀빛이 대숲을 물들이기 시작했다. 조운은 광녀를 머릿속에서 내몰기 위해 그가 성장하면서 맨 처음 착상을 얻었던 것에만 마음을 쏟았다. 그것은 그가 어릴 때부터 무척 잘 만들었던, 아이들이 날리며 노는 연이었다. 가는 대나무를 뼈대로 하여 종이를 바르고, 실에 달아 공중에 날리는 장난감.

조운은 그 순간을 영원토록 잊지 못할 것이다. 그날도 언제나처럼 어떻게 하면 사람도 저 공중을 날 수 있을까 하는 한 가지 생각에만 빠진 채 멍하니 하늘을 올려다보고 있을 때였다. 얼핏 그의 눈에 아이들이 공터에서 날리는 꼭지연, 치마연, 초연 등이 들어왔다. 그것들은 허공 높은 데서 잘도 떠 있었다. 때로 서로 연줄 끊어먹기 하는 연싸움을 하면 굉장히 빠른 속도로 움직이기도 하였다. 딴 연줄을 잘 끊도록 자기 연줄에 돌가루나 사기가루 등을 바르는, 다시 말해 '갬치 먹이는' 아이들도 많았다.

그런데 얼마나 나무둥치에 기대고 서서 바라보고 있었을까? 그의 입에서 환호, 아니 발작하듯 이런 소리가 튀어나왔다.

"아, 그래! 저, 저거야, 저거!"

그는 실로 기쁘고 흥분한 나머지 막 숨이 넘어갈 것 같았다. 그 자리에서 미치광이처럼 날뛰기도 하고, 엄청난 충격으로 가슴이 조여드는 듯 손바닥으로 그 부위를 빡빡 문질러 대었다. 그런 중에도 쉬지 않고 점쟁이가 주문을 중얼중얼하듯 했다.

"뼈대는 연처럼 대나무, 날개는…… 음, 가만 있자, 그래, 무명천이 좋을 거야. 질기고 가벼우니까."

평소 그답지 않게 안달 난 목소리로,

"그것들을 묶을 끈도 있어야겠고. 또 필요한 게 뭐지?"

그때 마침 그의 눈앞을 마부가 지나갔다. 그 황색 말처럼 얼굴이 황토 빛인 늙수레한 사내가 끄는 수레바퀴 소리가 유난히 그의 귀를 크게 울렸다. 그 소리는 땅에서 하늘로 퍼져 올랐다. 마치 수레가 허공을 나는 것처럼.

"아, 바퀴!"

그는 손뼉을 치며 말했다.

"바퀴, 바퀴는 소나무가 어떨까?"

마차가 일으키고 있는 뽀얀 먼지를 가만히 바라보고 있다가,

"참나무라도 상관없어."

그는 자기 다리가 바퀴인 양 교대로 빠르게 내디뎌 보다가 머리를 살래살래 흔들었다.

"아, 그건 나중에 생각해 보기로 하고, 먼저 필요한 건 대나무야, 대나무!"

그랬다. 대나무였다. 다행히 이 고을에는 대밭이 지천으로 널려 있었다. 그것은 오래전 그 탁발승의 예언대로 미리 정해진 이치였는지도 모

른다. 조운으로 하여금 하늘을 날게 할 기회와 힘을 주기 위한 하늘과 부처의 오묘한 섭리.

사람들은 상상도 하지 못했다. 조운이 막 생각해 낸, 하늘을 나는 기구를. 그날 이후로 조운의 머릿속에는 오직 단 하나의 물체만이 자리 잡기 시작했다. 그가 만들 인공의 새. 바로 '나는 수레'였다. 나는 수레…….

대나무를 골격 구조로 하여 격자형으로 조립한 후, 무명천을 써서 날개가 되게 할 작정이었다. 마끈으로 뼈대가 되는 대나무와 날개인 무명천을 단단히 묶을 계획이었다. 거기에 화선지도 붙이고, 또한 소달구지나 말이 끄는 수레같이, 소나무와 참나무 등으로 팔랑개비 같은 바퀴를 달면 땅에서도 이동이 가능하지 않을까 싶었다.

그런데 잔뜩 꿈에 부풀었던 조운은 처음부터 커다란 벽에 부닥쳤다. 상상 속에서는 그렇게 훌륭한 작품이었던 것이, 막상 실제로 제작해 놓고 보니 스스로에게 부끄럽고 그저 막막할 따름이었다. 깜냥에는 죽을 힘을 썼지만, 얼기설기 조립된 그것은 너무나 어설프고 성에 차지를 않았다. 올라타기는커녕 누가 옆에서 살짝 건드리기만 해도 그냥 망가져 버릴 정도였다. 작은 바람에도 술 취한 사람처럼 비칠비칠 굴러가더니 그대로 맥없이 뒤집어지거나 엎어졌다. 무엇보다 설계한 대로 만들었다고 하더라도 그 기구를 하늘로 날아오르게 한다는 건 어불성설이 아닐 수 없었다.

조운은 점차 좌절과 실의에 빠져들기 시작했다. 기대가 크면 실망도 크다던가. 방황과 낙담의 시간이 목을 죄었다. 불가능해 보였다. 그것은 신의 영역 안에 있을 뿐이었다. 그 기구에 깔려 숨막혀 죽어 가는 악몽에 시달렸다. 어쩌다 용케 그것을 만들어 타고 하늘로 올랐다가 끝없이 추락하는 가위에도 눌렸다. 그런데 꿈속에서라도 완성시킨 그 기구가 눈을 떴을 때도 기억이 난다면 얼마나 좋겠는가마는, 이건 또 무슨 조화속인지 하나도 떠오르지를 않았다. 꿈에 그가 탄 것은 구름이나 안개가 아니었을까 싶었다. 구름 잡고 안개 잡는 짓일랑 어서 집어치우라는 나쁜 서몽이었는지도 모른다.

조운은 사람들을 피했다. 모두가 손가락질을 해대는 것 같았다. 그런 가운데 유독 상돌이란 그 백정 아이만 그리워졌다. 지금은 그도 어엿한 청년이 되어 있을 것이다. 그런데 그날 이후 조운은 상돌을 한번도 만나지 못했다. 나중에야 안 일이지만, 상돌은 양반 집안 아이들에게 몰매를 맞고 자기들이 살도록 나라에서 허가해 준 구역에서 한 발짝도 나오지 못하고 있었다. 양반이 공연히 백정을 괴롭힌 일은 당시 비일비재했다.

어느 날, 조운은 아버지와 함께 성내로 들어갔다. 거기 성곽은 예로부터 전해지는 말 그대로, 마치 남산을 향하여 물결을 차고 돌진하는 전함 마냥 되어 있었다. 기와집과 초가집들이 의좋게 머리를 맞대고 있었다. 거기 공동 우물터로 가서 두레박줄을 내려 길어올린 맑고 상쾌한 우물물을 부자가 함께 마셨다.

그들은 팔작지붕이 웅장한 누각 아래 서서 저 밑을 흐르고 있는 남강을 굽어보았다. 햇살에 반짝이는 모래밭은 그 끝이 보이지 않을 만큼 드넓었고, 잔잔한 물 위에는 서로 희롱하는 흰빛과 잿빛 물새들 날갯짓이 아름답게 비쳤다. 그리고 조운이 잘 가는 강변의 무성한 대밭은 벼슬 아치들 서슬처럼 시퍼렇게 보였다. 몸집이 커다란 시커먼 까마귀 떼가 대밭 위로 솟구쳐 오르고 있었다.

"봉황새가 살고 있으면 까마귀들이 저렇게 설치지 못할 텐데 말이다."

술명이 까마귀 무리를 올려다보며 아쉬운 듯 말했다. 어릴 때 우연히 한학 공부도 할 기회가 있었던 그는, 때때로 농사꾼보다는 선비 같은 분위기를 풍기곤 하였다.

"바다 건너 왜구가 우리 조선을 노린다는 소문이 심상치가 않아. 그래 까마귀를 보면 왜놈들 생각이 더 나거든. 왠지 피 냄새도 자꾸 풍기는 것 같고 말이다."

아버지 그 말을 들은 조운은 오싹해짐을 느꼈다. 사람 시체를 보면 맨 먼저 달려들어 눈알과 살점을 파먹는 새가 까마귀라는 이야기를 어디선가 들었던 것 같았다. 그래서 우리나라 사람들은 그 새를 재수 없는 흉조(凶鳥)라고 하는지도 모른다.

섬나라 오랑캐들에게 죽은 조선인들 시체가 들판에 가득 차 있고, 그 위로 까마귀들이 불길한 울음소리를 내며 날고 있는 장면이 보이는 듯하여 조운은 치를 떨었다. 눈앞에 보이는 모든 것들이 섬뜩한 핏빛으로 물드는 것 같았다.

"그놈들이 우리나라를 침략할지도 모른다는 이야기가 진짜 맞을까요?"

조운은 여간 신경이 쓰이지 않는다는 표정이었다. 술명의 안색이 파리했다.

"내가 언젠가 네게 들려주었던 그 스님 말씀을 떠올리면, 아무래도 그건 사실이 아닐까 싶구나."

"아, 제가 어른이 되면 우리나라를 위기에서 건질 귀인을 구한다고 예언했다는 그 스님 말씀입니까?"

조운의 눈빛이 빛났다. 자신이 날아서 그 귀인을 구할 거라고 했다는 탁발승. 만약 그 이야기를 듣지 않았다면 그가 새처럼 날 수 있기를 소원하지 않았을지도 모른다. 솔직히 아직도 그게 과연 가능할까 반신반

의하고 있었다. 하지만 포기는 하지 않았다. 아니었다. 어떤 힘인가가 그러지 못하도록 오직 한 방향으로만 그를 이끌고 있는 듯했다.

"어쨌든 그게 네 운명이라더니, 네가 어릴 적부터 늘 대밭에 가서 놀기를 좋아했고, 지금도 그러는 걸 보면⋯⋯."

아버지 그 말을 듣는 조운 머릿속에 대밭에서 처음 만난 상돌이 떠올랐다. 그리고 그 옆에 나란히 자리를 차지하는 게 바로 저 광녀였다. 그렇게 꾀죄죄하고 제멋대로 풀어진 형편없는 몰골인데 젖가슴은 어쩌면 그리도 뽀얄 수가 있을까.

동쪽 하류 쪽에 간짓대로 저어 건너는 거룻배를 타고 있는 흰옷 차림의 사람들 모습이 왠지 눈을 시리게 했다. 그것을 바라보고 있던 술명이 무거운 목소리로 말했다.

"사람이 저렇게 물을 건너는 것도 결코 쉽지 않은 일이거늘, 하물며 하늘을 난다는 것은⋯⋯."

"⋯⋯."

"조운아! 네 정녕 그 꿈을 그만 던질 마음은 전혀 없는 것이냐?"

강바람이 조금 더 거세지고 있었다.

"죄송합니다, 아버지."

"그래, 그렇단 말이지?"

술명의 그 말은 거의 울음에 가까웠다. 조운은 고개를 제대로 들지 못했다. 부모 된 사람으로서 자기 같은 자식을 둔 그 심정이 어떠할까는 누구보다 잘 깨치고 있는 그였다. 하지만 그 뜻을 꺾는다는 건 사지를 잘라 버리는 것보다 더 어렵다는 것도 알고 있었다.

"대나무를 뼈대로 하고, 무명천으로 날개를 달겠다는 소리는 들었는데⋯⋯."

술명은 아주 걱정스러운 얼굴로 물었다.

"아비 생각에는 말이다. 네 말대로 정말 그게 날 수 있다고 하자. 그렇지만 날다가 어디에 부딪혔을 때 그 충격이 대단할 텐데, 그것은 어떻게 해결할 방도가 있는 거냐?"

조운이 번쩍 고개를 들었다. 그러고는 자신감 넘치는 목소리로 대답했다.

"새에 비교하면 머리 부분이 될 것인데, 그것은 솜을 재료로 할 생각입니다."

술명은 두 손으로 머리 모양을 만들어 보이며,

"그러니까 솜으로 새의 머리처럼 만들 것이다, 그런 얘기냐?"

"예, 아버지. 그러면 충격이 훨씬 작을 것이라고 봅니다."

강 건너편에서 하얀 물새 몇 마리가 이쪽으로 날아오고 있었다. 하나같이 다리는 길고 머리는 작아 보였다.

"네 말을 듣고 보니 그럴 것 같기도 하다만……"

눈길은 남강 위에서 선회하고 있는 물새들을 계속 쫓아가며,

"어느 정도까지 날 수가 있다고 보는 거냐?"

"띄워 보지 않아 잘은 모르겠지만, 제 소망을 담아 말씀드리면……"

끝없이 펼쳐진 하늘에 시선을 박은 채,

"공중에서 백 장(丈)은 날 수 있을 겁니다."

조운은 세종조 과학자로서 측우기를 발명한 장영실을 닮아 있었다.

"위로 올라가는 공기의 흐름을 잘 타면, 삼십 리도 날아갈 수 있다고 봅니다. 물론 운도 따라 주어야 하고요."

"삼십 리? 정말 대단하구나! 하지만……"

술명은 한편으로는 대견스러워하면서도 다른 한편으로는 여전히 염

려하는 빛을 지우지 못했다.

"그것을 타고 있다가 만약 공중에서 떨어지면……."

술명은 차마 뒷말을 잇지 못했다. 상상조차 싫었다. 다칠 정도가 아니라 목숨까지도 잃을 가능성이 너무나 큰 것이다. 술명과 박씨 부부가 무엇보다 우려하는 게 바로 그 점이라는 것은 더 말할 나위가 없었다. 그리고 조운 또한 그것을 잘 알았다.

"날다가 무사히 땅에 내려앉는다 해도, 그때 가해지는 힘이 보통이 아닐 게고……."

술명의 눈에 엄청난 충격을 받아 산산조각이 나는 비행기구가 보이는 듯했다. 그리고 그와 동시에 기구 밖으로 튀어나와 땅에 머리를 부딪혀 그대로 절명해 버리는 아들의 모습. 어쩌면 기구에 불이 붙어 타 죽을 위험도 있었다.

"그것도 미리 생각해 둔 게 있습니다."

"생각해 둔 게 있다고? 어떻게?"

여전히 우려를 떨치지 못하는 술명에게 조운은 이렇게 얘기했다.

"그 골격의 앞쪽과 뒤쪽에 지지대를 설치할 계획입니다. 이동하는 것을 돕기 위해서는, 지난번에 제가 말씀드린 대로, 소나무와 참나무로 바퀴를 달 것이고요."

"지지대와 바퀴……."

술명의 얼굴에서 조금은 근심스러운 빛이 사라졌다. 음성도 한결 밝아졌다.

"자랑스럽구나, 내 아들이. 네가 성공만 할 수 있다면, 그보다 더 반갑고 좋은 일이 또 어디 있겠느냐?"

조운은 아버지를 안심시키기 위해 자신에 찬 목소리로 말했다.

"절 믿어 주십시오. 실망을 안겨드리는 일은 하지 않겠습니다."

"그렇게만 되면, 넌 두고두고 역사에 그 이름을 남기게 될 것이다."

술명은 가슴이 벅차오르는 모습이었다.

"조선에서 최초로 하늘을 나는 기구를 만든 사람으로, 나아가 나라를 위기에서 구한 위인으로 말이니라."

조운은 완성된 비행기구 앞에 서서 환호하는 자신의 모습을 그려보며 말했다.

"꼭 그렇게 되도록 노력하겠습니다."

"네 어머니가 문제다."

동쪽에서 서쪽으로 흐르기 마련인 다른 강과는 달리, 서에서 동으로 흐르는 남강. 그 신비를 담고서 남강은 흐르고 또 흐르고 있었다.

"저도 어머니가 마음에 걸립니다. 아버지와는 이렇게 이야기도 좀 하는데……."

"하긴 어미 된 마음에 자식이 그렇게 위험한 일을 하겠다는데, 그냥 두고 볼 사람이 세상에 어디 있겠느냐만……."

조운의 고개가 또 숙여졌다. 남자인 아버지와는 달리 여자인 어머니 심정이 어떠할지는 불문가지였다. 사실 박씨는 조운 때문에 끼니를 거를 때도 많았다. 하나 있는 아들자식 때문에 얼마나 속상해하고 애를 태우는지 자다가도 벌떡벌떡 일어나곤 하였다.

"네 운명이 곧 나와 네 어머니의 운명이 아니겠느냐?"

조운으로 인해 술명은 숙명론자가 되어 가고 있었다. 갈수록 그 탁발승의 예언이 현실로 다가서고 있다는 예감이 그물망처럼 덮쳐 왔다. 그것이 아들에게 축복인지 저주인지는 아직도 모르겠다.

"난, 그렇게 생각하고 있다."

"죄송합니다, 아버지. 그리고 고맙습니다."

조운의 두 눈이 뿌옇게 흐려졌다. 술명이 아들을 외면했다.

"아니다. 오히려 부모로서 네게 미안하다."

"예? 그게 무슨 말씀입니까, 아버지?"

저만큼 낮게 쌓은 성가퀴 위에 잎새 하나가 지친 듯 내려앉고 있었다.

"네가 보통 아이들처럼 좀 더 쉽고 편하게 살아갈 수 있는 팔자를 지니고 태어나게 해 주지 못하고, 그렇게 힘들고 위험한 길을 걸어가야 할 운명을 갖고 살아가게 했으니 말이다."

술명의 한숨 소리에 가슴이 무너져 내릴 것만 같아 조운은 고개를 있는 대로 흔들었다. 그 바람에 억지로 참았던 눈물방울이 뺨을 타고 굴러내렸다.

"아닙니다, 아버지. 그건 절대로 아닙니다! 전, 도리어 제가 이런 운명으로 살아갈 수 있도록 해 주신 부모님 은혜에 참으로 감사할 뿐입니다."

"하늘이 있다면, 이렇게 착한 네 소원을 반드시 들어주실 거라고 믿는다."

조운은 커다란 바윗덩이에 깔린 것같이 너무나 가슴이 답답하고 무거웠다. 인간의 소원. 백정인 상돌의 소원은 무엇일까? 조선 최하위 천한 신분인 백정에서 벗어나는 것? 그게 불가능하고 거창한 것이라면 좋은 대나무 평상? 그 어느 것이든 꼭 이루어지길 빌어 주고 싶다.

그리고 그 광녀의 소원은? 조운은 그만 온몸이 불길에 싸이는 듯했다. 머리털이 죄다 빠지는 것 같았다. 미친 그 여자가 분가루를 바른 것같이 뽀얀 젖가슴을 그의 눈앞에 들이대며 하던 말이 생생히 되살아났다. 나, 너 어미 되고 싶어. 너, 나 아들 안 될래? 나, 너 각시 되고 싶어. 너, 나 신랑 안 될래?

"하늘이 들어주시게 하는 것도, 인간이 하기에 달려 있다고 봅니다."

"그렇다. 아비도 같은 생각이다."

조운의 말에 고개를 끄덕이며 술명은 동남 방향으로 눈을 던졌다. 거기 강 저쪽 멀리로 높고 가파른 벼랑이, 마치 보는 이의 발이 미끄러지는 것 같은 착각을 던져 주고 있었다. 뒤벼리였다. 그 고을로 들어오는 길목에 있는 새벼리와 오랜 세월 동안 쌍벽을 이루고 있는 곳. 흐벅지게 피는 진달래가 절경을 이루는 선학산이 강 속으로 빠지지 않게 단단히 지탱하고 있는 형세였다.

"조운이 네가 만든 하늘을 나는 그 기구가, 저 뒤벼리처럼 반드시 우리 집안과 고을, 더 나아가 이 나라를 지켜 주리라 믿는다. 이 아비는 왜놈들이 정말 싫다."

때마침 저 아래 강 위를 날고 있던 물새들이 그들의 머리 위를 향해 힘차게 날갯짓을 해 오고 있었다. 다리가 길다란 왜가리였다. 조선의 백로과 새들 중에 제일 큰 종이라는 그놈들 뒤통수에 있는 두 개의 청홍색 긴 털이 인상적이었다.

술명은 고개를 한껏 뒤로 젖힌 채 왜가리를 올려다보고 있는 아들을 바라보았다. 그의 눈에 비친 조운은 더 이상 어린 새가 아니었다. 지금 거침없이 비상하고 있는 그 새들처럼 다 성장한 어른 새였다. 그러나 날개가 없는 새였…….

세월은 백전천 물살에 해를 담고 달을 실은 채 쉼 없이 흐르고 흘러갔다. 냇가에 있는 거북바위와 두 그루 고목도 그만큼 늙어 보였다.

시민의 나이 어언 스무 살 되는 해, 혼례를 치렀다. 신부는 부여 서씨 웅문의 딸이었다. 혼자일 때보다 둘이 되니 신경 쓸 것도 많아지고 해야 할 일도 불어났다. 나팔꽃 피어나는 여름날 아침인가 했더니 금방 하늘가에 기러기 비껴 가는 늦가을 황혼이었고, 오른쪽 둥근 상현달이 다시 보니 눈썹을 닮은 초승달로 바뀌어 있었다.

하지만 어쩐 셈일까? 이태가 지나도록 태기가 없었다. 금실이 남달랐기에 어머니 이씨 부인의 조바심은 더할 나위 없이 컸다. 은행나무도 암수가 마주서면 열매를 맺는 법인데, 도대체 무엇이 잘못되었는지 알 수가 없었다. 시민은 서책을 넘기고 무예를 연마하는 일에 더욱 빠져들었고, 서씨 부인은 남편과 시댁 어른들 앞에서 고개를 들지 못했다. 어쩌면 영원한 돌계집(석녀)으로 밤낮 눈물을 뿌리며 살아가야 할지도 모를 일이었다. 심지어 이혼의 구실도 되고, 남편이 다른 여자를 더 맞이할 수도 있으니, 합방을 할 수 없는 여자나 진배없었다.

그런데 눈 위에 서리라던가. 최고 웃어른인 충갑이 돌아가시고 말았다. 근조(謹弔)의 망극한 슬픔 속에 망자(亡者)가 생전에 쓰던 물건들을 한데 모아 불사르니 그 연기가 풀어헤친 유족들 머리칼같이 나부꼈다. 온 고을이 고인을 추모하는 공기로 그득했다.

시민이 고자(孤子)로서 더욱 가슴 쓰라린 일은, 당신이 손주 한번 품에 안아 보지 못한 채 이승을 뜨시게 한 불효막심에 대한 죄책감이었다. 과수댁 이씨 부인은 자식들 앞에서 내색은 하지 않아도 지난날들의 회억에서 벗어나지 못하는 듯했다.

그들 모자의 머릿속에 이승에서의 지아비이자 부친인 충갑의 생애가 깊이 자리 잡았다. 그가 재직한 사헌부는 사간원, 홍문관과 함께 삼사(三司)라고 불리었는데, 권력자들도 벌벌 떨게 만들었고 백성의 원억한 일을 해결해 주기도 하는 등 막강한 곳이었다.

충갑의 운명이 뒤바뀐 것은, 을사사화의 여파가 가시지도 않은 1547

년 경기도 광주 양재역에서 발견된 어떤 익명의 벽서였다. 정미사화라고도 하는 '양재역 벽서사건'이 그것이었다. 윤원형 등의 소윤 일파가 대윤 윤임파의 잔당과 사림 세력을 몰아내기 위해 고의적으로 정치 쟁점화했던 것으로 전해지는 정적 숙청 사건.

문정왕후는 명종으로 하여금 많은 이들을 죽이거나 귀양 보내게 했고, 중종 아들인 봉성군도 역모의 빌미가 된다는 핑계로 사약을 내렸다. 그 와중에 평소 수렴청정을 하는 문정왕후에게 비판적이고 바른말 잘하던 충갑도 무사할 수 없었다. 그는 청주 땅으로 유배당했다. 이제 남은 것은 허망하고 고통스러운 시간들뿐이었다.

그런데 시민의 외조부 이성춘이 더 대단했던 것은, 귀양살이하는 충갑이 그때 총각이 아니었다는 사실이었다. 비록 홀아비로 4년을 살아오긴 했지만, 그에게는 죽은 첫째 부인 광주 김씨가 있었고, 더욱이 시회(時晦)라는 아들까지 둔 몸이었다.

그런 사실을 하나 빠짐없이 죄다 알고 있던 성춘. 그는 여러 관아에 둔 종9품 벼슬인 참봉으로 말단 관리였지만 대단한 재력가였다. 못과 정자가 멋진 넓은 소유지의 임자일 뿐 아니라, 잔치 때 불러내올 가무에 능한 기녀들까지 두었다.

"사리가 분명한 사람이다. 자고로 사내란 목에 시퍼런 칼날이 들어와도 세 치 혀를 굽혀서는 안 되는 법이지. 언젠가는 반드시 큰일을 해낼 인물인 게야. 그러니 더 이상 다른 소리 말고……."

부인과 친인척들 반대에 부닥친 성춘이 한 말이었다.

"게다가 그런 피를 물려받은 후손들 중에는, 필경 이 나라 최고 지조 높은 대학자나, 아니면 영웅호걸 장군이 나올 터. 그런 가문과 사돈이 되다니 조상이 돌보신 게야, 조상이. 하하하."

어쩌면 성춘은 사위 충갑의 피 속에는 그의 12대 선조, 그러니까 시민에겐 13대 조상이 되는 고려 무장 김방경의 기상이 흐르고 있다는 사실에주목했는지도 모른다. 저 삼별초의 난 때 대활약을 펼쳤던 김방경.

그날 성춘의 사랑방에 부녀가 마주 앉았다. 이씨 처녀는 황해도 대청도의 해묵은 뽕나무로 만든 서안(書案)에 눈이 갔다. 옻칠을 하지 않고 인두로 지지고 향유로 닦아 퍽 고담하게 만든 앉은책상이었다. 딸의 눈길이 거기 없힌 서책에 머물러 있다는 것을 안 성춘이 흐뭇한 미소를 지으며 입을 열었다.

"네 시가가 될 그 집안은 지체 높은 가문이니, 네가 거처하는 안방에도 저런 서안을 비치해 놓고 사용할 수 있을 게야."

이씨 처녀는 간절히 바랐다. 안방에 가면 시어머니 말이 옳고 부엌에 가면 며느리 말이 옳다고 하지만, 그녀의 시가에서는 부엌에 가도 시어머니 말이 옳고 안방에 가도 며느리 말이 옳은 그런 삶이 되기를.

"네 뜻은 어떠냐? 시집갈 때 아비가 읽던 서책도 몇 권 가져가게 해 주랴?"

성춘은 혼례를 앞둔 딸에게 시가가 될 집안 내력을 세세히 들려주기 시작했다. 어쩌면 성춘도 사람인지라 금지옥엽 기른 딸을 자식까지 딸려 있는 홀아비에게 보내는 게, 가슴 한구석에 옹이로 박혔는지도 알 수 없었다. 아니면, 고분고분 아비 말을 따르는 착하고 심성 깊은 딸의 마음을 조금이라도 풀어 주기 위해 더욱 그랬는지는 모르지만, 그의 이야기는 첫닭이 '꼬끼오!' 홰를 칠 때까지도 그칠 줄 몰랐다.

"김방경 장군은, 네 시가의 대 선조이신 장군은, 고려의 도원수로서 원나라 군대와 함께 일본 정벌에도 나서신 적이 있느니."

이씨 처녀 가슴이 풀쩍 뛰었다. 그렇게 대단한 가문이라니. 자신이 그런 집안의 피를 물려받은 자식을 낳게 된다는 사실을 생각만 해도 마음이 뿌듯했다.

"비록 실패로 끝난 일이긴 하지만……."

성춘은 서안 옆에 놓인 연상(硯床)을 천천히 바라보았다. 그 상단 뚜껑에 가늘고 긴 대나무 조각을 조합하여 장식한 복자(福字)무늬와, 그 둘레와 몸체에 장식한 번개무늬가 등잔불빛 아래 드러나 보였다. 절개의 상징인 대나무가 그는 마냥 좋았다.

"그래도 얼마나 자랑스러운 이 나라 역사의 주역이시냐 말이다."

이씨 처녀는 더욱 다소곳한 모습으로 고개 숙여 답을 대신했다.

"여자인 넌 잘 모르겠지만……."

성춘은 앞에 놓인 술상을 손바닥으로 두어 번 가볍게 두드린 후 말을 이었다.

"술은 종종 전쟁 수행의 가장 큰 수단으로 활용되기도 한단다. 당시 소주를 좋아했던 원군들은 본국의 술을 가져와 안동에 머물 동안 마셨다고들 하는데, 안동에 와 있던 충렬왕이 드실 궁중음식에도 그에 준하는 술이 만들어졌다고 하더구나. 그래서 지금도 안동에서 나는 소주가 유명하지."

이씨 처녀는 쌀이며 농기구, 그외 여러 물품 등속을 보관해 놓은 집안의 광과 곳간이 생각났다. 어머니는 곡식을 저장하는 곳간을 특별히 관리한다는 사실도 떠올랐다. 나도 시집가면 어머니처럼 오로지 집안 살림에만 신경을 쏟아야겠다고 내심 결심했다.

"술이야말로 백락지장(百樂之長)이라고 했거늘, 오늘따라 술맛이 이렇게도 좋구나! 앞으로 우리 예쁜 딸과 이런 자리를 자주 갖지 못하게 될 거라 그런가?"

성춘의 뒤쪽 벽에 세워진 병풍 속의 산과 해 사이에 있는 소나무 밑의 사슴과 물속 거북은 서로 다른 곳을 보고 있었다.

"그래도 이제부터는 지아비와 더불어 부부의 정을 실컷 누리게 될 터이니 나는 조금도 서운치가 않구나. 흐음."

성춘은 그때 이미 누구 눈에도 많이 취한 상태였다.

'아무리 술을 드셔도 한번도 흐트러진 모습을 보이지 않으시던 아버지가……'

이씨 처녀는 아버지 마음 밑바닥까지를 충분히 읽었다. 혹시라도 딸이 자식 딸린 홀아비에게 시집가서 뭐가 잘못되지나 않을까 염려를 떨치지 못하신다는 것을.

그런데 막상 안동 김씨 집안에 들어와 보니, 한참 윗대인 김방경 장군만 훌륭한 게 아니었다. 시아버지도 그렇고, 시동생들도 대단했다. 남편 충갑도 생원과 진사, 문과에 모두 급제할 정도로 학문이 높았지만, 시민의 숙부 4형제인 효갑, 우갑, 제갑, 인갑 등도 대과와 진사에 급제했다.

그리하여 오갑(五甲)이 홍패, 백패로 구첩병풍을 만들었다 하여, 세상에서는 그것을 홍백병(紅白屛)이라고 불렀다. 홍패는 문과의 회시에 급제한 사람에게 내어주는 붉은색 증서를 말하고, 백패는 소과에 급제한 생원이나 진사에게 주던 흰색 증서를 말했다.

그런데 그곳에서 멀리 떨어진 경상도 진주 땅의 조운에게 중요한 사람은 김제갑이었다. 그가 바로 훗날 조운 자신과 시민과의 사이에 다리를 놓아준 장본인이었기 때문이었다. 다시 말해, 조운이 운명대로 살아갈 수 있게 할 막대한 역할을 맡은 이가 그였던 것이니, 하늘의 섭리란 실로 오묘한 것이었다.

하지만 시민에게 문제가 생겼다. 어머니와의 갈등이 그것이었다. 이씨 부인은 아들에게 문과시험을 치르도록 권했지만, 호방한 기질을 타고난 시민은 처음부터 문약(文弱)한 선비가 싫었다. 게다가 여기에는 아버지와 할아버지의 순탄치 못한 인생역정이 한몫을 했다. 두 분 모두 사화(士禍)의 희생물이었다. 시민은 그들보다 먼 선조인 김방경 같은 무장(武將)의 길을 더 원했던 것이다.

"네 맏형을 보아라. 지금 저렇게……."

이씨 부인 음성은 복잡하고 떨렸다. 전처 광주 김씨 소생인 시회를 입에 올릴 때면 늘 그랬다. 시민 머리에, 선조가 즉위한 그해, 식년문과에 급제하여 부평부사를 지내고 있는 시회 모습이 떠올랐다. 그렇지만 어머니는 그 시회보다도 자기 배로 낳은 시각(時覺) 때문에 더 마음이 흔들리고 있음을 시민은 알았다. 시민의 친형 시각은 생원까지 올랐으나 후사를 잇지 못하고 일찍 죽고 말았던 것이다. 그리고 보면, 시민은 두 가지 면에서 어머니에게 불효였다. 문과시험을 치르지 않겠다는 것, 아직 혈육이 없다는 것.

모자간 갈등의 폭은 깊었다. 이씨 부인의 실망감, 아니 자식으로부터 맛보는 배신감은 무척 대단하여, 그때부터 시민을 멀리하기 시작했다. 시민은 불효자의 죄책감을 떨치고 어머니를 기쁘게 해드릴 길은, 김방경 할아버지 같은 뛰어난 장군이 되는 것이라 여기고 더욱 무인에의 길에 매달렸다.

둘님, 사랑이어라

시간은 경사 급한 계곡을 세차게 흘러내리는 물살처럼 빠르게 지나갔다. 그만큼 모든 것들도 몰라보게 바뀌었다. 하지만 변하지 않은 게 있었다. 오늘도 실패였다. 아마 수천, 수만 번은 거듭된 실패였을 것이다.

조운이 밤낮으로 작업을 하는 장소는, 그의 집이 있는 가마못 안쪽 마을의 저 뒤편, 그러니까 인가에서 북쪽으로 깊숙이 들어간 곳에 있는 비밀의 장소 같은 공터였다. 그곳에는 조운의 유년과 청년 시절이 함께 숨 쉬고 있었다.

거기는 남쪽 방향만 제외하고는 삼면으로 야트막한 산자락이 흘러내려 조그만 분지 하나를 이루어 내고 있었다. 그래 밖에서 보면 그 안이 잘 보이지 않았고, 사람들 발길도 뜸한 곳이어서, 조운이 여러 해를 두고 은밀한 작업을 하기에는 안성맞춤이었다. 그 속에서 벌어지는 일은 어느 누구도 쉬 알지 못할 것이었다.

그러나 너무나 무모한 짓이었고 불가항력이었다. 대나무를 잘라 기본 골격을 만들고 무명천으로 날개를 다는 것까지는 그런 대로 된 것 같은데, 솜뭉치로 머리를 만드는 게 쉽지가 않았고, 더욱이 사람이 올라타도 내려앉지 않게 받치거나 버텨 줄 수 있는 틀을 설치한다는 건 여간 힘든 노릇이 아니었다. 특히 그것을 날아오르게 할 추진 장치만 생각하면 머릿속이 하얗게 비어 버리는 듯했다. 어릴 때부터 공중 높이 날리며 놀던 연과는 전혀 달랐다. 차라리 살아 있는 새를 만드는 게 더 수월할 것 같았다. 하늘을 나는 수레라니? 수레를 끄는 말이나 소가 웃겠다.

그러함에도 조운은 고을 곳곳에서 베어 와 쌓아 놓은 대나무 더미 속에서, 밥 먹을 생각도 잊어버리고 혼자 작업에 몰두하였다. 하루해가 메추리 꽁지같이 짧았다. 그럴 때 먹을 것도 가져다 주고 또 옆에서 격려를 해 주기도 하는 사람이 바로 조운의 옆집에 사는, 조운보다는 두 살이 밑인 김둘님이라는 처녀였다. 하지만 그녀는 조운의 마음 깊은 곳에 한 여자가 숨어 있다는 것을 알지 못했다. 조운 스스로도 몰랐으니 당연한 일이었지만.

어릴 적부터 낮은 흙담장 하나를 사이에 두고 살아온 두 사람인지라 오누이 같은 정을 나눈 그들이었다. 여동생이 없는 조운은 둘님을 친 여동생처럼 여겼고, 오빠가 없는 둘님 또한 조운을 친 오라버니 마냥 대했다. 그렇지만 남은 남인지라 점점 나이가 차면서 두 사람은 내외까지는 아니어도 이성으로서의 감정을 느껴 가는 건 당연하고 바른 이치였다. 무엇보다 언제부턴가 둘님이 조운에게 말을 높이고 있다는 게 그 증거였다.

둘님이 자다가 껴안은 베개는 조운의 변신이었다. 조운의 몽정에는 둘님의 벗은 등이 보였다. 하지만 잠에서 깨어났을 때 느끼는 두 사람의 감정은 너무나 상반되었다. 둘님이 당장 조운에게로 달려가고 싶은 반면, 조운은 둘님으로부터 멀리로 도망치고 싶었다. 바로 둘님도 모르고 조운 자신도 모르는, 조운의 마음속 그 여자 때문이었다.

그들이 모르는 것은 또 있었다. 어떤 그림자 하나가 언제나 멀리 숨어서 자신들을 훔쳐보고 있다는 사실이 그것이었다. 샛노랗게 번득이는 눈빛. 뿌드득 갈고 있는 이빨. 확 달려들어 마구 할퀼 것 같은 때 낀 긴 손톱. 때로는 한쪽 발에만 끼워져 있는 때 낀 짚신. 그리고 그 무엇보다 극히 비정상적인 숨소리와 옷매무새. 특히 그 그림자는 낚아채 가기 위해 병아리 몸 위에 드리워진 솔개 그림자처럼, 둘님의 몸을 겨냥한 채 거두어질 줄 몰랐다.

어쨌거나 이날도 둘님은 실패를 하고 대나무 더미에 맥없이 앉아 있는 조운에게 온갖 위로의 말을 건네주기에 바빴다. 너무나 천성이 어질고 여린 그녀는 크고 새까만 두 눈에 눈물까지 그렁그렁한 얼굴로 말했다.

"오라버니, 너무 그렇게 상심하지 마세요, 예? 언젠가는 반드시 성공할 수 있을 거예요. 그러나……."

조운은 잠자코 고개를 내저었다. 총기 넘쳐 보이던 눈도 생기를 잃고 풀어져 있었다.

"아냐. 내 능력의 한계가 여기까지인 모양이야."

"아니에요, 아니에요."

급기야 둘님의 눈에서 눈물방울이 또르르 굴러내려 저고리 앞섶과 치맛자락을 적셨다. 조운은 대나무 꼬챙이며 마끈이며 연장에 할퀴고 죄고 찍히어 상처투성이인 두 손으로 머리칼을 쥐어뜯기 시작했다.

"내가 미친놈이야. 사람이 어떻게 새처럼 날 수가 있겠냐고? 저것들을 연같이 날릴 생각을 하다니? 정신이 나가도 이렇게 나간 인간은 없을 거야!"

"아니에요, 오라버니! 오라버니는 누구보다 훌륭한 천재예요."

둘님은 조운을 진정시키기 위해 안간힘을 다했다. 하지만 설혹 나라님이 와서 달랜다고 해도 소용이 없을 듯했다. 급기야 조운은 벌떡 일어나더니 대나무 더미 위에서 발을 함부로 굴리며 광인처럼 소리를 질러댔다.

"흥! 나 같은 놈이 어떻게 나라를 건질 귀인을 구할 수 있단 말이야? 모두 다 그 돌팔이 중놈이 지어 낸 엉터리 소리야! 내 그 중놈을 만나기만 하면 그냥 안 둘 테다!"

둘님의 안색이 새파랗게 질렸다. 지금 조운은 평소의 그가 아니었다. 언제나 과묵하고 신중한 사람이었다. 더욱이 지금까지 그가 한번도 남을 그렇게 욕하거나 해치는 소리를 하는 것을 보지 못한 둘님이었다. 그녀는 거기 공터를 억지로 외면하며 생각했다.

'아, 어쩌면 여기가 오라버니 인생을 망치게 할 곳인지도 모르겠구나!'

둘님도 점점 조운처럼 낙담과 허탈감에 빠져들었다. 공터에 어지럽게 널려져 있는 대나무 골격이며 무명천 날개, 제멋대로 뭉쳐진 솜 같은 것들이 무연히 그들을 바라보는 듯했다. 아니, 바람이 불면 깔깔거리는 웃음소리를 내며 놀리는 것 같았다. 마끈이나 화선지, 솜뭉치 같은 것은 어디 날 잡아 봐라? 하는 듯 휙 날아가 버리기도 했다. 바퀴로 사용하기 위해 가져온 소나무와 참나무 등속도 비바람에 속절없이 썩어 들어가는 게 차마 보기 안타까웠다.

조운은 둘님의 전부였다. 그렇기 때문에 조운이 만들려고 하는 비행기구는 곧 둘님의 그것이었다. 설혹 세상 모든 사람들이 인정하지 않으려 한다 할지라도 둘님은 그럴 수 없었다. 죽어 혼이라도 그 비행기구에 붙어 하늘을 날아오르게 할 각오를 하고 있었다. 팔을 잘라 날개로 만들어 붙여 비상할 수만 있다면 자기 한몸 희생할 작정이었다.

"우선 이것부터 좀 잡수시고 저랑 차분히 얘기 좀 해요."

둘님은 집에서 들고 온 싸리바구니에 담긴 고구마와 과일, 물 등을 근처 댓잎자리에 내려놓으며 말했다. 그 댓잎자리는 조운의 어깨 너머로 배운 둘님이 대나무에서 따낸 댓잎으로 만든 것인데 마치 멋진 방석 같았다. 싸리바구니는 조운이 만들어 둘님에게 선물한 것이었다. 그렇지만 조운은 둘님의 말을 들었는지 못 들었는지 계속 하던 짓을 멈추지 않았다.

그런데 파도 치는 물결 같은 대나무 더미에서 마구 날뛰던 조운이 어느 순간 갑자기 비명을 질렀다. 깜짝 놀라 바라보는 둘님의 눈에, 조운의 다리에서 흘러나오는 피가 보였다. 뾰족한 대꼬챙이 끝에 찔린 게 확실했다.

"엄마! 저, 저걸 어째?"

너무나 당황한 둘님은 어쩔 줄을 몰라 하다가 무작정 달려들어 조운을 대나무 더미에서 끌어내렸다. 그런 후에 댓잎자리 위에 놓인 음식물을 아무렇게나 옆으로 밀어 치우고는 그 자리에 조운을 앉혔다. 벌건 핏물은 쉴 새 없이 뿜어져 나오고 있었다. 상처를 입은 곳은 왼쪽 다리의 장딴지 부위였다.

"오라버니, 우, 우선……."

둘님은 급한 대로 자기 저고리 옷고름을 뜯어 냈다. 그러고는 얼른 조운의 상처 부위를 동여매기 시작했다. 상처는 생각보다 훨씬 깊었다. 조운은 고통스러운 신음 소리를 내며 둘님을 바라보았다. 까만 머릿결이 그의 눈앞에 와 있었고, 그곳에서는 향기로운 냄새가 풍겼다. 조운이 둘님의 몸에서 가장 사랑하는 게 윤기 흐르는 그 머리칼이었다.

"아, 이제 피가 멎은 것 같아요!"

둘님이 가쁜 숨을 몰아쉬며 말했다. 그녀의 눈같이 새하얀 이마에는 땀방울이 송골송골 맺혀 있었다. 칡넝쿨에 내린 새벽이슬 같았다. 조운은 감격에 찬 얼굴을 했다. 대나무에 찔린 부위는 여전히 욱신욱신 쑤시고 아렸지만 아픈 것도 잊은 그였다. 그는 단풍 든 감잎같이 낯을 붉히며 말했다.

"내가 잘못했어. 둘님……이…… 보기 부끄러워."

그러자 둘님이 바람에 하늘거리는 코스모스같이 가냘픈 고개를 흔들며 말했다.

"그만하기 다행이에요. 대꼬챙이가 뼛속까지 들어갔다면……."

둘님은 상상도 하기 싫다는 듯 더 말을 잇지 못했다. 조운은 주먹으로 가슴팍을 소리 나게 땅땅 치며 말했다.

"대꼬챙이가 내 심장을 파고들었으면 좋겠어. 피를 콸콸 내쏟으며 죽을 수 있게……."

"오라버니! 자학하지 말아요, 제발! 죽으면 같이 죽지 왜 혼자 죽어요?"

둘님이 몸부림치며 울부짖었다. 그 소리는 산자락으로 둘러싸인 그곳 분지를 울리며 사라져 갔다. 그들 머리로 날아들던 멧새들이 놀라 달아났다. 조운의 손이 둘님의 작고 둥근 어깨를 어루만졌다. 눈송이처럼 부드러웠다. 얼굴이 눈물로 번질거리는 둘님이 조운의 품으로 와락 안겨들었다. 조운의 손이 가늘고 긴 둘님의 허리를 감쌌다. 눈을 감은 두 사람은 그 자세로 굳어 버린 듯 한참 동안 그대로 있었다.

근처 나뭇가지와 잎사귀 위에 내린 햇빛이 유난히 반짝이는 것 같았다. 동네 쪽에선가 낮닭 울음소리가 들려왔다. 간간이 개 짖는 소리도 나고 엿장수 가위 소리도 어렴풋이 났다. 그러자 주위는 더한층 고요해지는 것 같았다. 세상은 오직 그들 두 사람 그리고 하늘을 날 기구밖에 없는 듯했다.

그러나 아니었다. 또 있었다. 그 그림자. 커다란 플라타너스 둥치 뒤에 숨어 그들이 포옹하고 있는 모습을 지켜보는 샛노란 눈빛은 위험한 화약처럼 폭발할 것같이 보였다. 뿌득뿌득 갈리는 이빨은 몇 개나 절단 났지 싶었다. 금방이라도 거기서 나와 이쪽으로 달려올 것 같은 너주레한 짚신이었다. 아주 비정상적인 숨소리가 온 세상을 뒤덮어 버리는 듯했다.

"둘님이를 봐서라도 난 꼭 해낼 거야."

이윽고 눈을 뜬 조운이 말했다. 둘님이 조운의 품안을 파고들었다.

"언제까지고 기다릴 거예요. 그 일을 이루어 내실 때까지……."

그러던 둘님이 진작 일러 주었어야 했다는 듯 눈을 반짝이며,

"참, 말씀드릴 게 있어요."

조운도 눈을 들어 둘님의 얼굴을 바라보았다. 연인의 눈빛이 마주쳤다. 불꽃이 이는 듯했다. 둘님의 젖은 듯한 촉촉한 입술과 발그레한 뺨, 깊은 속눈썹이 그림 속 미인처럼 아름다웠다. 낭랑한 목소리가 이어졌다.

"아버지께서 제게 말씀하셨어요. 오라버니가 하시는 그 일에 도움이 될 만한 사람을 찾으셨다고요."

조운은 둘님의 몸에서 자기 몸을 떼 내며 큰소리로 물었다.

"뭐? 그, 그게 사실이야? 어, 어디 사는 누, 누구라는데?"

평소의 그답지 않게 퍽 조급해 보였다. 말 한마디 행동 하나에도 묵직함이 살아 있는 그였다. 그러자 둘님이 야속하다는 듯 가만히 눈을 흘기며 말했다.

"오라버니, 섭섭해요. 그렇다고 저를 그렇게 당장 밀어내 버리고……."

조운은 날리던 연이 나뭇가지에 걸려 버린 아이처럼 어쩔 줄 몰라,

"아, 아냐. 그, 그건 아니야. 난, 다, 다만……."

둘님이 장난기 많은 소녀같이 까르르 웃으며 말했다.

"오라버니가 뭐라 하셔도, 저는 그 마음을 다 알아요."

둘님은 조운의 품을 빠져나왔다. 그러고는 옆으로 밀쳐 놓은 음식물을 다시 끌어당겼다.

"보나마나 점심도 안 드셨을 텐데…… 아침은 잡수셨는지 몰라."

조운이 상처투성이인 손을 내젓자 둘님이 졌다는 듯 말했다.

"알겠어요. 그 이야기부터 해 드릴게요."

옷고름이 없는 탓에 제대로 여미지 못한 그녀의 옷자락 사이로 풍만한 젖무덤이 얼핏 엿보였다. 순간, 조운의 눈에 광녀의 뽀얀 그것이 거기 겹쳐 보이는 듯했다. 조운은 심한 현기증을 느꼈다. 얼른 고개를 꺾어 외면했지만 이런 소리가 귀를 윙윙 울렸다.

─우리 아기 배고프지? 어서 어미 젖 먹어.

바로 둘님도 모르고 조운 자신도 모르는, 조운의 마음속 그 여자 음성이었다. 그리고 사실을 말하면, 조운 자신은 모르는 게 아니었다. 너무나 잘 알았다. 그냥 모르는 척, 의식의 저 멀리로 쫓아 버리고 있을 뿐이었다. 의식의 밑바닥에 억지로 구겨 넣고 있을 따름이었다. 그래야만 둘님의 사랑을 받아들일 수 있을 것이었다.

그러나 참으로 징글징글할 노릇이 아닐 수 없었다. 둘님과 함께 있을 때 그 사이에 어김없이 끼어드는 방해물이 그 광녀였다. 아무리 헤아려 봐도 도무지 알 수 없었다. 둘님과 그 광녀라니? 왜? 무엇 때문에 그 자신이 그러는 것일까? 광녀를 향한 연민? 사내를 취하게 만드는 그 뽀얀 젖가슴? 아니면, 나 연 한 개 더 만들어 줘. 히히히. 나 그거 타고 사~천 가고 싶어. 히히히? 그것도 아니면, 나, 너 각시 되고 싶어. 너, 나 신랑 안 될래? 미친년! 조운은 실소를 터뜨렸다. 광녀 생각에 부대끼다 보니 나도 미치광이가 되어 간다고. 아니, 애당초 하늘을 나는 수레를 만들겠다고 설치기 시작한 그때부터 미치광이였다고. 미친놈!

그때 들려온 둘님의 말에 조운은 정신이 돌아왔다.

"제가 아버지께 몇 번을 부탁드렸었거든요. 혹시라도 하늘을 날 수 있는 비법을 알고 있는 사람이 있는지 알아봐주시라고요."

둘님의 아버지 김학노는 원래 조운의 아버지 술명처럼 농사를 짓던 사람이었는데, 몇 해 전부터는 조선팔도를 돌아다니면서 큰 보부상을 하고 있었다. 돈도 꽤 많이 모아 그가 거느리고 다니는 보부상들도 여럿되었다. 그래 천지 안 다니는 데가 없다 보니 별의별 사람을 다 만난다고 했다. 그런 사실을 알고 둘님이 각별히 부친에게 부탁을 했던 것이다.

"그런데 그 사람을 만난다는 게 수월한 일이 아니에요."

둘님의 얼굴이 그믐달 아래 서 있는 나무처럼 밝지 못했다. 조운이 얼른 물었다.

"왜? 잘 안 만나 준대?"

"그것도 그렇지만……."

말끝을 흐리는 둘님에게 안달 난 얼굴로 조운이 달라붙었다.

"그러면? 어서 말해 봐."

둘님이 걱정스레 말했다. 늘 명랑했던 목소리도 얼굴만큼이나 창백해진 듯했다.

"오라버니가 너무 힘드시고, 또 위험한 것 같기도 해서요."

"그런 건 아무 상관없어. 그 일을 해내자면 그 정도 어려움은 이겨 내야 할 거라고 이미 각오하고 있어."

피가 배어나올 만큼 입술을 꾹 깨물더니,

"그보다도 그 사람, 지금 어디 살고 있대?"

조운은 당장이라도 그 사람이 있다는 곳으로 달려갈 태세였다. 문득 둘님이 기습처럼,

"저도 오라버니랑 함께 떠나면 안 될까요?"

"뭐라고? 함께 떠나?"

조운은 그만 크게 당황하고 말았다. 다친 부위에서 피가 솟구쳐 나오는 기분이었다.

"아, 말도 안 돼. 어떻게 우리가 같이……?"

둘님이 옷고름이 떨어져 나가고 없는 저고리 앞섶을 여미며 혼잣말처럼 이랬다.

"오라버니 혼자 그 먼데로 보내긴 정말 싫은데……."

세상에서 가장 슬픈 사람의 얼굴을 하며,

"저, 하루라도 오라버니 얼굴 못 보면, 못 살 것 같은데……."

조운은 푸른 댓잎자리만 내려다보았다. 대꼬챙이에 찔린 상처가 욱신욱신했다.

"금방 다녀오면 되지 뭐. 거기도 우리 조선 땅일 테니까."

그런 소리가 변명처럼 조운의 입에서 나왔다.

"혹시 오라버니하고 같이 가 줄 수 있는 사람은 없나요?"

둘님의 목소리는 구슬픈 새소리 같았다.

"그런 사람이 어디 있겠어?"

조운이 씩 웃었다. 공허하고 쓸쓰레한 웃음이었다.

"너나없이 모두가 먹고살기 힘든 판에……."

둘님 마음이 갈가리 찢겨지는 듯싶었다. 그녀도 그걸 몰라서 한 말은 아니었다. 하지만 어떻게든 조운을 먼 다른 고장까지 혼자 보내고 싶지

않아서였다. 손가락을 베어 내도 그렇게 허전할까?

"사실 난, 동생들에게도 면목이 없거든."

"그건⋯⋯."

조운의 말에 둘님은 고개를 끄덕였다. 조운은 남자만 삼 형제였다. 그의 밑으로 천운과 지운이 있었다. 그의 부모는, 하늘의 운수를 받아 태어난 아이라고 둘째에게는 천운이란 이름을, 땅의 운수를 받아 태어난 아이라고 셋째에게는 지운이란 이름을 붙여 주었던 것이다. 하지만 천지운을 받은 그들에게 닥쳐올 불운을 조운은 상상도 못했다.

맏이인 조운이 당연히 대대로 내려오는 가업을 이어받아 농사를 지어야 했다. 그러나 오직 하늘을 날 수 있는 기구를 만들기 위한 일에만 빠져 있었으므로, 동생들 둘이서만 아버지를 도와 집안의 적지 않은 농토를 일구고 있는 실정이었다.

"아버님을 언제쯤 만나 뵐 수 있을까?"

조운이 작은 소리로 물었다. 자신을 친아들처럼 대해 주는 사람이었지만, 조운은 언제나 그가 조심스럽고 왠지 손이 아팠다. 그 이면에는 둘님이가 있기 때문인지도 몰랐다.

"며칠 있으면 오세요. 오라버니께 도움이 되는 사람이면 좋겠어요."

그러나 말은 그렇게 했지만 둘님의 얼굴에는 한동안 조운과 헤어져 있어야 한다는 생각 때문인지 서운하고 어두운 기색이 가시지 않았다. 조운은 그런 둘님에게서 노처녀의 모습을 발견하고 가슴이 아파 왔다. 여느 처녀 총각 같으면 벌써 혼례를 치르고 자식까지 보았을 그들이었다. 무작정 기다리게 하는 그 자신이 너무나 이기적이고 천하에 못된 놈이란 생각을 떨쳐 낼 수 없었다. 그렇지만 그 일이 성공하기 전에는 둘님을 아내로 맞아들일 수 없다는 신념만은 변함이 없었다.

마을 쪽에서 또 한 번 허 서방 집의 늙은 닭 울음소리가 게으르게 들려오고 있었다. 이제는 달걀도 낳지 못하는 퇴계로 알려져 있는 암탉이었다. 둘님의 손이 옷고름 없는 저고리 앞섶에서 허둥거렸다. 조운이 일어서다가 비틀했다. 둘님이 부축했다.

"오라버닌 좀 더 쉬고 계세요."

고개를 돌려 집이 있는 쪽을 보면서,

"집에 가서 상처에 바를 약 좀 가져올게요."

그러고 나서 둘님은 조운이 무어라 입을 열기도 전에 몸을 돌려세우고는 급히 걸어가기 시작했다. 조운은 미완성의 비행기구 쪽으로 다가갔다. 실패한 잔해들을 보자 그는 눈에 핏발이 서고 머리털이 곤두섰다. 망가진 대나무며 찢겨진 화선지가 원수같이 여겨졌다. 그의 손에 사라져 간 슬픈 새의 시체였다. 태어나지도 못하고 모태 속에서 죽은 생명.

그런데 조운이 막 허리를 굽혀 땅에 뒹굴고 있는 마끈을 주워 들려는 그때였다. 대기를 뒤흔드는 비명 소리! 조운은 반사적으로 둘님이 간 방향을 돌아보았다. 그리고 다음 순간, 하늘과 땅이 빙글 자리바꿈을 하면서 심장이 '뚝' 멎어 버리는 것 같았다.

둘님의 머리채를 사정없이 낚아채 둘님을 땅바닥에 내동댕이치고 있는 여자, 광녀였다! 그 미친 여자 몸에서 뿜어져 나오는 위험천만한 기운이 이만큼 떨어져 있는 조운에게도 고스란히 전해지는 듯했다. 엄청난 질투심과 불같은 분노의 포로가 된 광녀의 발작! 그 섬뜩한 광기! 그 절체절명의 위기!

조운은 장딴지를 다쳐 피를 흘린 사람이라고는 믿어지지 않을 만큼 바람같이 그쪽으로 달려갔다. 하지만 광녀가 더 빨랐다. 광녀는 조운이 달려오는 것을 보자 급히 돌아서서 내닫기 시작했다. 도망치기 전에 땅에 엎어져 있는 둘님에게 탁 침을 뱉기까지 했다.

조운은 넋을 잃고 서서 멀어져 가는 광녀의 뒷모습만 바라보았다. 세월이 그 여자를 비껴간 듯 예나 이제나 변함이 없었다. 까치집 같은 머리, 입었다기보다 걸쳤다는 말이 더 어울릴, 원래 흰옷이었음에도 이제는 회색 옷처럼 보이는 때 낀 의복, 한쪽 발끝에만 매달려 딸려 가는 초라한 짚신. 둘님의 울음소리가 외롭게 남은 한 짝 짚신 위에 추락하는 비행기 구처럼 떨어져 내리고 있었다.

그동안 시민은 무엇을 하고 있었던가?

그는 충북 괴산 큰댁으로 내려가 두 해 동안을 무과 과거 준비에만 집중했다. 말타기와 활쏘기, 칼쓰기 같은 무예를 거의 혼자서 익혔다. 조운 역시 혼자서 나는 수레를 만들기 위해 노력하고 있다는 점에서 두 사람은 비슷했다. 시민은 병법(兵法) 공부에 더 흥미를 보였다. 사간원 정언으로 있는 숙부 김제갑이 무과시험에 필요한 서적을 구해 주어 매우 도움이 되었다.

드디어 크게 벼려 왔던 식년(式年)이 다가왔다. 과거 보이는 시기를 지정한 해인 식년은, 태세가 자, 묘, 오, 유가 드는 해로서, 3년마다 한 번씩 돌아왔다. 그리고 그해 1578년은 명종이 승하하고 선조가 등극한 지 11년째가 되는 때였다.

25세의 시민은 무과 별시(別試)가 치러지는 과시장으로 갔다. 그곳에는 이제까지 갈고닦은 실력을 겨루기 위해 전국 도처에서 모여든 내로라하는 건장한 장정들이 내뿜는 열기가 넘쳐났다. 한양에서 초시에 합격한 70명과 각 도에서 뽑힌 120명을 합한 190명을 병조와 함께 복시를 치러 우선 28명을 선발했다. 그리고 최종적으로 전시를 보아 등수를 정하는 것이다.

만만해 보이는 자는 하나도 없었다. 모두가 퍽 긴장된 빛을 감추지 못했다. 이순신이 시험을 보다가 다리를 다쳤다는 곳이 바로 거기라는 것을 시민은 나중에 듣기도 했다. 먼저 학과시험을 치렀는데, 시민은 경서(經書)와 병서(兵書) 모두 만점 가까운 점수를 따낸 것 같아 아주 흡족했다. 다음으로, 무예 겨루기에서 활쏘기와 격구를 하였는데, 학과 시험만큼은 못 해도 그런 대로 만족할 만했다.

그러나 결과가 나오기 전까지는 마음을 놓을 수가 없었다. 돌아가신 아버지가 자꾸 눈앞에 삼삼하고 숙부가 신경 써 준 것도 마음 쓰였다. 만약 떨어지면 어쩌나? 하는 걱정 뒤끝으로 기대에 찬 어머니와 아내 얼굴도 나타나 보였다. 나의 뜻이 확고하다는 것을 보여 주기 위해 의도적으로 그렇게 큰소리쳤는데 낙방 소식을 들으면…….

특히 무과는 문과보다도 5명이 적은 28명만 선발했다. 이럴 때 1명은 천, 아니 만 명보다도 더 큰 숫자였다. 그렇긴 해도 20명을 뽑는 정9품 병과나, 5명을 뽑는 정8품 을과로는 성에 차지 않았다. 사내대장부 웅지를 품은 시민은 3명을 뽑는 갑과만 생각하기로 했다. 그중에서도 장원은 종6품이란 가볍지 않은 품계를 받는다. 2등 방안(榜眼)과 3등 탐화(探花)는 정7품이다.

그러다가 발표 시간이 임박해지자 병과면 어떠리 싶었다. 지푸라기라도 없는 것보다는 나을 터였다. 한데 결과는 장원급제였다. 그렇게까지는 기대하지 못했다. 숙부 김제갑이 제일 먼저 달려와 자기 일같이 축해해 주었다.

"정말 잘됐구나! 지금까지 고생한 보람이 있어."

"숙부님께서 보내 주신 서책 덕분입니다."

그러자 제갑은 흥분한 빛에서 정색한 빛으로 바뀌며 이렇게 충고해 주었다.

"사실 무예는 조카보다 더 뛰어난 자가 있었다고 하네. 병법 문제에서 워낙 앞선 게지. 그러니 장원급제했다고 행여 오만해져서는 절대 아니 될 것이야. 알겠는가?"

시민은 지난날 뽕나무 활과 쑥대 화살로 사람을 해치는 백전천의 이 무기를 찾아나설 때의 각오로 다짐했다. 문무를 겸비한 장수로 거듭나겠다고.

시민이 제수 받은 것은 훈련원 주부(主簿)였다. 훈련원은 조선 시대 군사의 시재(試才), 무예 훈련 및 병서와 전진(戰陣)의 강습 등을 맡아보는 관청이었다. 조선이 건국되고 새 관제를 발표할 때 훈련관으로 설치되었는데, 훈련원으로 이름이 바뀐 것은 세조 때였다.

어쨌든 시민은 이곳에서 병서 해석 업무를 관장하게 되었으니, 그것은 필경 과거 볼 때 학과시험에서 탁월한 면모를 보였다는 점이 작용했을 것이다. 그런데 막상 부임해 보니 입에서 한숨이 절로 새나왔다.

'이대로 놔두었다간 큰 불상사가 나겠구나. 이 일을 어쩐다?'

시민은 긴 고민 끝에 육판서(六判書)의 하나인 정2품 병조판서를 찾아갔다. 광화문 앞 사헌부의 남쪽에 있는 병조 관아의 우진각 지붕은 한껏 위엄을 부리는 모습이었다.

"이번에 훈련원 주부로 봉직하게 된 김시민이라 하옵니다. 대감께 긴히 여쭐 말씀이 있어 찾아뵈었습니다."

병조판서는 일개 종6품 벼슬에 있는 자가 감히 국방 최고 책임자인 자신을 만나러 왔다는 사실부터가 마음에 들지 않았다. 그의 경험으로 봤을 때, 이렇게 불쑥 찾아오는 자는 대개 불만이 있거나, 아니면 쥐뿔도 없는 주제에 언감생심 승진을 청탁하기 위해 사람을 귀찮게 하는 축이 많았다.

조정에 든든한 줄이 있는 자라면 절대 이런 식으로 나오지 않는다. 미리 근사한 뇌물 한 귀퉁이를 은근슬쩍 내비치고 있다가 이쪽에서 건성인 척 통보하면, 남의 눈에 띌세라 도둑고양이같이 살금살금 접근해 오는 법이다. '에잉!' 기분도 나쁘고 별 볼일 없는 작자라고 판단한 병조판서는, 저 무례한 자의 기부터 꺾어 놓아야겠다고 작정했다.

"주부라 했던가?"

시민은 잠자코 듣기만 했다. 병조판서는 '어, 이놈 봐라?' 하는 듯 또 물었다.

"그렇다면 그대 위로도 줄줄이 상관들이 있을진대, 그들을 거치지 않고 이렇게 곧바로 날 찾아온 건, 위계질서를 무시한 행위라는 생각은 해 보지 않았는가?"

시민의 낯빛이 확 붉어졌으나 꾹 참아 냈다. 인내심이야말로 무관이 되려는 자의 최고 구비 조건이라고 믿는 그였다.

"그랬는가 보군."

병조판서는 조롱조로 나왔다.

"하긴 아직 한참 신출내기인 자네는, 정작 자기가 모셔야 할 상급자들이 누구누구인지 알고나 있는지 모르겠군."

"누구누구인지 고해 올리겠습니다, 대감."

시민은 빠른 어조로,

"우선 타관을 겸임하는 정2품 지사(知事)가 계시고, 그 아래로 정3품 당상관인 도정(都正), 정3품 당하관인 정(正), 종3품 부정(副正), 종4품 첨정(僉正),

종5품 판관(判官), 그리고……."

그러자 병조판서가 상을 찡그리며 시민의 말끝을 가로챘다.

"아, 됐네, 됐어. 자네 상관들만 알고 있으면 됐어."

그러나 시민은 자기 관등인 주부를 시작으로, '정7품 참군(參軍), 종8품 봉사(奉事), 습독관(習讀官) 30명……'을 내리 마음속으로 다 말하였다.

'높은 자리에 앉아 있으면 그 값을 해야지.'

직책이나 직분을 내세워 부하의 기를 죽이려고 하는 상사의 용렬함에 부아가 치밀었다. 상급자 중에는 하급자가 시키는 대로만 행하길 바랄 뿐, 하급자가 앞서 이야기하는 것 자체부터를 꺼리는 자가 있는데, 보아하니 병조판서가 그런 부류였다. 시민은 기방에 눌러앉아 기생들을 양쪽에 하나씩 끼고서 희희낙락하는 병조판서 모습을 그려보았다.

향기로운 술과 때깔 좋은 과일, 기름진 고기가 산과 바다같이 차려진 상머리에는, 같은 부류의 고급관리들이 기생충처럼 들러붙어 온갖 빛깔의 아부 아첨을 늘어놓을 것이다. 시민은 울컥거리는 속을 참으며 쏘아보는 눈빛으로 말했다.

"이제 찾아뵌 용건을 말씀드려도 되겠습니까?"

병조판서는 여전히 상을 찌푸린 채 마지못한 듯,

"어디 들어나 봄세. 단, 요점만 간략하게 고해 올리게."

시민은 상체를 꼿꼿이 세우고는 상대를 똑바로 바라보며 건의하기 시작했다.

"소관이 훈련원 관원이 되어 살펴본즉, 군인의 기강이 해이하기 이를 데 없을 뿐만 아니라……."

병조판서는 목에 핏대를 세우며,

"요점, 요점만 고하도록!"

시민은 잠깐 멈칫했으나 이내 마음을 다잡고,

"요점…… 좋사옵니다. 요점만 고하지요."

"같은 말을 두 번 하는 것도 요점만 고하는 게 아니지."

"하루빨리 대책을 강구해야 되리라 보옵니다. 자칫 호미로 막을 일을 가래로도……."

그러자 병조판서는 성가시게 달라붙는 파리나 모기를 쫓듯 머리까지 흔들며 또 엉뚱한 질문을 던졌다.

"자네, 훈련원 임무가 무어라고 보는가?"

시민은 공기가 그 흐름을 멈춘 듯 답답해짐을 억지로 이겨 내며,

"시취(試取)와 연무(鍊武)가 아니오이까."

"그것에 대해 설명해 보게나."

병조판서는 뒤로 몸을 젖혔고, 시민은 또록또록한 어조로 차분하게 말해 나갔다.

"시취의 경우, 가장 중요한 무과를 비롯하여 각 병종(兵種)의 시취와 연재(鍊才)를 관장함이요, 연무의 경우, 병서 습독과 습진(習陣), 그밖에 구체적인 병술 연구와 교습에 힘써야 하는……."

"음……."

병조판서 얼굴에 조금씩 당황하는 기색이 살아났다. 시정잡배처럼 무식하고 호기만 부리는 자인 줄 알았더니, 이야기를 나눠 볼수록 문무를 겸비한 인물이란 자각이 생긴 것이다. 그렇지만 제까짓 게 어쩌다가 좀 주워들어 알게 된 거겠지 치부한 병조판서는, 시민이 무슨 말을 더 해와도 일절 받아들이지 않았다.

"이대로 방치해 두었다간……."

"……."

"제 말씀을 듣고 계시오니까?"

"듣고는 있네."

"듣고는……?"

"허어, 어째 말마다 시비조야?"

결국 시민은 자신의 힘으로선 도저히 뛰어넘을 수 없는 엄청난 벽만 확인한 채 아무런 수확 없이 그 자리를 물러나야 했다.

경복궁 광화문 앞 육조(六曹)거리의 높은 하늘가에 새들이 날아가고 있었다. 임금이 행차하는 궐문의 천장에 그려진 주작(朱雀)보다도 살아 있는 새들이 더 행복해 보였다. 시민이 눈어림으로 짐작해 보건대 따뜻한 남쪽 지방을 향해 날갯짓을 하는 것 같았다. 아니면 추운 북쪽 지방으로 가는 새들인지도 모른다. 그러자 춥거나 덥거나 철새들처럼 이동할 수 없는 인간들이 새보다도 못하구나 싶었다.

그때 시민은 조만간 다른 고장으로 이임할 숙부 김제갑을 떠올리고 있었다. 아버지의 빈자리를 메워 주는 사람이었다. 든든한 그가 멀리로 떠난다고 생각하니 시민의 마음은 더욱 스산하고 허허롭기만 했다. 시민은 숙부를 따라가지 못하는 신세를 한탄하며,

'아, 누가 나를 새처럼 날 수 있게 해 준다면, 내가 있는 곳과 숙부님 계실 곳을 오갈 수 있으련만……'

진주목사가 새로 부임해 왔다. 충청도 출신으로 이름은 김제갑이라고 했다. 그는 올 때부터 고을 사람들로부터 평판이 좋았다. 전임지에서 아주 청렴결백한 목민관으로 이름이 나 있었다고 하여, 그에게 거는 기대와 호기심 또한 대단하였다.

그런데 김제갑 목사가 누구인가? 바로 조카 시민이 치른 무과시험에

필요한 서적을 구해 주어 큰 도움이 되게 한 그 장본인이었다. 시민이 헤어짐을 몹시 아쉬워했던.

그러나 아직 그 고을에서 그런 사실을 아는 사람은 단 하나도 없었다. 그것은 조운이나 그의 부모도 마찬가지였다. 그런데 사람에게는 어떤 직감 같은 게 주어져 있는 것일까. 김제갑 목사에 대해 남들 모르게 가장 가슴이 설렌 사람은 바로 술명이었다. 그는 논두렁이나 밭머리, 집의 방이나 마루에서 줄곧 아내 박씨와 은밀한 이야기를 나누었다.

"여보, 김제갑 목사 이야기 들었소?"

차례상 앞에서 말하듯 낮고 조심스러운 소리였다.

"예, 들었어요. 그런데 혹시 이번에 온 그 목사가 예전에 그 스님이 말하던, 장차 이 나라를 위기에서 건질 그 귀인이 아닐까요?"

박씨 또한 여간 흥분해하는 빛이 아니었다. 그도 그럴 것이, 모든 것들이 그 탁발승이 예언한 대로 맞아떨어져 가고 있었던 것이다. 무엇보다 지금 조운이 하는 것으로 봐서는, 무슨 일이든 일어나고야 말리라는 예감에서 벗어날 수가 없었다. 조운이 어서 그 일을 마무리하고 둘님과 혼례를 치르기만을 학수고대하는 그들 부부였다. 그런 판에 드디어 그 귀인이 나타났으니 얼마나 기쁘고 가슴이 설레이겠는가.

그런데 한참 동안 헤아려 보던 술명의 이야기는 다소 다르게 나왔다.

"그건 아닐 거요. 왜냐 하면, 우선 우리 조운이보다는 나이가 많지 않소?"

"예, 그렇네요. 한날한시에 태어날 사람이라고 했으나……."

박씨 얼굴이 금방 실망감에 젖어 시무룩해졌다. 하지만 술명은 또 이랬다.

"한데 말이오. 잘은 모르겠지만 전혀 상관이 없지는 않은 듯하오."

실망했던 박씨는 꺼졌던 불 씨앗이 되살아나는 것을 보듯 기쁜 목소리로,

"예? 그건 또 무슨……?"

술명은 북녘 하늘이 펼쳐져 있을 곳으로 아련한 눈길을 보내며,

"충청도 사람이라고 하지 않소? 그 스님이 얘기하던……."

충청도 아이와 조운이 장성한 후에 크나큰 인연을 맺고 살아가게 될 것이라던 탁발승 얘기가 다시 한 번 아내의 뇌리를 세게 쳤다. 하지만 도대체 어떻게 그리될지 윤곽조차 잡히지 않았다. 기쁨과 반가움도 잠시, 불길한 예감이 고개를 치켜들면서 퍽 께름칙했다. 역시 그날 무엇에 홀렸던 것일까? 조운에게 저주와 불행을 내리기 위해 마귀가 중으로 변신하여 나타난 것이었다면? 그런데 남편 생각은 다른 듯했다.

"내가 가만히 생각해 보니……."

그러면서 술명은 여간 조심스러워하는 기색이 아니었다. 하긴 천기누설이라 했다.

"이제부터는 더욱더 모든 일들이 그 스님의 예언대로 될 것 같구려."

마귀의 저주대로가 아니고요? 자칫 그렇게 반문할 뻔했던 박씨는 제풀에 소름이 쫙 돋침을 느끼며 신음하듯 입을 열었다.

"예, 예언대로……."

약간 고집스럽고 강단 있어 보이는 술명의 얼굴에도 두려움의 그림자가 스쳤다.

"우리 한층 입조심하도록 합시다. 지금껏 그래 왔지만……."

박씨가 낮은 소리로 아주 조심스럽게 물었다.

"다른 아이들은 몰라도, 조운이한테만은 귀띔을 해 주는 게……?"

술명이 농삿일하느라 군살이 박힌 손가락으로 입을 가리는 시늉을

하며 대답했다.

"그대로 둡시다. 그 예언대로 일이 돌아갈 것이면, 우리가 굳이 나서지 않아도 반드시 무슨 끈으로든 서로 연결이 될 터인즉……."

박씨가 온몸을 떨면서 창백한 낯빛으로 말했다.

"어쩐지 너무 이상하고 무서워요. 사람 운명이란 게 말예요."

술명도 그런 아내를 보자 알 수 없는 공포심 같은 것에 휩싸였지만 억지로 심상한 목소리를 지어 내어,

"좋은 일이지 않소. 우리 아들이 훌륭한 인물이 될 수 있는……."

"그건 그렇지만, 왠지 가슴이 뛰고 손발이 후들거려서……."

아내의 그 말에 술명의 얼굴도 갈수록 심각하고 초조한 빛을 감추지 못했다.

"솔직히 나도 당신과 똑같소. 일이 잘못되기라도 하면……."

박씨가 끝까지 듣지 못하고 손사래를 치며 울부짖었다.

"여, 여보! 그런 말씀하지 말아요! 숨이 멎을 것 같아요!"

고개를 어깨 사이에 처박고 있는 술명의 음성 끝에 울음기가 묻어났다.

"흐, 나도 마찬가지요. 다만 하도 큰 일이라 이러오."

"우리 부처님께 가서 기도해요. 지금 당장 말이에요."

술명은 고개를 들며,

"흠. 그래야 할 것 같소. 우리 능력 밖이라면……."

박씨가 꼭 신적(神的)인 무엇이 시키기라도 한 것같이,

"중앙리 대사지(大寺池) 저쪽 연지사(蓮池寺)가 어때요?"

술명이 눈을 가느다랗게 뜨며 자못 감격스럽다는 듯,

"아, 그 유명한 종이 있는 절 말이오?"

"예. 거기 연지사종은 우리 조선 땅을 모두 뒤져도 몇 안 되는 훌륭한

종이라잖아요?"

박씨는 그런 종이 그들이 사는 고을에 있다는 사실이 굉장히 자랑스럽고 신기하기까지 하다는 얼굴이었다. 은은한 종소리가 들리는 듯했다. 술명도 흥분한 목소리가 되었다.

"그런 종이 있는 절이라면, 우리 소원도 이뤄질 것이오. 하하."

그들은 나중에야 알게 된 사실이지만, 그 연지사종은 그 지역의 촌주와 유지들이, 당시 청주(菁州)라고 불렸던 그곳 태수 김헌창의 난과 흉년으로 인해 이반(離反)된 민심을 다독거리고 지역민들의 안녕을 기원하기 위해, 자발적으로 돈을 모아 주조한 신라 3대 범종 중의 하나였다.

"가요, 여보!"

"어?"

당장 자리를 박차고 일어서는 박씨를 어이없다는 눈으로 쳐다보고 있던 술명도 얼른 몸을 일으켜 세웠다. 언제나 남편 뒤를 그림자같이 따르는 아내였지만 때로는 남자보다 더 과단성 있는 여자였다. 그건 그렇고 그들은 알지 못했다. 연지사에서 정말 예상치 못한 사람을 만나게 되리란 것을.

그리하여 이윽고 도착한 절 마당에서 그와 마주쳤을 때, 부부는 눈을 의심하지 않을 수 없었다. 단숨에 세월의 산과 강을 훌쩍 뛰어 건넌 느낌이었다. 모두가 부처님 손바닥 안이라더니 진정 그런가 싶을 일이었다.

"정말 그때 그 스님이 맞습니까?"

술명은 그 탁발승이라는 것을 번연히 알면서도 그렇게 묻고 있었다. 그러자 그도 아주 감격스러워하는 빛을 감추지 못하고 염불부터 외고 나서 떨리는 목소리로 말했다.

"역시 부처님의 뜻인 것을!"

부부 또한 자신들도 모르게 합장을 하며 입속으로 부처님을 찾았다. 다시 한 번 모든 게 그 스님의 예언대로 되고 있다는 생각에 강한 전율마저 느꼈다. 그렇지만 이제는 이상하다거나 무섭다는 감정은 전혀 없었다. 절집 특유의 안온한 분위기 때문이었는지도 모른다. 하여간 부부는 내내 그들을 쫓던 무언가에서 풀려난 듯한 기분이었다.

"스님께서 이 절에 계실 줄은 정말 몰랐어요."

박씨가 감개무량한 얼굴로 말하자 스님이 빙그레 웃었다.

"두 분의 자제분인 조운이를 위한 부처님 계시가 아니겠습니까?"

그는 예전에 비해 주름살은 좀 늘어났지만 아주 안정된 모습이었다. 물론 그 자신이 지어 주긴 했지만 조운이란 이름도 용케 기억하고 있었다.

"그래 지금 조운이는 어떻게 지내고 있는지요?"

거기 탑 그림자가 그의 오른쪽 어깨 위로 바랑처럼 비스듬히 걸쳐져 있었다. 회색빛 탑신 하반부에 어린아이 주먹같이 아주 조그만 애기부처들이 옹기종기 모여 정좌하고 있는 것도 보였다.

"스님 말씀 그대롭니다."

그날 그가 들고 있던 바리때를 떠올리며 술명이 대답했다.

"오직 날기 위한 일념에 빠져……."

"새의 운을 타고 났으니……."

"심지어는 잠을 자면서도 잠시도 쉬지 않고 팔다리를 놀리고……."

스님은 예견하고 있었다는 듯 고개를 끄덕이며 당부하듯 말했다.

"두 분 심려가 무척 크시겠습니다. 하나, 어쩌겠습니까? 그게 모두 조운이와 이 나라를 위한 부처님의 깊으신 뜻이겠거니 여기시고, 힘이 들더라도 끝까지 조운이가 하는 대로 지켜봐 주십시오."

부처님 머리같이 곱슬곱슬하고 4월 초파일을 전후해 만발한다 하여 불두화라고 부르는 꽃을 바라보고 있던 박씨가 말했다.

"오늘 스님을 만나 뵈니 저희 마음이 정말 평온합니다. 진작 뵈었더라면 그렇게 애를 태우지 않아도 되었을 것을 말이에요."

술명도 아내 말에 수긍한다는 듯 고개를 끄덕이고 나서,

"스님께서 불민한 저희 부부를 잘 이끌어 주십시오."

법당으로부터 흘러나온 은은한 향불 냄새가 코끝을 간지럽혔다. 향은 날개가 없는데도 어떻게 냄새를 새처럼 잘도 공중으로 날려 보내는지 부러운 술명이었다.

"도학(道學)의 깊이가 얕은 개천만도 못한 빈도더러 그 무슨 말씀을?"

스님이 손사래를 쳤다. 그러자 여전히 깡마른 그의 몸에서는 오래전 처음 만났을 때 느꼈던 것처럼, 또 마른 나뭇잎 바스락거리는 소리가 났다. 불가의 시간은 흐르지 않는 것일까, 그렇게 생각하며 박씨가 말했다.

"아니에요, 스님. 저희는 제 자식의 각별한 운명에만 신경을 쓴 나머지, 아직도 스님이 누구신지도 잘 모르고……."

스님이 비쩍 마른 몸매처럼 건조한 음성으로 말했다.

"예나 이제나 바람 따라 구름 따라 훨훨 떠다니는 불제자에게, 무슨 신분이 있고 무슨 이름이 필요하겠습니까마는, 그저 불가에서는 '보묵(普默)'이라고들 하지요."

술명과 박씨가 가슴 깊이 새겨 두려는 듯 동시에 되뇌었다.

"보묵 스님!"

"마침 여기 오셨으니 종이나 한번 보시지요. 빈승도 실은 그 종이 좋아 이곳에서 여러 날을 머무르고 있답니다. 이것도 불제자가 멀리해야

할 욕심이라면 욕심이거늘."

"벌써부터 보고 싶었는데, 정말 잘되었습니다."

"종소리가 들려오는 듯해요. 소원을 말해 보라는 것 같지 않나요?"

반가운 목소리의 술명과, 호기심 많은 처녀같이 들뜬 표정을 하는 박씨, 그들 부부 말에 빙그레 웃으며, '가시지요.' 하고 보묵 스님은 등을 돌렸다. 부부는 얼른 그의 뒤를 따랐다. 절집에서 키우는 개인 듯한 크고 새하얀 털을 가진 진돗개 한 마리도 그들을 따라왔다. 절집에 있는 개가 대부분 그렇듯이 그 개도 아주 온순하여, 삼라만상이 모두 불성(佛性)이란 말을 실감케 했다.

이윽고 대웅전에서 약간 떨어진 곳에 있는 종각에 다다랐다. 공교롭게도 그 누각 뒤편은 대나무 숲이었다. 그것을 보자 부부는 또다시 어떤 계시를 접한 듯 가슴이 뛰었다. 금방이라도 조운이 드디어 성공했다고 소리치며 그 속에서 달려 나올 듯했다.

그러나 그런 느꺼운 감정은 시작에 불과했다. 종각에 들어 거기 달아 놓은 큰 종을 대하는 순간, 부부는 그만 숨이 턱 멎는 듯한 느낌이었다. 막연히 얘기로만 듣던 것과는 너무나 달랐다. 뭐라고 할까, 그것은 눈이 아니라 마음으로 들어오는 것이었다. 세월의 숨결이 고스란히 전해져 온다고나 할까.

"잘 보십시오. 이런 종은 우리나라에 흔치 않으니까요. 세계적으로도 그럴 겁니다."

보묵 스님 음성도 감격에 겨운 듯 흔들려 나왔다. 방황과 미혹의 세계에서 깨달음의 피안(彼岸)으로 건너가는, 이른바 득도(得道)에 다다른 듯한 얼굴이었다.

"조운이가 하늘을 날 때, 이 종소리도 허공 가득히 울려 퍼질 것입니다.”

　부부는 자신들도 모르게 눈을 감고 합장하며 입으로 부처님을 찾았다. 뒤돌아보면 정녕 얼마나 빌고 또 빌어 왔던가. 숱한 실패에 자식이 힘들어하는 것을 옆에서 지켜보기에도 이제는 지쳐 버린 그들이었다. 이웃집 둘님이 아니면 조운은 어떻게 되어 버렸을지 모른다.

　하지만 그 광녀로 인해 조운과 둘님이 어떤 갈등과 곤경에 처해 있는가는 자세히 모르는 그들이었다. 그저 미친 여자 하나가 조금 성가시게 하는 거겠지 여겼을 뿐, 그 광녀가 온전한 정신과 신체가 아님에도 불구하고 동물적인 성애에 목이 마른 나머지, 동정심에서 연을 준 조운에게 남녀로서의 감정을 표출하고 조운과 둘님의 사귐을 광적으로 훼방 놓고 있을 줄은 전혀 짐작하지 못할 것이다.

　그날 조운이 비행기구를 제작하는 공터에서 광녀에게 머리채를 낚아채인 후유증으로 둘님이 얼마나 큰 충격에 빠져 있는가는 더더욱 알 턱이 없었다. 그 한 번만으로 그치지 않고 광녀가 둘님을 볼 때마다 여자의 질투심에서 비롯된 광적인 행동을 보인다는 사실을 아는 사람은 거의 없었지만.

　부부는 종을 자세히 살펴보기 시작했다. 우선 독을 거꾸로 엎어 놓은 것같이 위가 좁고 배 부분이 불룩하다가, 다시 종의 입구 쪽으로 가면서 점차 오므라드는 모양새부터가 특이했다. 그리고 용뉴 부분이 용머리 모양이 아니라 무슨 괴수의 모양을 보이는 것도 예사롭지 않았는데, 그것은 가늘고 짧은 목을 구부리고 입을 벌려 마치 종을 물어 올리는 듯한 형상이었다.

　“오래된 종 같아요.”

　“그렇지요. 저 833년에 주종된 통일신라 시대의 종이니까요.”

"예? 그, 그렇게나……?"

부부는 놀라 얼굴을 마주 보았다. 보묵 스님의 설명이 이어졌다.

"여기 종신을 좀 보십시오. 파도 무늬가 얼마나 정교하고 아름답습니까? 그리고 괴수가 목을 직각으로 꺾어 연결된 굵은 저 부위를 음통이라고 하지요."

부부는 보묵 스님이 말한 그 음통을 자세히 보았다. 흡사 유두처럼 돌출된 연꽃봉오리 모습으로 장식되어 있었다. 보묵 스님은 종의 위쪽과 아래쪽을 손으로 가리키며 상세히 말해 주었다.

"종신의 윗부분을 상대(上帶), 아랫부분을 하대(下帶)라고 부르는데, 위에는 구슬무늬 띠가 한 줄, 그 밑에는 섬세한 구슬무늬 띠가 두 줄로 배치되어 있는 게 보이시지요?"

부부는 그것에 푹 빠져 연신 고개를 끄덕였다. 그의 설명을 들으면서 보니 한층 눈에 잘 들어오는 범종이었다. 보묵 스님은 연꽃으로 이야기를 이끌었다.

"더러운 연못에서 곱고 아름답게 피어나는 연꽃은, 사바세계에서의 불법을 상징하기도 하지만, 극락정토에 표현되는 연화생(蓮花生)을 뜻하기도 합니다."

술명은 아까부터 생각해 왔던 말을 했다.

"우리 조운이도 데리고 왔으면 좋았을 텐데 아쉽습니다."

"언제 그럴 기회가 반드시 있겠지요. 자, 이번에는 이 연지사종에서 그중 뛰어나다고 평가 받는 부분을 보도록 합시다."

부부의 눈이 가일층 빛났다. 조운의 눈에 영채(映彩)가 도는 건, 부모에게서 물려받은 유전자 때문일 것이다. 보묵 스님이 가리킨 부위는 종의 가장 볼록한 부위였다.

"아, 저건 악기를 켜고 있는 모습이 아닌가요?"

박씨 눈이 남편보다 밝은 모양이었다. 술명이 아내 말을 듣고 잘 살펴 보니, 과연 구름 위에 무릎을 꿇고 앉아 무슨 악기를 켜고 있는 사람이 보였다.

"천의(天衣) 자락을 휘날리며 두 팔을 벌려 장고를 치고 있는 저 비천상 이야말로, 보는 이들로 하여금 감탄을 금치 못하게 하지요."

보묵 스님의 그 말이 아니더라도 부부는 열린 입을 다물지 못했다. 어쩌면 저렇게도 정교하고 아름답게 새겨 넣을 수가 있을까? 그것은 금방 이라도 살아 종신 밖으로 나와서 움직일 것만 같았다. 너울거리는 천의 가 날개를 연상케 했다.

부부의 눈에, 구름을 타고 있는 그 비천상 위로 아들 조운의 모습이 겹쳐 보였다. 조운이 하늘을 날게 된다면 저런 모습일 것 같았다. 하지 만 조운은 하늘에 사는 선녀가 아니라 땅을 파먹고 사는 농군의 아들 이었다. 지상에 살아야 할 인간이 감히 천상까지 넘본다는 죄로 천벌이 내려 공중에서 추락이라도 하게 된다면? 신체 불구자가 되는 정도가 아 니라 목숨을 부지하기 어려울 것이다. 눈앞이 캄캄해져 왔다.

"자, 그러면 이제 마지막으로, 빈승이 볼 때에, 이 연지사종에서 가장 가치가 높다고 생각되는 것에 대해서 말씀을 드리지요. 흠음."

보묵 스님의 그 말에 부부는 번쩍 정신이 들었다. 저 신묘한 비천상보 다도 더 가치가 높은 것이 이 종에 또 있다는 것인가. 그렇게 생각하는 그들 귀에 이런 소리가 울렸다.

"바로 종신의 상대 바로 밑에 양각된 저 명문(銘文)입니다."

이번에도 부부의 눈이 동시에 그 부분을 향했다. 보묵 스님 입에서는 들을수록 놀라운 이야기가 흘러나오기 시작했다.

"저 양각 명문은 모두 10행 118자로 되어 있습니다. 거기에는 이 종을 만든 연대와 만든 곳, 이름, 무게, 범종 조성에 관계되었던 승려, 재지 세력, 주종사업 관련 하급관리, 종을 만든 박사, 당시 최고위 승려의 순으로 명확하게 드러나 있어, 역사적 사료로서도 크나큰 가치가 있는 것입니다."

"아, 저렇게 오래된 종에 그런 글씨가 아직도 남아 있다는 말씀입니까?"

술명이 좀처럼 믿어지지 않는다는 표정을 지었고, 박씨도 두 눈을 휘둥그레 뜨고서 명문을 뚫어지게 바라보았다.

그러나 솔직히 그들 부부는 종신에 새겨져 있는 그 글씨를 읽을 자신이 없었다. 오랜 세월이 흐른 탓에 희미하기도 하려니와, 그보다도 농사꾼 출신에게는 그 한자들 한 자 한 자가 너무나 어려운 것들이 아닐 수 없었던 것이다. 그래 멍하니 보묵 스님의 얼굴만 바라보았다. 그러자 보묵 스님은 정확하지 않은 글자 두어 개에 대해서는 그도 자신이 없다고 하면서 이렇게 풀이해 주었다.

……통일신라 홍덕왕 8년, 그러니까 833년 3월, 청주 연지사에서 종을 만들 때 합해 넣은 쇠는 713정, 묵은 쇠가 498정이고, 더 넣은 쇠는 110정이며, 종의 조성을 관장한 화상은 혜문법사, 오혜법사이고, 상좌는 즉충법사, 도내는 법승법사이고, 종의 조성에 관여한 향촌주는 삼장급간, 주작대내말이며, 종의 조성을 보고한 사람은 보청군사, 용년군사이고, 기록한 사람은 삼충사지, 행도사지이며, 종을 조성한 장인은 안해애대사, 애인대사이고, 그때 주를 거느리는 장관은 황룡사의 각명화상이었다.

"아, 이제 대강 알겠습니다, 스님."

부부는 진심으로 감사하는 모습이었다.

"희망과 꿈의 종……."

보묵 스님이 계속 말했다.

"장차 이 종은 나라가 환란에 처했을 때, 백성들을 구하는 역할을 하게 될 것입니다. 청아한 종소리를 듣고 그 어떠한 난관도 너끈히 헤쳐 나갈 수 있는 힘을 얻을 수 있을 테니까요."

술명 머릿속에 위기에 빠진 조선을 구할 귀인을 조운이 구하게 될 것이라던 보묵 스님 말이 떠올랐다. 그러자 다시 한 번 그 연지사종 위로 조운이 꿈꾸는 저 '나는 수레'가 그려졌다. 그 범종을 날게 하는 것이나 수레를 날게 하는 것이나 매한가지가 아니겠는가. 그것은 미친 사람이나 할 미친 짓이다.

'아, 잘못하다간 우리 아들이 미치광이가 되어 버릴지도 모르겠구나!'

그 생각을 하니 술명 자신이 제일 먼저 미쳐 버릴 것 같았다. 그러자 동네 가장 저 안쪽 오두막에 사는 광녀가 눈앞에 나타나 보였다. 어쩌다가 그런 저주 받은 비참한 인생으로 태어났는지는 모르겠지만, 혹시 전생에 조운이처럼 무언가에 몰두하다가 그게 악연의 고리가 되어 이승에서 저런 모습을 보이는 게 아닌가 싶었다.

소문에는 있다

그때 들려온 보묵 스님 말이 술명의 정신을 바로 돌려놓았다.

"우리는 이 종을 잘 보존하여 먼 후대에까지 전해 주어야 할 것입니다. 민족의 혼과 이 고장 정신이 깃든 천년의 범종이 될 테니까요. 흐음."

박씨가 감격에 겨운 얼굴로 말했다.

"종을 보면 볼수록 충분히 그럴 수 있을 것 같아요. 꼭 불교 신도가 아니더라도 이 종 앞에서는 누구나 자비의 마음이 우러나지 않을까 싶기도 하고요."

술명도 좋지 못한 망상에서 벗어나 흥분과 기대의 빛을 감추지 못했다.

"우리 고을에 이런 신비스러운 종이 있다는 사실이 믿어지지 않습니다."

그러자 보묵 스님이 흡족한 목소리로 말했다.

"장차 이 고을 사람들은 또 하나 믿을 수 없는 일을 보게 되겠지요."

"그게 무슨……?"

공기 속에 향불 냄새가 섞여 흐르고 있었다.

"바로 두 분의 아드님 이야기지요. 허허."

"예? 우리 조운이가 하늘을 날게 될 거란 그 말씀입니까?"

보묵 스님이 다시 연지사종으로 눈길을 보내며 천천히 말했다.

"여전히 빈승의 말씀을 믿지 못하시는 모양입니다그려."

"미, 믿고는 싶지만……."

부부는 아들이 새의 운을 타고 태어났다는 그 사실로 인해, 거의 모든 생업을 포기하고 오로지 새같이 날려는 일에만 매달리고 있다는 소리는 차마 꺼내지 못했다. 몸도 마음도 만신창이가 되어 지옥의 나락에 떨어져 있는 것 같은 하루하루를 보낸다는 말을 어찌 내비추겠는가. 하지만 보묵 스님은 천리 밖을 내다보는 눈을 가진 사람처럼 말했다.

"지금 아드님이 어떤 생활을 하고 있을지는 압니다. 하지만 빈승이 받아들이기에는, 두 분께는 죄송한 말씀이 되겠습니다만, 모든 게 제대로 잘 되어 가고 있다는 생각입니다."

술명이 크게 안도하는 기색을 띠었고, 박씨도 생기 돋는 빛이었다.

"오늘 저희도 저 연지사종을 보고 마음이 많이 달라졌습니다. 부처님 뜻이라는 믿음을 굳게 되었다고나 할까요?"

"앞으로 저 종이 내는 소리를 들을 때마다, 제 자식이 하늘을 나는 모습을 떠올릴 수 있을 것 같아요."

보묵 스님은 해자로 활용되고 있는 대사지 쪽을 한 번 보고 나서,

"생각들 잘하셨습니다. 아드님은 반드시 역사에 그 이름을 전할 것입니다."

바로 그때 종각 위로 갈색을 띤 이 나라 텃새인 멧새들이 많이 날아들고 있었다. 거기 대밭이나 성안 민가의 뒤편 나무숲에 살고 있는 새들일 것이다. 그들은 해맑은 소리를 내는 그 새들을 바라보았다. 그 새들과

나란히 하늘을 날고 있는 조운의 모습도 보였다.

'아, 그날 그 새!'

보묵 스님은 오래전 기억을 헤집고 튀어나오는 새 한 마리를 다시 보는 듯했다. 8월의 연, 그 방패연 위에 올라앉아 있던 작은 새. 그들 부부는 여전히 모르고 있을, 암컷의 유혹과 솔개의 위협을 이겨 내었던, 조운의 탄생과 인생 역정을 예고라도 하는 것 같았던, 연 위의 새.

그러나 정작 조운 자신에게는 달라진 것이 하나도 없다는 것을 보묵 스님은 알고 있을까? 허송세월이라고는 할 수 없지만, 사실 그는 아직까지도 이뤄 놓은 게 아무것도 없었던 것이다.

한편, 시민은 달랐다. 많은 변화가 있었다. 그는 종5품 판관에 올랐다. 훈련원의 모든 영역 업무를 관장하게 된 것이다. 병서의 해박함을 인정받은 결과였다. 그런데 형편없는 병기 보관 창고는 끝내 또다시 시민의 등짝을 떠밀었다.

"이게 누구신가?"

"알아는 보시겠습니까?"

"승진했다는 소식은 들었지."

"중요한 건 그것보다도……."

"늦었지만 축하하네."

병조판서는 경계심을 늦추지 않으면서도 능글능글한 웃음을 흘렸다.

'또 능구렁이 담 넘어가듯 하려는 속셈이구나. 하지만 이번에는 무슨 확답을 받아 내기 전까지는 절대 순순히 물러가지 않을 테다.'

단단히 벼르고 온 시민은 일사항전의 태세로 나갔다.

"지난번 말씀올린 대로 군대 기강도 문제거니와, 군기(軍器) 또한 예사로운 일이 아닙니다. 유사시에 쓸 만한 군인과 병기가 없습니다."

"도대체 본관더러 무얼 어떻게 하란 소린가?"

병조판서 이마에는 그새 주름살이 나이처럼 하나 더 늘어나 있었다. 눈빛도 그전보다 흐려 보였다. 시민은 강하게 나갔다.

"군기를 보수하고 훈련을 강화해야 합니다."

병조판서는 버럭 고함을 내질렀다.

"지금 무슨 얘길 하는 건가, 으응? 자네도 알다시피 우리 조선국은 이백여 년 동안 태평성대를 누려 오고 있어. 일찍이 지금같이 화평한 시대는 없었네. 대궐에도 항간에도 춤추고 노래하는 소리가 흘러넘치지. 이런 마당에……."

"유비무환이라고 했지 않습니까? 만약을 대비하는 게……."

병조판서는 입술을 씰룩거리며,

"부정 탈 소릴랑 입에 올리지도 마시게. 유비무환이 아니라 유언비어 살포로 붙들려 갈 수도 있네."

"군기를 보수하고 훈련을 강화해야 합니다, 대감!"

시민은 또렷또렷한 목소리였고, 병조판서도 죄인 신문하듯 했다.

"요즘 같은 태평성대에 군기를 보수하고 훈련을 강화하라는 건, 올바른 정신이 박힌 사람 입에서 나올 수 있는 말이 아니야."

"지금 제 정신은 그 어느 때보다도……."

"내 말 더 듣게. 자네 주장처럼 만약에 말일세."

"……."

"훈련원 군사들을 조련하고 병장기를 만들면, 그것은 결국 조정과 백성을 두려움과 근심 속으로 몰아넣는 결과밖에 안 되지."

병조판서는 두 손을 휘휘 내저으며,

"그러니 망언도 그런 망언이 없어! 흐―음!"

"그래도 나중에 외세에 당하는 것보다는 백배 천배 낫사옵니다!"

"허어, 누구는 왕년에 젊은 시절이 없었던 줄 아는가? 객길랑 더는 부리지 말게. 아무리 혈기 넘칠 나이라 해도 그따위 분별없는 소릴…… 에잉!"

시민은 정색한 얼굴로,

"이건 객기나 혈기가 아니옵니다, 대감."

"뭐라고? 그게 아니라면 무어야?"

"그것도 모르시면서 그 자리에 앉아 계시는 것이옵니까?"

"이런 발칙한!"

급기야 두 사람이 내지르는 고성이 천장을 찌르고 벽을 무너뜨릴 지경까지 되어 버렸다. 문밖에 놀란 사람들 그림자가 어른거렸다. 시민이 자리에서 벌떡 몸을 일으킨 것은 그런 와중에서였다. 곧이어 경악할 일이 터졌다. 군모(軍帽)가 바닥에 내동댕이쳐졌다. 그리고 다음 순간, 시민의 발이 그것을 짓밟아 사정없이 부숴 버렸다. 병조판서는 들었다.

"대장부가 이것이 아니라면, 어찌 능히 남에게서 모욕을 당하랴?"

그 길로 시민은 사직서를 써서 던져 버린 후 훌훌 털고 나왔다. 시민을 기다리는 것은 오직 하나, 낙향의 손짓이었다.

조운은 봉곡리 오죽거리(烏竹街)에 있는 대밭으로 들어갔다. 그곳에는 검은 대나무가 많이 자라고 있어 사람들이 그렇게 불렀다.

그런데 오죽은 귀했기 때문에 누구나 함부로 손을 대서는 안 되었다. 그것은 중국을 원산지로 하는 대의 일종인 솜대의 변종으로 알려져 있었다. 전체적으로 보통 대보다 작고 겉껍질은 검은 자줏빛을 띠고 있는 그것은 죽세공의 재료로 인기를 끌었다.

하지만 오직 하늘을 날 수 있는 재료를 구할 일념으로만 꽉 차 있는 조운이었기에 미처 그런 데까지는 생각하지 못했다. 아니, 구중궁궐에 있는 것이라 할지라도 기어이 손에 넣을 각오가 되어 있는 그였다. 오랜 실패와 좌절로 인해 이제 악만 받쳐 있는 그였다고나 할까. 실제로 요즈음 그는 아버지 술명이 우려하는 것처럼 미치기 일보 직전이었다.

저 '나는 수레'의 끝없는 추락에다가 둘님과 광녀로 말미암아 그가 겪는 고통과 갈등이 너무나 컸다. 광녀 못지않게 둘님도 위험한 여자가 되어 버렸다. 조운이 대꼬챙이에 상처를 입은 그날 광녀에게 머리채를 휘둘리고 그 후에도 여러 차례나 광녀의 표적물이 되었던 둘님은, 지독한 대인기피증, 특히 자신과 같은 여자들에게 엄청난 두려움과 혐오감을 느끼는 처녀가 되어 버렸다. 어지간해선 바깥출입을 하지 않고 집 안에만 틀어박혔다.

"조운이, 우리 둘님이가 왜 갑자기 저러는지 자네는 모르는가? 알고 있으면 제발 얘기 좀 해 주시게."

둘님의 어머니 길산댁은 당연히 어쩔 줄 몰라 했다. 보부상인 둘님의 아버지 학노는 무슨 다른 일이 생겼는지 아직도 집으로 돌아오지 않고 있었다. 결국 길산댁이 붙들고 하소연할 사람은 장래 사윗감으로 점찍어 놓은 조운밖에 없었던 것이다.

"자네가 모른다는 게 어디 말이나 되는 소린가?"

"저, 저는……."

"내가 뒤로 나자빠져 죽는 꼴을 보고 싶다는 겐가, 자네는?"

그러나 조운의 입장에서는 어떤 말도 할 수가 없었다. 그 자신에게 남녀간의 본능적인 애욕을 느낀 광녀가, 그와 둘님이 포옹을 하며 사랑을 나누는 광경을 보고 질투심을 못 이겨 둘님을 해코지하려 든다는 소리를 어찌 하겠는가?

그리하여 조운을 움직이는 것은 그의 의지와는 전혀 상관이 없는 그 무엇인지도 몰랐다. 어떤 보이지 않는 손—그것이 하늘의 손인지 부처의 손인지 아니면 또 다른 무언가의 손인지는 알 수 없었다. 어쨌든 운명의 손이라고 해야 할 것이다. 그처럼 조운은 자신을 조종하는 어떤 힘에 이끌려 그곳에 갔던 것이다.

그런데 묘한 섭리랄까, 그날 그 시각에 목사 김제갑도 그 장소에 와 있었던 것이다. 그는 새로운 부임지에 와서 민심도 살필 겸 지리도 알 겸 여기저기를 순회하는 중이었다. 목사 행차가 대밭 옆을 지나갈 때였다. 가마에 타고 있던 김제갑 목사가 갑자기 가마를 세우게 했다. 그러고는 무슨 짐승이라도 들어가 있는지 크게 흔들리는 검은 대밭 속을 가리키며 근엄한 목소리로 명령을 내렸다.

"저 속에 무엇이 있는지 살펴보라!"

"옛!"

수행하는 부하들 몇이 당장 거기로 달려 들어갔다. 그러고는 잠시 후에 누군가가 군사들 손에 이끌려 나왔다. 아직은 상투를 틀지 않은, 어떤 키 큰 젊은 사내였다. 하지만 망건을 쓰고 동곳을 꽂아 매면, 나이가 지금보다는 조금 더 들어 보일 것 같았다. 말하자면 노총각이었다. 거구의 호위 군사 하나가 그를 향해 매섭게 호통을 쳤다.

"넌 누구냐? 누구기에 오죽을 함부로 해치고 다니는 것이더냐?"

가마 앞에 무릎을 꿇린 사내가 쭉 뻗은 죽순처럼 고개를 똑바로 치켜들고 고했다.

"저는 가마못 안 동네에 사는 강조운이라고 하옵니다."

사내는 조금도 겁을 집어먹거나 굽히는 모습이 아니었다. 도리어 아주 당당해 보였다.

"이놈이 어느 안전이라고 감히……?"

군사들이 나서려는 것을 가로막으며 이번에는 김제갑 목사가 물었다.

"그래, 저기서 혼자 뭘 하고 있었는고?"

조운이 주저하는 빛 없이 곧바로 대답했다.

"대나무가 필요해서 좀 베어 가려고 하던 참이었습니다."

듣고 있던 호위 군사들이 하나같이 무섭게 을러대었다.

"무어라? 저런 죽일 놈이 있나? 못된 짓을 하려다 들킨 주제에 반성하기는커녕 되레 큰소리라니?"

"목사 영감! 당장 끌어다가 물고를 내야 하옵니다. 어디서 귀한 오죽을 함부로……?"

검은 대나무들도 겁을 집어먹고 사색이 된 얼굴들같이 보였다. 댓잎도 몇 개 떨어졌다.

"어허? 그만들 있지 못할까?"

하지만 이번에도 김제갑 목사는 그들을 제지하며 조운에게 다시 물었다.

"대나무가 필요해서라고 했겠다?"

김제갑 목사의 눈은 온통 상처투성이인 조운의 손과 얼굴의 할퀸 자국을 번갈아 보고 있었다. 뭔가 오랫동안 날카롭거나 질긴 것에 의해 입은 흔적임에 틀림없었다.

조운의 대답은 짧은 '예.'였다. 구차한 변명 따위는 늘어놓지 않으려는 면이 엿보였다. 눈빛이 흔들림이 없었다. 그 눈을 내려다보며 김제갑 목사가 좀 더 구체적으로 물었다.

"무엇에 쓰려고 하는고?"

조운이 얼른 고하지 않자, 얼굴이 벌게진 수행 군사들이 또 나섰다.

"저런 건방진 놈이 있나? 감히 누가 하문하시는데 입을 다물고 있다니?"

"목사 영감, 더 말씀하실 필요가 없사옵니다. 하명만 하십시오. 당장……."

"가만들 있으래도?"

김제갑 목사의 고집도 여간 센 게 아니었다. 시민의 아버지 김충갑의 형제다웠다. 그는 여전히 흐트러지지 않은 자세로 표정 하나 바꾸지 않고 천천히 말했다.

"내가 물었다. 대나무를 베어다가 무엇에 쓰려고 하느냐고 말이니라."

그의 말끝에는 충청도 억양이 짙게 배어 있었다. 그쪽 지방 사람 말답게 말의 속도도 좀 느린 편이었다. 그렇지만 대나무나 잣나무 같은 꼿꼿함이 서린 음성이었다. 조운은 목사를 호위하고 있는 자들을 둘러보며 머뭇거렸다.

"왜? 말하기 곤란한 점이라도 있느냐?"

김제갑 목사 얼굴에 의혹과 함께 약간의 긴장감이 살아났다. 왠지 모르게 어떤 큰 비밀을 간직하고 있는 사내 같다는 직감에서였다. 검은 대밭이 홀연 수런거리는 소리를 내었다. 꼭 사람에게 무슨 말인가를 하는 것 같았다.

"사실대로 고하지 않으면 크게 경을 쳐야 할 수도 있을 터인즉, 그래도 좋단 말이지?"

역시 예사로운 목민관이 아니었다. 말은 그렇게 하면서도 노하는 빛을 전혀 드러내지 않았다. 그는 한동안 조운의 얼굴을 살핀 후 잠깐 혼자 생각에 잠기는 눈치더니 주위 수행원들에게 말했다.

"저만큼 물러들 가 있거라. 저 사람과 둘이서만 얘기를 나누고 싶다."

수행원들이 하나같이 펄쩍 뛰었다. 자존심 상하는 소리도 해댔다.

"아니 되옵니다, 목사 영감! 저놈이 어떤 놈인지도 모르고……."

"위험하옵니다. 무슨 짓을 할지 모르니 그럴 수는 없사옵니다."

"저런 초라한 놈하고 독대를 하시겠다니요?"

김제갑 목사는 댓잎에 가는 빗방울 듣는 소리처럼 조용히 웃으며,

"괜찮아. 본관이 보아하니 저 사람은 결코 그런 사람이 아니야. 저 자의 눈빛을 보거라. 아주 선량하고 참해 보이지를 않느냐? 눈을 보면 그 사람을 알 수 있느니."

오죽처럼 까만 조운의 눈에서 시선을 거두지 않고,

"게다가 나는 이 고을을 다스리는 목민관이거늘, 그 신분과는 상관없이 어느 누구라도 만나서 허심탄회하게 이야기를 나누고, 또 무슨 애로 사항이나 건의 사항이 있으면 받아들여 바로잡아야 할 책무가 있도다. 그러니 모두들 내 말대로 하라!"

목사가 그렇게까지 나오니 수행원들도 더는 어쩔 수가 없음을 깨달은 듯했다. 그들은 조운을 힐끔힐끔 보면서 주춤주춤 뒤로 물러나기 시작했다. 혹시 몸에 무슨 흉기라도 지니고 있지 않을까 우려하는 기색도 엿보였다. 평민 복장이면서도 목사 앞에서 굽힘이 없는 사내가 아무래도 위험한 인물로 보이는 모양이었다.

김제갑 목사가 가마에서 내려왔다. 소가죽으로 만든 갖신이 조운의 바로 코앞에 보였다. 목사는 가마꾼들도 저쪽으로 보냈다. 이제 그곳에는 두 사람만 남았다. 다른 이들은 좀 멀찍이 떨어져 서서 유심히 이쪽

을 지켜보고 있었다.

"그만 일어서도록 하라. 다리가 많이 저릴 것이다."

김제갑 목사는 그때까지 땅에 무릎을 꿇고 앉아 있는 조운에게 친근한 목소리로 말했다. 조운이 몸을 일으켰다. 그의 발에 신겨져 있는 볏짚으로 삼은 짚신에 마른 댓잎이 붙어 있었다. 순간적이지만 조운의 머릿속에 지난날 상돌의 까만 목에서 보았던 노란 댓잎이 떠올랐다. 신분을 상징하는 무슨 표적과도 같았다.

그러자 또 동시에 나타나 보이는 사람이 저 광녀였다. 제멋대로 걷어올린 검정치마 밑으로 드러나 보이는 허벅지는 죽순같이 희고 곧아 보였다. 깨끗한 하얀색이 그렇게 슬퍼 보인다는 사실을 그는 믿을 수가 없었다. 어쩌면 어린 시절에 연줄이 끊어져 연을 날려 보낸 기억 탓인지도 모른다. 뽀얀 젖가슴은 더 그랬다. 조운이 진정 두렵고 무서운 것은 그 젖가슴이 보이는 꿈이었다.

꿈속에서 광녀는 전혀 미친 여자가 아니었다. 아니, 누구에게도 털어놓을 수 없는 말이지만 꿈에는 광녀가 둘님으로 변해 있었다. 어쩌면 둘님이 광녀로 바뀌어 있는지도 몰랐다. 윤기 흐르는 단정한 둘님의 까만 머릿결과 까치집 같은 광녀의 머리카락이 하나로 뒤엉켰다. 아무리 꿈이지만 둘이 같은 한 여자였던 것이다.

그는 부끄럽게도 여자 젖무덤에 고개를 처박고 있었다. 그러다가 여자의 웃음소리인지 울음소리인지 모를 무슨 묘한 소리를 듣고 얼핏 보니, 얼굴은 분명히 둘님인데 젖가슴은 광녀의 그것이었다. 느낌이 그랬다. 모든 것은 오직 느낌으로만 알 수 있었다. 아, 이게 꿈이구나! 나는 지금 꿈을 꾸고 있는 거야! 그런 느낌도 현실에서처럼 생생했다. 하지만 그런 속에서도 꿈은 계속되는 것이었다. 하나가 된 두 여자와의 꿈.

둘님이 울고 광녀가 웃는다. 그러다가 이번에는 광녀가 울고 둘님이 웃는다. 아니다. 한 여자의 입에서 웃는 소리도 나오고 우는 소리도 나온다. 결국 그는 귀를 틀어막고 만다. 하지만 소용없는 짓이었다. 함부로 뒤섞인 여자 웃음소리와 울음소리가 그의 심장까지를 파고든다. 그는 질식 직전에 가서야 가위에서 풀려나곤 했다.

그는 서둘러 잠자리에서 빠져나왔다. 그러고는 얼른 봉창을 열었다. 차가운 밤공기가 기다렸다는 듯 우우 몰려들어 왔다. 거기 캄캄한 하늘가에 노란 달이 떠 있었다. 둘님의 얼굴같이, 광녀의 얼굴같이. 고개를 세차게 흔들었다. 둘님과 광녀의 얼굴이 사라졌다.

그러자 이번에는 달이 '나는 수레'로 변해 보였다. 그는 자신도 모르게 그만 큰소리를 지를 뻔했다. 그는 꿈속에서 그게 꿈이란 것을 깨달았듯, 이제는 현실 속에서 이게 현실이란 것을 깨달았다. 그러면서도 '나는 수레'가 다시 원래의 달로 돌아가지 않기를 애타게 빌었다. 그는 달, 아니 '나는 수레'에 올라탔다. 그러고는 동녘 하늘이 말갛게 터올 때까지 별들 사이로 끝없는 비행(飛行)을 계속하였다.

조운이 악몽과 악몽 후의 기억에 시달리다 현실로 돌아온 것은 김제갑 목사 때문이었다. 그가 근처에 있는 넓고 평평한 큰 바위를 눈으로 가리키며 말했다.

"저기 앉아 말하는 게 좋겠구먼. 얘기가 좀 길어질 것 같거든."

"죄송하옵니다, 목사 영감."

"아니, 아니야. 그 기상이 내 마음에 들어. 그렇지! 사내라면 그 정도 배포와 기백은 있어야지. 암, 그렇고 말고."

"……"

"계집 같은 사내가 난 딱 질색이거든? 하하하."

그 말을 듣자 조운의 머리에 또다시 둘님과 광녀 모습이 실체와 그림자같이 떠올랐다. 둘님에 비하면 광녀는 사내 같은 계집이었다. 조운은 그 영상을 떨쳐내며,

"그렇게 생각해 주시니 감사하옵니다."

두 사람은 너럭바위에 나란히 앉았다. 그것을 보고 있던 수행원들 사이에 잠시 소요가 일었다. 평민이 감히 한 고을 최고 실권자인 목사와 자리를 함께하다니. 하지만 목사의 지시가 하도 엄한지라 다가오지는 못하고 그대로 서서 여차하면 달려올 태세만 취했다.

"이제는 말해 줄 수 있겠느냐?"

여전히 강압과는 거리가 먼, 그래선지 듣기에 따라서는 부탁조로 들리는 목소리였다. 조운은 갈수록 그를 향한 존경심이 우후죽순처럼 자라났다.

"예, 목사 영감. 모두 고해 올리도록 하겠사옵니다."

"이거 기대가 되는구먼."

김제갑 목사는 자기 자신을 잘 모르겠다는 듯,

"내가 본디 어지간한 일에는 잘 흥분하는 사람이 아니거늘, 참으로 알 수 없는 일이로다."

조운도 이상하게 어떤 보이지 않는 힘이 끼어드는 것 같았다. 우선 그와의 만남부터가 그랬다. 그러자 기쁘고 반가운 가운데서도 무섭고 두려운 감정이 뒤따랐다. 그들을 훼방 놓으려는 악귀가 거기 대나무로 죽창을 만들어 찔러 올 것 같은 망상까지 덤벼들었다. 조운은 어서 이야기해야겠다는 조급증이 들었다.

"저, 그러니까, 저……."

그러나 막상 입을 열려고 하니 무슨 말부터 어떻게 꺼내야 할지 너무

난감했다. 자칫 미치광이 취급을 받을 소지가 다분히 있는 일이었다. 지금까지 그를 알고 있는 사람들과 마찬가지로 목사 또한 그 자신을 반쯤 정신 나간 놈으로 볼 가능성이 높은 것이다.

그런데 김제갑 목사는 결코 지위를 앞세워 채근하지 않았다. 그저 가만히 기다릴 뿐이었다. 조운은 그에게서 대나무 뿌리 같은 굳건함과 강인함을 느꼈다.

'아, 나는 둘님과 광녀 사이에서 가마못 물풀같이 흔들리는데……'

그런 목사가 감당키 힘든 현실에 부대끼고 있는 조운에게 조금은 침착하고 여유로운 마음을 갖게 해 주었다. 조운은 비행기구를 만들 때만큼이나 조심스러운 어조로 말했다.

"지금부터 제가 올리는 말씀을 들으시고, 크게 화를 내시거나 벌을 내리신다고 해도, 저로선 어쩔 수가 없는 일이옵고……."

그 말에, 목사가 가지런한 이를 드러내며 인자한 미소를 지어 보였다.

"자네가 무슨 소리를 해도 나는 절대 성을 내지 않을 것이니, 아무 걱정하지 말고 있는 그대로 고하라. 있는 그대로를 말일세."

싱그러운 대나무 향기가 콧속으로 스며듦을 느끼며, 조운은 겨울 바람에 떨리는 문풍지처럼 떨려 나오는 목소리로 말했다.

"사람이 타고 하늘을 날 수 있는 기구를 만들려고 하옵니다."

순간, 목사가 백치 같은 멍한 얼굴을 했다. 지극히 당연한 일이었다.

"무어라? 사람이 하늘을 난다고?"

목사는 너럭바위에서 벌떡 일어설 것같이 보였다. 흡사 귀신 소리를 들은 사람 같았다. 안면에는 미세한 경련까지 일고 눈빛도 크게 흔들렸다.

"예, 그렇사옵니다."

그때 검은 대밭 속에서 무슨 기척이 새어나왔다. 그 움직임이 제법 큰 것으로 봐서는, 대숲에 가끔씩 보이는 고라니인지도 모르겠다. 상돌이나 광녀가 와 있다면?

"아, 가만, 가만……."

조금 전에 그가 한 말처럼 어지간한 일에는 동요하지 않을 것 같은 김제갑 목사도 그만 혼란스러운 빛을 어쩌지 못했다. 그는 거기 반석이 아니라 험하게 겹쌓인 츠렁바위에 올라선 사람처럼 떨리는 목소리로 말했다.

"다시 한 번 더 고해 보라."

목사 눈빛이 매섭게 바뀌고 있었다. 민심을 어지럽히는 요사스럽고 허랑한 소리를 하고 있다고 보는 건지도 모른다. 조운은 가슴이 졸아붙는 것 같았다. 하지만 이미 입 밖으로 나와 버린 말이었다. 죄인이 엎드려 사약을 받는 심정으로 고했다.

"사람이 타고 하늘을 날 수 있는 기구를 만들려고 한다고 말씀 올렸습니다."

목사는 먹물을 듬뿍 찍어 바른 듯한 눈썹을 그러모으고 빛살이 쏟아지는 허공 어딘가를 노려보듯 하며 혼잣말을 했다.

"그래, 그렇게 말했었지. 내가 바로 들은 게야. 헌데……?"

"……."

목사는 조운의 얼굴로 시선을 돌렸다. 그 눈빛이 대숲처럼 푸르고 깊었다. 그는 남에게 묻는다기보다 자기 스스로에게 확인시키려는 사람같이 보였다.

"그게 가능하다고 보는가?"

머리를 몇 번 절레절레 흔들고 나서,

"그러니까 내 말뜻은, 자네 신념이랄까 판단을 묻는 거라네."

조운이 아주 신중함이 묻어나는, 그러나 결코 주저하지 않는 얼굴로,

"쉬운 일은 아니지만 불가능하다고는 믿지 않습니다."

"어렵지만 가능할 수도 있다······."

그러던 목사가 그들이 앉은 너럭바위를 손가락으로 가리키며 대뜸 물었다.

"자네, 이 바위를 공중으로 떠오르게 할 수 있다고 보는가?"

조운이 자세를 좀 더 꼿꼿하게 고쳐앉으며 그 너럭바위같이 묵직한 소리로 고했다.

"제가 그 기구만 만들면 그것도 가능한 일이옵니다."

"······!"

목사는 아직도 엄청난 충격과 경악에서 벗어나지 못한 듯, 마치 미끄러지지 않으려는 사람같이 손바닥으로 너럭바위를 짚으며,

"허, 그으래? 기구만 만들면, 기구만······."

이번에는 조운이 목사에게라기보다 자신에게 일깨워 주려는 것처럼,

"우선은 사람을 하늘로 날아오르게 하는 게 더 중요하고 시급하옵니다."

"그렇겠지. 사람이 가능하면 바위도 가능하겠지."

"다른 것들도 마찬가집니다."

"다른 것들도······."

목사 수염이 부르르 떨렸다. 음성은 그보다도 더 떨려 나왔다.

"정녕 무서운 일이로다. 그 일의 성사 여부를 떠나, 그런 생각을 했다는 것부터가 진정 예사로운 노릇이 아닐 수 없거늘."

"성공할 수 있다고 보옵니다. 아니, 반드시 성공할 것이옵니다."

자신감에 찬 조운의 그 말에 목사는 하늘 어딘가로 눈길을 던지며,

"아아! 이건 인간이 인간의 영역을 뛰어넘고자 하는 것인즉, 혹여 천지

신명께서 아실까 두렵고 두려운지고!"

그날 조운이 본 광녀의 뽀얀 젖가슴같이 아주 투명한 햇볕이 목사가 타고 온 가마 위에 부서져 내리는 게 손끝에 잡혀들 것같이 느껴졌다. 목사는 한동안 마음을 진정시키려는 모습을 보였다. 그러다가 검은 옷을 입은 듯한 오죽을 턱짓으로 가리키며 물었다.

"그러니까 저 평범한 대나무가 그 엄청난 일을 해낼 수 있다, 그 말인가?"

"예."

조운의 눈길도 대밭을 향했다. 때마침 그 위로 날아오르는 까마귀와 대밭은 한빛이었다. 대나무가 투영된 검은 눈을 반짝이며 그가 말했다.

"대나무는 기본 골격이 될 것이옵고, 양쪽 날개는 무명천을 쓸 것이옵니다."

목사가 '무명천을 날개로?' 하며 두 팔을 치켜들고 날갯짓하는 시늉을 하자, 저만큼 떨어져 있어 이쪽 대화를 들을 수 없는 수행원들과 가마꾼들이 눈을 휘둥그레 떴다. 목사 영감이 점잖지 못하게시리 저 무슨 해괴한 몸동작이신가 하는 빛이 역력했다.

"그렇사옵니다. 화선지도 필요할 것이옵고……."

하다가 조운은 입을 다물었다. 비행기구를 이동시키기 위한 바퀴로 쓸 소나무와 참나무 이야기도 꺼내지 않았다. 아직은 시험 단계라는 자각에서였다.

"허, 이게 정녕 꿈은 아니렷다? 아니, 꿈이래도 이럴 순 없지. 인간이 새처럼 하늘을 날 생각을……."

목사는 또 마음을 가라앉히기 위한 듯 잠시 눈을 감았다가 도로 떴다. 그러고는 여전히 긴장과 의아함이 서린 얼굴로 이쪽을 응시하고 있는 수행 군사들과 가마꾼들을 한 번 보고 나서 입을 열었다.

"저들이 듣지 못하게 한 건 참으로 잘한 처사로다. 현명한 일이다. 이건 절대 함부로 발설해서는 아니 될 천기라고 봐야 해. 세상에 이런 일이?"

그때 대밭에서 쪼르르 달려나온 것은 고라니가 아니라 몸집이 굉장히 큰 회색 들쥐였다. 어지간한 다람쥐 크기 정도는 되어 보였다. 그놈은 사람들을 보자 가마 밑으로 도망쳤다.

"저를 미친 사람 취급하지 않으시니 감사하옵니다."

"무슨 소리? 미친 사람이라니? 그게 가당키나 한 말인가?"

조운은 홀연 울컥 치미는 설움을 억제치 못하며,

"세상 사람들은……."

목사는 고개를 절레절레 흔들며 이렇게 말했다.

"아니, 설혹 자네가 미친 사람이라고 해도 난 상관없어. 그런 놀라운 상상을 해내다니, 도리어 자네에게 큰 상이라도 내리고 싶으이."

검은 대나무들 사이로 폭포수처럼 쏟아져 나온 햇살이 땅바닥에 얼룩덜룩한 무늬를 이루고 있었다. 조운이 낯을 붉히며 머리를 조아렸다.

"과찬의 말씀이옵니다. 부끄럽사옵니다. 전, 아직도 생각뿐이지 아무 것도 이루어 낸 것이 없사옵고……."

대밭 속에서 참새들 지저귀는 합창 소리가 들려왔다. 대나무가 검은 빛이어서 그런지 그 소리도 검은 음색을 띤 것 같았다. 목사가 울먹이듯 하는 조운의 말을 끊었다.

"설혹 이루어 내지 못한다고 해도 그게 무슨 대수겠는가?"

조운은 목사 몸의 온기가 바위를 통해 그에게로 전해지는 느낌이었다.

"나는 사람이 그런 엄청난 발상을 해냈다는 그 한 가지 사실만으로도 너무나 가슴이 뛰고 대견스러우이. 본관이 책임지고 있는 고을에 자네 같은 사람이 살고 있다는 게 참으로 자랑스럽고 기쁘다네."

조운은 그동안 혼자 힘들어했던 시간들이 한꺼번에 가시는 듯했다. 햇살이 마음으로 스며들어 어루만져 주는 것 같았다. 목사는 근엄한 얼굴을 했다. 입술이 붉고 귀가 컸다. 그는 한껏 목소리를 낮추었다.

"내 한 가지 꼭 당부함세. 그 일에 대해서는 계속 비밀로 해 두게나."

"그건 제가 더 부탁드리고 싶은……."

참새 소리가 뚝 끊어졌다. 세상이 물밑처럼 고요해지는 듯했다.

"자고로 중요한 일에는 악귀가 끼기 쉬운 법, 만사 조심, 또 조심해야지."

이야기가 길어지자 수행 군사들과 가마꾼들 중에는 다리가 아파 오는지 주먹으로 무릎을 탁탁 치거나 장딴지를 연신 문지르는 사람도 보였다.

"나도 그것에 대해 아무것도 듣지 못한 것으로 하겠네."

"감사하옵니다."

"그리고 그 일이 성공할 날까지 누구에게도 퍼뜨리지 않겠네. 설혹 상감이라 할지라도 말일세."

그 말끝에 목사는 문득 기억해 낸 듯 대밭을 보며 이런 이야기를 꺼냈다.

"대나무로 만든 검, 죽검에 대해 혹시 들어봤는가? 죽검은 신검(神劍)이라고도 하지. 무엇보다 사람을 죽이지 않고 살리기도 하는 칼이 죽검이라네."

조운은 얼른 이해가 닿질 않았다.

"사람을 살리는 칼이라고 하셨사옵니까?"

목사 두 눈에 칼이 번득이는 것 같은 빛이 서렸다.

"액운을 막아 주고 병든 사람을 주술적으로 구해 주는 검이라니 놀랍지 않은가?"

"아, 세상에 그런 검이……?"

"뿐만이 아닐세."

"또 더……."

"나라가 위기에 처하거나 임금이 제사를 지내거나 할 때 사용하는 경우도 있지."

해가 아까보다 서편으로 제법 많이 기울어져 있었다. 바람기도 좀 더 느껴졌다.

"그건 그렇고……."

긴장감에 싸였던 목사의 낯빛이 그때까지보다 훨씬 더 부드럽게 풀렸다.

"자네 무슨 생(生)인가? 태어난 해를 묻고 있는 걸세."

까마귀 사라진 대밭으로 막 날아드는 까치들 소리가 요란했다.

"갑인년(甲寅年) 생이옵니다. 정확히 말씀 올리자면, 8월 27일이 되겠습니다만……."

그 순간, 목사가 크게 놀라는 표정을 지었다.

"왜 그러십니까?"

조운은 그의 얼굴을 빤히 바라보았다. 어쩐지 감격에 찬 모습이었던 것이다. 그가 매우 신기하다는 듯 말했다.

"우리 시민이와 똑같아서……."

대나무들이 마침 불어온 바람결에 몸을 휘며 흔들리자 마치 무수한 죽궁(竹弓)같이 보였다. 조운이 조심스레 물었다.

"시민이라 하심은……?"

만면에 자랑스럽고 믿음직스럽다는 표정을 지으며 목사가 대답했다.

"내 조카를 말함이라네. 자넬 보는 순간, 이상하게 그 아이 얼굴이 떠오르더라니……?"

"아, 예……"

그 말을 들은 조운의 가슴도 풀쩍 뛰었다. 부모에게서 들은 이야기가 생각났던 것이다. 그가 태어나기 얼마 전에 집으로 시주를 얻으러 왔던 어느 탁발승이 했다는. 충청도 땅 어딘가에서 그와 같은 날 같은 시에 태어날 아이와 깊은 인연을 맺고 살아가게 될 것이라는. 그 아이는 위기에 빠진 나라를 구할 귀인이고, 조운 자신은 또 그를 구해야 할 운명을 타고난 사람이라는.

그러나 조운은 그 예언을 내비추지 않았다. 시주를 얻으러 잠깐 집에 들른 탁발승이 한 확실치도 않은 그런 이야기를, 목사같이 지체 높은 사람에게 한다는 것도 그렇거니와, 무엇보다 조운 스스로도 아직 그것에 대해 어떠한 확신도 가지지 못하고 있었던 것이다. 그런 상황에서 아직은 김제갑 목사의 말에 성급한 의미를 두고 싶지 않았다.

하지만 김제갑 목사는 여전히 어떤 충격이랄까 감동을 떨치지 못하는 빛이었다. 두 눈이 퍽 부신 듯하는 것은 비단 햇살 때문만은 아닌 것 같았다. 그는 조운의 손이라도 덥석 잡을 것처럼 하며,

"자네와 내 조카를 맺어 주고 싶으이."

"그, 그런……"

댓잎이 서걱거리는 소리를 내었다. 벽오동나무에 둥지를 튼다는 봉황이 대나무 열매를 먹으러 와서 내는 소리가 아닐까, 조운은 그런 생각을 했다.

"둘이 한날한시에 태어났다는 사실부터가 예사 인연이겠는가 말일세."

인연이란 것에 각별한 의미를 주는 목사에게서 조운은 또 어쩔 수 없이 두 여자와의 인연을 떠올렸다. 어릴 적부터 이웃에 살면서 자연스럽게 맺어진 둘님과의 그것. 그저 동정심에서 연 하나를 주었던 데서 공연한 오해를 산 게 아닌가 싶은 광녀와의 그것.

'내가 하지 말았어야 할 짓을 했던 거야. 책임도 지지 못할 어리석고 잔인한 행동을. 사리분별도 제대로 하지 못하는 미친 여자로 하여금 남자를 가까이하고 싶다는 그런 마음을 심어 주고 말았으니……'

미친 사람도 정신이 온전한 사람과 똑같은 사람일진대, 그렇다면 당연히 저 오욕칠정의 감정결이 있다는 엄연한 사실을 미처 깨닫지 못한 결과가 아니겠는가? 특히 그날 둘님의 머리채를 낚아채던 광녀에게서 조운은 광기보다도 극히 정상적인 한 여자를 본 듯했다. 그때 약간 의아해하는 듯한 목사 말이 들려왔다.

"왜 싫은가? 아무 말도 하지 않는 걸 보니……."

"아, 아니옵니다. 싫을 리가 있겠사옵니까?"

"그런데 왜?"

"하지만 저 같은 신분이……."

조운은 어쩐지 제 목소리가 댓잎에 밤비 떨어지는 소리같이 느껴졌다.

"아닐세. 하늘이 끌어 주시는 인연이라면 그깟 인간이 만든 신분 따위가 무슨 소용이 있겠는가?"

목사는 잠시 무슨 생각인가를 하더니,

"안 그런가? 내 생각은 그래."

"가, 감사하옵니다."

"오죽이 참 보기 좋구먼."

그러고 나서 향수에 잠긴 목소리로 하는 말이,

"우리 고향에는 잣나무가 근사하다네."

"……!"

조운은 곧장 심장이 터져 날 것만 같았다. 드디어 그 스님이 예언한 사람과의 인연이 맺어지려는 순간이었던 것이다. 조운이 더욱 흥분하고 기뻤던 것은, 목사의 조카 되는 높은 계층 사람과의 교유도 그렇거니와, 모든 것이 자신의 운명대로 좀 더 투명하고 확실하게 현실로 다가오고 있다는 느낌 때문이었다.

"앞으로 두 사람을 만나게 해 주겠네. 그날이 언제가 될지는 모르겠지만……."

"기다려지옵니다."

둘님과의 만남을 기다리는 것과는 또 다른 성질의 가슴 벅참이 그의 온몸을 사로잡았다. 그렇다면 광녀는? 솔직히 겁부터 났다. 그리고 싫었다, 당연히. 그런데 정말 미칠 노릇은, 둘님이 혼자서 그에게로 오는 것이 아니라는 사실이었다. 물론 둘님은 혼자였다. 심지어 누구 다른 사람들 눈에 띌까 봐 자기 그림자조차도 데려오고 싶어 하지 않을 정도라는 것을 조운은 알고 있었다.

그러나 조운은 언제 어느 곳에서나 둘님이 광녀와 함께 오는 것을 보았다. 그것도 앞서거니 뒤서거니, 혹은 나란히 오는 정도가 아니라 한 몸이 되어서였다. 둘님의 얼굴, 광녀의 젖가슴. 마구 뒤섞인 둘님과 광녀의 웃음소리와 울음소리. 조운의 눈앞에서 죽검과 죽궁이 서로 싸우고 있었다. 사람을 죽이는 죽검과 죽궁이었다.

"내가 이 고을에 부임한 것이 예사로 여겨지지가 않아."

목사 눈에 비친 조운은 퍽 예의 바르고 단아한 용모였다. 그 와중에도 목사 입에서는 갈수록 조운의 마음을 잡아당기는 소리가 나왔다.

"내 조카 시민이 말일세. 자네와 닮은 점이 많아. 누구에게도 굽히지 않고, 무엇보다 제 소신대로 일을 행해 나가려는 것도 그렇고……."

"빨리 만나 보고 싶습니다."

조운의 진심이었다. 서로가 태어나기도 전에 이미 맺어진 사이라지 않은가. 목사가 감개무량한 얼굴로 말했다.

"두 사람의 만남이, 호랑이에게 날개를 다는 일이 될지도 모르겠다는 예감이 드는구먼. 여기엔 어떤 초월적인 힘이 작용하고 있는 것 같은 기분도 들고……."

조운 역시 누가 시키기라도 한 듯 자신도 모르게 말했다.

"반드시 사람이 하늘을 날 수 있는 기구를 만들도록 하겠사옵니다. 제 목숨을 걸고 이룰 것을 목사 영감 앞에서 감히 맹세하옵니다."

"참으로 기대가 크이. 자네 같은 젊은이들이야말로 이 나라 초석이라네."

김제갑 목사도 그냥 하는 소리가 아닌 것 같았다.

"절대로 기대에 어긋나지 않도록 노력하겠사옵니다."

조운의 기상은 팽팽한 활시위와도 같았다. 광녀에 대한 망상도 없어졌다.

"가마못 안 동네에 산다고 했던가?"

"예, 그렇사옵니다. 비봉산 서편 자락에 있는 동네이옵니다."

김제갑 목사는 자기가 다스릴 고을에 대해 미리 철저한 조사를 한 모양이었다.

"아, 비봉산에 얽혀 있는 봉황새 전설은 나도 들었네. 가마못 열기를 못 이겨 멀리로 날아가 버렸다고? 들을수록 안타깝고 가슴 아픈 사연이더구먼."

제가 바로 그 봉황새의 분신으로 태어난 사람이라고 한 스님께서 말씀하셨습니다. 그 말이 입안에서 맴도는 조운이었다.

"내 조만간 자네를 한번 부르겠네. 그리고 그 자리에서 내 조카와의 만남도 좀 더 구체적으로 이야기하기로 하고……"

"기다리고 있겠사옵니다."

목사 말을 들으면서도 조운은 눈앞의 일을 믿을 수가 없었다. 아무리 내 운명이 그렇게 되도록 정해져 있다손 치더라도 어떻게……?

"나는 이만 가 봐야겠네. 공무에 매인 몸이 너무 시간을 많이 지체했어. 하지만 자넬 만나게 돼서 정말 반가우이."

김제갑 목사가 자리에서 일어났다. 조운도 얼른 몸을 일으켜 세웠다. 코를 나란히 하고 있는 갖신과 짚신이 정다워 보였다. 일어선 자리에서 목사는 한 번 더 말했다.

"어쨌든 그 일이 꼭 성사되길 빌겠네. 그리고 그건 자네 한 사람만의 일이 아니고 조선 전체의 일이라고 믿네. 만약 그게 가능해진다면……"

목사는 아직도 마음을 가라앉히지 못하는 모습이었다. 하긴 웬만한 감동이라면 생판 처음 만난 평민 신분의 사내에게, 양반 출신인 자기 조카와의 만남을 주선하겠다고 했겠는가. 아마 관아로 돌아가서도 그는 충격에서 빠져나오기 힘들 것이다.

김제갑 목사는 선견지명이 뛰어났는지도 모른다. 그는 조운에게서 어떤 싹을 발견했을 것이다. 조카 시민을 무척이나 아끼고 사랑하는 그였다. 시민이 반드시 큰 인물이 될 것이라고 믿어 의심치 않았다. 그런 시민에게는 그를 보필할 많은 인재들이 필요할 것이라고 생각해 왔다. 조운도 그런 사람 중의 하나라고 보았던 것이다.

사실 김제갑 목사는 조운의 꿈이 실현되리라는 기대나 희망을 크게 품지는 못했다. 사람이 하늘을 날다니? 도대체 그게 가능한 일인가 말이다. 하지만 패기와 희망에 차 있는 한 젊은 사내의 뜻을 꺾어 버리고 싶지 않았다. 그 기발함 또한 다른 여러 곳에도 활용할 수 있으리라 보았다. 한양 땅에서도 그만한 인물은 찾아보기 쉽지 않을 터였다. 그게 다른 사람들 눈에는 당치도 않을 정도로 그가 조운을 잘 대해 준 원인이었다.

"대나무가 필요하다면 내가 도와줄 수도 있네. 어떤가?"

"공무에 바쁘신 목사 영감께 폐를 끼칠 수는 없사옵니다. 부족하나마 어떻든 제 힘으로 해 보겠습니다."

"혼자 힘으로 말인가?"

"예, 그 말씀만으로도 대나무 수만 그루를 주신 은덕을 받았사옵니다."

"역시 내가 사람을 잘못 보지는 않았어."

"……."

"나중에 나도 한번 하늘을 날 수 있게 해 달라고 미리 부탁하겠네. 하하하."

목사가 몸을 흔들자 작은 바람이 일었고, 그 속에는 지금까지보다 훨씬 더 싱그러운 대나무 향기가 풍겨 나오는 듯했다.

"아니, 우리 시민이가 그렇게 할 수 있도록 해 주면 더 좋겠네."

목사의 그 말에 조운은 혈서로써 맹세하듯,

"조선 백성이면 누구든 그렇게 될 수 있도록 할 생각이옵니다."

"그래, 그래야지. 아무렴."

목사는 수행원들을 향해 손짓을 했다. 그러자 그들은 단걸음에 뛰어왔다. 그림자들이 어지러운 듯 질서정연했다. 목사는 얼른 가마에 올라타며 빨리 갈 것을 명했다.

목사 일행은 점점 멀어져 갔다. 조운은 그들이 보이지 않을 때까지 한참을 그대로 혼자 서 있었다. 댓잎을 흔든 바람이 신명난 듯 하늘로 몸을 치솟고 있었다. 그 바람의 몸을 타고 날아가는 수레를 조운은 보았다.

둘님의 아버지 학노가 돌아왔다. 그는 적게는 수일, 많게는 수개월을 떠돌다가 귀가하곤 했다. 또한 그럴 때마다 그는 일가친척들이나 이웃사람들에게 줄 선물꾸러미를 손에 들고 있었다.

"그동안 잘 지내셨는가? 양친께서도 무고하시고?"

인사차 집으로 찾아온 조운에게 학노가 말했다. 그는 오래전부터 마음속으로 조운을 사윗감으로 점찍어 두고 있었기에, 노독에 약간 피로해 보이면서도 아주 정감이 묻어나는 얼굴이었다. 이번에 늦게 돌아온 것은 보부상 가운데 한 사람이 불의의 사고를 당한 때문이라 했다.

"고생이 많으셨지요?"

"나야 뭐. 집에 있는 사람들이 더 그랬겠지."

"그래도 건강해 보이셔서 다행입니다."

"고마우이."

조운도 미래의 장인이 될 사람에게 깍듯이 대했다. 하지만 옆에서 묵묵히 그들 대화를 듣고 있는 둘님을 훔쳐보는 그의 심사가 더없이 어지러웠다. 앞날은 누구도 알 수 없는 법이라지만, 살아가면서 자신과 둘님과의 사이에 이런 일이 있으리라고는 정말 상상조차 하지 못했다. 오랫동안 얼굴을 대해 왔지만 그녀가 너무나 낯설고 서먹하기까지 했다.

그랬다. 조운은 둘님, 아니 여자의 변신 앞에서 정신없이 허둥거려야 했다. 옆에 다른 사람이 있느냐 없느냐에 따라 그렇게 다른 사람이 될 수 있을까? 무엇보다 둘님은 절대 그런 여자가 아니었었다. 언제나 변함없이 그 자리에 서 있는 동네 어귀 정자나무처럼 한결같았었다. 그런데 하루 열두 번도 더 바뀌는 여자로 변해 버렸다.

그들 둘만 있을 때, 둘님은 석녀였다. 아이를 낳지 못하는 여자라는 뜻인 그런 석녀가 아니라, 말 그대로 돌여자, 돌 같은 여자였다. 피가 흐르지 않고 아무런 감정도 없는, 말도 행동도 하지 않는 돌의 여자. 그러자 조운 자신도 돌이 되어 버리는 듯했다. 그들은 산골짜기나 강가에 의미 없이 제멋대로 나뒹굴고 있는 두 개의 돌멩이에 지나지 않았다. 돌 같은 침묵으로만 일관하는 둘님 앞에서 조운은 숨이 막혀 죽어 버릴 것만 같았다.

그들 옆에 다른 누군가가 있을 때, 둘님은 광녀였다. 미친 여자라는 뜻인 그런 광녀가 아니라, 조신(操身)한 여느 여염집 처녀들과는 다른, 어디 시끄러운 광대패가 들어왔나 여겨질 정도로 너무나 수다스러운 여자였다. 게다가 이 세상에서 가장 조운을 사랑하는 연인같이 행세했다. 조운을 향해 잠시도 쉴 새 없이 말을 해대었다. 그런 광기(?)로만 일관하는 둘님 앞에서 조운은 미쳐 버릴 것만 같았다.

조운은 그런 둘님의 어깨 너머로 보아야 했다, 연 하나를 만지작거리고 있는 그 광녀를. 둘님의 등에 대고 '후후' 하고 입으로 끝없이 광기를 불어넣고 있는 진짜 미친 여자를. 그러면서 조운 자신에게 말했다.

"나 연 한 개 더 만들어 줘. 히히히. 나 그거 타고 사~천 가고 싶어. 히히히."

그러다 어느 순간, 광녀가 홀연 연기로 변하더니 둘님의 몸속으로 스며들어 가기 시작했다. 그러고는 마침내 둘님의 젖가슴이 되는 것이었다.

조운은 저도 모르게 고개를 마구 뒤흔들었다. 그때였다. 둘님의 새로운 변신이 시작된 것은. 그녀는 누구보다 연인을 걱정하고 위해 주는 여자의 얼굴이 되어 학노에게 말했다.

"아버지, 조운 오라버니 일, 제가 부탁 드렸던 사람⋯⋯."

조운은 소름기가 쫙 돋쳤다. 자신과 단 둘만 있을 때 보았던 둘님은 어디에도 없었고, 지금 그 자리에 있는 사람은 저 광녀였던 것이다. 아버지, 나 연 한 개, 히히히.

그러자 학노는 짐짓 서운하다는 듯,

"이놈아, 아비가 숨 좀 쉬자. 너는 이 아비보다 조운이가 더 좋다, 그 말이지?"

둘님은 그만 얼굴이 빨개져서 어쩔 줄을 몰라 했다. 그렇게 정숙하고 부끄러움 잘 타는 처녀가 또 어디 있을까. 지금 그녀 몸속에 들어가 있는 사람은 그 광녀가 아니라 더할 나위 없이 참한 양갓집 규수였다. 어쨌거나 조운도 당황하여 눈 둘 곳을 찾고 있는데, 학노가 두 사람 얼굴을 번갈아 보며 빙그레 웃고 나서,

"내가 안 그래도, 조운이가 어서 그 일을 성공해야⋯⋯."

학노는 하루라도 빨리 두 사람의 혼례를 치러 주고 싶었다. 오랜만에 집으로 돌아온 남편에게 해 줄 별식을 장만하기 위해 저잣거리로 나간 아내 정씨도 마찬가지였지만.

조운도 똑같았다. 어떤 장애물이 닥치더라도 둘님을 어서 아내로 맞아들이고 싶었다. 그렇게 되면 광녀로부터의 고통스럽고 위험한 망상에서도 빠져나올 수 있을 성싶었다. 하지만 솔직히 지금과 같은 저런 상태

의 둘님과는 한 집에서 함께 살아갈 자신이 없었다. 게다가 가정을 가지다 보면 아무래도 자신이 하고자 하는 대업(大業)을 제대로 수행해 낼 수 있을 것 같지가 않았다. 사내대장부로 태어나서 위기에 빠진 나라를 건질 귀인을 구하는 일만큼 보람되고 기쁜 일이 또 있겠는가? 무엇보다 자신은 그런 과업을 성취해야 할 운명을 타고 태어났다지 않은가.

아무튼 하늘을 날 수 있는 기구를 어서 완성시켜야 모든 게 이뤄질 수 있었다. 그것이 운명을 거스르는 데서 올 수도 있는 재앙과 불운을 막는 길이었다. 저도 급한 일이 있는지 개미 한 마리가 노란 장판지 위를 빠르게 기어 문지방을 넘어가는 게 눈에 비쳐들었다.

"강원도 원주에 사는 서 모라는 사람한테서 들었는데 말이다."

학노는 혀로 입술을 축이고 나서 말을 계속했다.

"그가 하는 이야기가, 자기 고장에 하늘을 나는 기구와 관련된 책을 소장하고 있던 사람이 있었는데, 지금은 어디론가 가 버리고 없어서 내게 소개해 줄 수는 없고, 그 대신에 다른 사람을 말해 주겠다고 하면서……."

"다른 사람이라면……?"

조운이 바짝 다가앉을 것같이 하며 묻자 학노는,

"허, 자네나 우리 둘님이나 저울에 달면 눈금 하나 안 틀리겠구먼 그래. 우물에 가서 숭늉을 뭐 어쩐다고 하더니……."

조운은 낯을 붉혔다. 학노는 말은 그렇게 하였지만 곧장 알려 주었다.

"충청도 노성 지방에 사는 윤달규(尹達圭)라는 이가 그렇게 기물을 잘 만드는 재주가 있다고 하데."

"유, 윤달규……."

조운은 그 사람 이름을 듣기만 해도 벌써부터 온몸이 떨리고 정신이 없는 모양이었다. 조운과 눈금 하나 안 틀릴 둘님의 숨소리도 가쁘게 새어 나왔다. 그건 뿐얀 젖가슴을 드러내 보이며 흘리던 광녀의 신음 소리와는 전혀 달랐다.

학노도 겉으로는 태연한 척했지만 말씨는 어쩔 수 없이 크게 흔들려 나왔다. 이건 하나밖에 없는 딸자식 혼례와도 직결되는 일이었다.

"그 사람이 정밀하고 교묘한 기구를 만드는 재간이 뛰어나, 그것을 창안하여 기록해 두기까지 했다는 거야."

"예? 그, 그럼 벌써 그것을 마, 만든 사람이……?"

조운은 물론 둘님의 얼굴에서도 핏기가 싹 가셨다. 여간 충격적인 이야기가 아닐 수 없었다. 그런 딸을 본 학노가 조운을 나무라듯 했다.

"허, 자네 오늘 정말 왜 이러나? 자네답지 않게."

조운의 목이 어깻죽지 사이로 들어갔다. 그런 조운을 지켜보는 둘님의 표정이 복잡했다. 조운이 광녀와 어찌어찌 했다느니 하는 풍문을 처음 들었을 때도 그와 비슷한 빛을 보였었다. 그런데 이어지는 학노의 이야기는 갈수록 입을 다물지 못하게 하고, 나아가 심한 전율을 느끼게까지 하였다.

"소문에 의하면, 아, 이건 어디까지나 소문이긴 한데……."

학노는 숨을 몰아쉬고 나서,

"여하간에 그는 소리개처럼 만든 기구를 타고 사람이 헤엄치듯 자벌레나방이 꼬리를 붙였다 몸을 폈다 하듯 하여, 하늘로 올라가 뜰 안에서 상하 사방을 마음대로 거침없이 날아다닌다는 거야."

"아, 어쩜……!"

"그럴 수가……?"

조운과 둘님이 동시에 놀라는 소리를 내었다. 그 방 북쪽 벽 위에 자그맣게 만든, 들어 여는 외짝으로 된 들창도 파르르 떨리는 듯했다. 이번에는 학노도 더는 나무라지 않고 고개를 끄덕이고 나서 또 말했다.

"그것도 아주 잠깐 사이에 몇 리를 나는 힘을 발휘한다니, 이거야말로 붕새가 단숨에 삼천 리를 나는 것과 다를 게 뭐가 있겠는가?"

사람이 신분은 못 속인다더니,

"그런 것을 타고 다니면, 장사하기도 정말 편할걸?"

조운은 넋이 삼천 리는 나간 사람처럼 보였다. 그런 조운이 너무 불안하고 걱정스러워 보여서일까. 학노 입에서는 이런 소리가 나왔다.

"한데, 말이야. 그게 사실인지 아닌지는 누구도 모른다는 거야."

그로서는 사실이 아니라는 쪽에 더 패를 던진다는 듯,

"내가 방금도 말했지만, 단지 그런 소문이 나 있을 뿐……."

"소문으로만……."

그렇게 되뇌는 조운 머리에 동네 처녀들이 퍼뜨린 그 소문이 자리 잡았다. 미친 여자와 그가 놀아난다는 어처구니없는 소리에 둘님이 맨 먼저 보인 반응은 영원히 지워 버릴 수 없을 것이다. 하지만 그때까지는 그래도 조금 시간이 지나면 그깟 헛소문 따윈 저절로 가라앉겠지 하고 크게 심각하게 받아들이지 않았었다.

그러던 것이 둘님이 광녀에게서 머리채를 낚아 채인 그 사건이 있은 이후로 완전히 달라졌다. 둘님은 여자들만의 섬세한 감각으로 깨닫기 시작한 것 같았다. 조운을 향한 광녀의 본능적인 성애의 감정까지를.

"나는 믿을 수가 없네. 자네도 마찬가지겠지만."

학노는 곰방대를 입에 물었다. 조운이 당장 자리에서 일어날 것같이 하며,

"제가 가서 그 사람을 직접 만나 보겠습니다."

"자네가 직접……?"

"예, 만나 보면 알 수 있겠지요. 그러지 않고서야……."

"그 먼 곳까지 말인가?"

"어디 거리가 문제겠습니까."

바람과 햇볕에 검게 그을린 학노 얼굴에 난감해하는 빛이 떠올랐다. 둘님도 썩 내키지 않은 듯 안타까운 눈길로 조운을 바라보았다. 그렇지만 조운은 요지부동이었다.

"그보다 더 먼 곳, 설사 나라 밖이라 해도 가야 합니다. 저는 무슨 어려움이 있어도 반드시 그 일을 해내어야 하니까요."

"자네 뜻이 금석같이 굳다는 것은 진작부터 알고 있었네만……."

조운에게 말을 하면서도 학노는 둘님의 얼굴을 살폈다. 그가 보기에도 조운을 대하는 딸의 태도가 좀 이상야릇하다고 느껴진 걸까. 객지를 떠돌던 그는 아직 광녀와 얽힌 그 소문을 듣지 못한 상태였다. 만약 그가 그 사실을 안다면?

비차, 나는 수레

학노는 괜한 이야기를 해 주었다고 후회하는 빛이었다. 그러나 그 일을 이루지 못하면, 조운은 둘님뿐만 아니라 다른 어떤 처녀와도 혼례를 올리지 않을 것이라는 사실을 익히 알고 있었기에, 그럴 수밖에 없는 노릇이었다.

"첫 번째 문제는, 그곳까지 혼자 가기는 좀……."

보부상을 하느라 조선 팔도를 돌아다니는 그는, 세상이 얼마나 위험한 곳인가를 넌지시 일깨워 주려는 듯했다. 조운은 목이 메었다. 푸른 담배 연기 탓만은 아니었다. 기약없는 고된 작업이었다. 하지만 대나무와 소나무가 벗이 되어 주어 외롭지는 않았다. 김제갑 목사가 말하던, 시민이라는 그 귀인의 고향에서 유명하다는 잣나무도 있다.

"그리고 또 하나, 그가 그 방법을 말해 줄는지 그것도……."

둘님도 그게 마음에 걸린다는 기색이었다. 그런 둘님 모습이 조운을 또다시 혼란에 빠뜨렸다. 지금 보아서는 전혀 아무렇지도 않은 여자 같았다. 하지만 둘만 있는 분지의 작업장에서 그녀가 해 보이는 태도는 너무나 달랐다. 그럴 바에는 차라리 그곳에 오지 않는 게 서로에게 더 나을 터였다. 한데도 그녀는 거의 매일같이 거기 나타났다. 마치 조운과 광녀가 만나는지 감시하려는 사람처럼.

"어쨌든 부닥쳐 봐야 하지 않겠습니까?"

조운의 각오와 의지는 그 집 마루에 놓인 다듬잇돌보다 단단해 보였다. 저것도 그의 운명이라면 어쩔 수 없다고 학노는 내심 스스로를 타일렀다. 학노의 눈에 비친 둘님은 금방이라도 울음을 터뜨릴 것 같은 표정이었다. 조운이 그곳으로 떠나면 훌쩍 날아간 새처럼 다시는 돌아오지 않을 거라고 우려하는 듯했다. 하지만 학노가 둘님에게 네 생각은 어떠냐고 물었을 때, 그에게 돌아오는 딸의 답변은 그를 망연자실케 하였다.

"그건 오라버니 운명이지, 제 운명과는 상관도 없는 것이잖아요?"

그런데 학노가 얘기한 첫 번째 문제는 의외로 잘 풀렸다. 조운은 사흘 후에 충청도 땅으로 가기로 일정을 세웠다. 그러고는 그 이튿날 남강변에 있는 대밭으로 갔는데, 바로 그곳에서 그 먼 여정에로의 동행(同行)을 만들 줄이야.

오죽은 피하기로 했다. 굳이 귀한 검은 대나무일 필요는 없었다. 그것보다도 어떻게 만드느냐가 최대 관건이었다. 실패를 수천 번도 더 거듭해 온 터였다. 정말 사람 마음도 몰라 주는 매정하고 불쌍한 놈이었다. 퍼질러 앉은 채로 땅바닥을 치며 대성통곡을 해도 본체만체하는 그놈과 어쩌다가 운명적인 인연을 맺도록 태어났는지.

'나는 수레'의 주검은 서럽고도 참혹했다. 걸핏하면 대나무 뼈대가 망가지고 무명천 날개도 찢어지고 소나무 바퀴는 빠져 달아나고 아직까지도 재료를 확실히 정하지 못한 머리조차 붙어 있질 못했다. 그러나 뭐니 뭐니 해도 가장 중요한 것은 날아오르게 하는 일인데, 그것은 그 자신만의 지혜나 노력으로는 불가능하다는 것을 처절하게 깨달았다. 자존심 상할 소리지만 그건 대단히 정확한 판단이라고 받아들였다. 충청도 노성 지방에 산다는 그 윤달규라는 사람을 만나면 무슨 길이 보이겠지 했다.

그런데 조운이 막 베어 낸 대나무를 앞에 놓고 앉아서 골격을 이리저리 맞추어 보고 있을 때였다. 아무도 없는 줄 알았던 뒤쪽에서 이런 소리가 들려 그를 소스라치게 했다.

"저, 혹시……?"

조운은 반사적으로 고개를 돌렸다. 그러고는 다음 순간, 그는 반가움과 놀람이 뒤섞인 소리를 내었다.

"아, 상돌……?"

그러자 상대방도 사뭇 떨리는 목소리로 물었다.

"그럼 조……운……?"

조운은 자신도 모르게 손에 쥐고 있던 대나무를 팽개치고 일어섰다. 두 사람은 금세 한 몸이 되었다. 서로 부둥켜안은 채 떨어질 줄 몰랐다. 아버지가 술안주로 좋아하는 죽순이 천지에 나 있는 것을 발견해도 그렇게 반가울 수는 없는 조운이었다. 실로 몇 해 만에 다시 보는 얼굴인가? 그동안 두 사람은 모두 어엿한 장정으로 바뀌었다. 그렇지만 그들 마음속에는 서로의 소싯적 모습이 고스란히 남아 있었다. 그날 나누던 대나무 평상 이야기도 되살아났다.

상돌은 지금까지 자신이 양반 자식들에게서 당했던 수모와 고통을 털어놓기 시작했다. 아무런 죄도 없이 그들에게 끌려가 몰매도 숱하게 맞았다고 할 땐 두 눈 가득 눈물이 괴기도 하였다. 그래서 천민들이 사는 이외의 곳으로의 발걸음은 삼가고 있었노라 했다.

조운도 알고 있었다. 명색 양반집 자제라는 청년들이 백정 청년들을 볼라치면 무차별 폭행을 가한다는 사실을. 특히 백정 처녀를 만나면 입에 담지도 못할 추행을 일삼았다. 집단 성폭행을 당한 백정 처녀 하나는 섭천 우물에 몸을 던졌는데, 그 원혼이 그녀를 범한 양반 젊은이들을 몽땅 돌림병에 걸려 죽게 했다는 풍문마저 나돌았다. 병역 면제를 받는 양반집 자식들이 한창 넘치는 기운을 엉뚱한 다른 곳에 쏟는 일은 비일비재했다. 조운 같은 평민들 가운데서도 그런 짓을 저지르는 자들이 없지는 않았지만, 그래도 양반 출신들보다는 좀 덜한 편이었다.

그런데 그들이 마른 댓잎을 그러모아 방석 삼아 앉아서 얼마나 그간의 회포를 풀고 있었을까. 별안간 상돌이 대나무들이 푸른 거인들같이 빽빽하게 서 있는 저편 어느 곳을 손으로 가리키면서 경악한 목소리로 고함을 질렀다.

"저, 저, 저게 뭐, 뭐야?"

"왜, 왜? 거, 거기 뭐가 이, 있는데?"

수런거리듯 하던 댓잎들이 일제히 숨을 죽이는 것 같았다. 상돌은 얼른 몸을 일으켜 세우려다가 도리어 엉덩방아를 찧으며 소리쳤다.

"아, 안 보여? 저, 저기 시커먼 저, 저게!"

"시, 시커먼……?"

그러면서 조운이 바라본 그곳에는 과연 시커먼 무언가가 있었다. 비록 대나무들 사이에 가려져 자세히 보이지는 않았지만 틀림없는 검은 물체였다. 아마도 아까부터 그 자리에 숨어 그들을 노려보고 있었던 게 아닌가 싶었다. 그러자 조운은 더한층 사지가 떨리고 머리끝이 쭈뼛 곤두섰다. 그곳으로부터 살기 같은 게 뿜어져 나오는 것 같기도 했다.

"지, 짐승? 짐승은 아, 아닌 것 같은데……?"

그 와중에도 상돌은 용케 그 괴물체의 정체에 대해 이야기를 하고 있었다. 하지만 조운은 머릿속이 하얗게 비어 버린 듯 아무 판단도 서지를 못했다. 조선 최하층민으로서 온갖 고난과 위험에 부대끼며 살아온 백정 출신인 상돌이 그 순간에는 양민인 조운보다 훨씬 나아 보였다.

"사, 사람이닷!"

곧이어 상돌 입에서 그런 소리가 터져 나옴과 동시에 조운도 그 물체가 사람이라는 것을 알았다. 하지만 그런 사실을 깨달음과 동시에 조운은 숨이 멎는 듯했다. 상돌이 벌떡 일어섰다. 일순, 검은 그림자가 움직였다. 정확히 말하자면 도망치기 시작했다. 검정말이나 검은 쥐 같았다. 상돌이 그를 쫓아가려고 했다. 조운이 일어서며 외쳤다.

"따라가지 마! 미, 미친 여자야!"

상돌이 멈칫하며 목 졸리는 듯한 소리로 물었다.

"뭐? 미친 여자라고?"

그러나 조운은 아무 말 없이 그 자리에 선 채로 멀어져 가는 광녀를 무연히 바라보고만 있었다. 광녀가 자기 주변을 계속 맴돌고 있다는 것은 알았지만 다른 사람과 함께 있는 현장에서까지 접근해 올 줄은 몰랐다. 상돌이 아닌 둘님이었다면 질투심에 눈이 멀어 기회를 봐서 둘님을 해코지하려고 그럴 수도 있겠지만.

"미친 여자가 왜?"

"……"

"아, 그보다도 미쳤다는 걸 어떻게 알지?"

"……"

백정들 거주지인 강 건너 섭천에서만 살아온 상돌이 가마못 안쪽 마을에 사는 광녀를 모르는 것은 당연했다. 하지만 조운은 광녀에 대해 상돌에게 무어라고 설명을 해 주어야 할지 막막하기만 했다. 막막하다기보다 난감하고 황당했다. 나를 짝사랑하고 있는 여자? 아니면, 나와 혼례를 치르려고 하는 둘님의 연적(戀敵)? 그 어느 쪽이든 미친 소리였다. 상돌이 사는 섭천의 소가 웃을 얘기였다. 조운의 표정을 읽은 상돌은 더 이상 물어오지 않았다. 지난날 조운이 대나무로 무엇을 만들려고 하는지에 대해 캐묻지 않았던 것처럼.

조운이 먼저 댓잎자리에 도로 주저앉았다. 그러자 상돌도 따라 몸을 내려놓았다. 두 사람은 한동안 고개를 숙인 채 생각에 잠긴 모습들이 되었다. 그런 그들은 전혀 몰랐다. 광녀가 숨어 있다가 도망친 곳보다 조금 더 저쪽으로 떨어진 대밭 속에서, 그때까지의 모든 광경을 지켜보고 있다가 소리없이 사라져 가고 있는 또 다른 하나의 그림자를.

……둘님이었다. 조운 곁을 맴도는 광녀를 맴돌고 있는 둘님.

"아직도 그때 그 일을 하는 모양이네?"

얼마나 지났을까. 이윽고 상돌이 땅바닥에 놓여 있는 대나무를 내려다보면서 물어왔다. 조운은 그것에 대해 말해 주지 않았기 때문에 그는 아직 아무것도 모르고 있었다. 조운은 이제는 말해 주어야 할 시간이 온 것 같았다. 그리고 그의 도움을 받고 싶었다. 잘은 모르지만 자기처럼 대밭에 자주 오는 상돌은 무언가를 알고 있을 성싶었다. 조운은 조립하고 있던 대나무 하나를 집어 들며 말했다.

"이것으로 하늘을 날려고 해."

"뭐? 그게 무슨 소리야?"

상돌은 바보 같은 표정으로 조운을 빤히 바라보았다. 제도니 관습이니 사회구조니 하는 따위를 모르던 시절에 만난 그들은, 평민과 천민이라는 신분 차이를 떠나 서로 친구처럼 자연스럽게 말을 터놓고 있었다.

"내 말이 이해가 잘 되지 않을지도 몰라."

"난, 내가 백정으로 태어났다는 것부터가 그래."

"백정……."

"처음에는 그 생각만 하면 울음이 나왔는데, 지금은 웃음이 나와."

그러면서 짓는 상돌의 웃음이 한없이 어설프고 서글펐다.

"후―우."

조운은 깊은 숨을 몰아쉬면서 칼을 무는 심정으로 말했다.

"난, 꿈이 있어."

그 말은 무수한 깃털을 지닌 새의 날갯짓처럼 대밭 속을 날아올랐다.

"무슨 꿈인데?"

상돌이 큰 호기심을 보였다. 예전에는 퍽 왜소했는데 성인이 된 지금 보니 큰 덩치였다. 조운은 마침 대밭 위를 날고 있는 굴뚝새들을 눈으로 가리키며 천천히 말해 주었다.

"저 새들처럼 사람이 공중을 날아다니는 꿈……."

"사람이……?"

"응."

"날아다니는……?"

"그래."

"……!"

상돌은 마치 무섭고 이상한 동물을 보듯 조운을 바라보았다. 제멋대로 흘러내린 머리칼 사이로 빠끔히 내다보이는 두 눈 가득 경악의 빛이 서려 있었다.

"그게 가능하다고 생각해?"

"……."

"그렇게 할 수 있다고 믿어?"

극히 상식적인 물음이 상돌의 입에서 나왔다. 조운의 대답이 더운 여름 날 대나무 부채로 일으키는 바람기처럼 시원했다.

"물론이지."

조운의 목소리가 새의 날갯짓 소리같이 들렸다.

"새들도 나는데 사람이 왜 못 날아?"

상돌이 김제갑 목사가 그랬듯 그곳 대밭을 둘러보며 약간 몽롱해진 눈빛으로,

"저 대나무들로 말이지?"

아무래도 미더워하지 못하는 기운이 실려 있는 상돌 말에 조운이 단언하듯,

"대나무 말고 또 몇 가지 재료가 더 필요해."

상돌은 그만 입을 다물어 버렸다. 더 이상 말해 봐야 소용이 없다고 생각하는 것 같았다. 그렇지만 조운은 조금도 서운하다거나 상돌을 비난하는 마음이 일지 않았다. 정상적인 사람이라면 누구든 그럴 것이기에. 하지만 또 이상했다. 그게 정상적이라고 보면서도 그 근원을 알 수 없는 이 고적감. 그 쓰린 느낌 끝에 조운은 문득 궁금해졌다.

'그 광녀한테 내가 하려는 일에 대해 말해 주면 뭐라고 할까?'

어쩌면 그 미친 여자는 수긍하고 공감해 줄지도 모르겠다는 생각이 들었다. 왜? 그는 물었다. 미쳤으니까. 그는 대답했다. 그러자 조운은 스스로도 아연해질 기묘한 망상에 사로잡히기 시작했다. 아무도 나를 몰라 준다는 이 지독한 외로움에서 구원해 줄 사람이 바로 그 여자 같다는. 그 광녀야말로 전적으로 나의 동업자요, 분신이라고. 내가 하도 오랜 비행기구 제작의 실패와 좌절로 인해 완전히 미쳐 버렸다, 그렇게 자

각하면서도.

조운의 마음속은 풍랑 치듯 사나운 기운이 날뛰었다. 대밭 속은 바람이 잔잔했다. 맑은 공기가 코끝을 간지럽혔다. 같은 여자지만 둘님과 광녀의 체취는 참 달랐다. 잠시 후 조운이 위험한 난파선에서 뭍으로 내려온 사람같이 숨결을 가다듬으며 말했다.

"모레 충청도로 떠나려고 해."

"충청도!"

"응, 누굴 좀 만나려고……."

"이 일 때문에?"

상돌은 천민이지만 영리했다. 웅숭깊었다. 조운이 고개를 끄덕였다.

"윤달규라고, 재주가 엄청 많은 사람이래."

"누구하고 같이 갈 건데?"

"음, 나 혼자."

키다리 대나무들이 고개를 돌리는 것 같았다.

"뭐? 그 먼데를 혼자서?"

내 생각에는 상돌이 네가 사는 백정들 주거지가 더 멀리 있는 것 같은데? 그런 소리를 입속으로 곱씹으며 조운이 말했다.

"그럼 어떡해."

"……."

"모두가 날 이상한 눈으로 보는 판이니 혼자 할 수밖에."

그때 상돌이 놀랄 소리를 했다.

"내가 따라가면 안 될까?"

"뭐라고?"

"문제는, 우리 같은 사람은 마음대로 다닐 수 없다는 것인데……."

상돌이 자신보다 더 어른스럽다는 생각을 조운은 했다. 늘 천대 받으며 다른 계층의 눈치를 살피며 살아야 할 운명이기에 그런지도 모른다. 그렇다면 그건 좋은 쪽으로의 성장이 아니었다. 응달에 자라는 고사리나 맥문동 같은 음지식물이었다.

김제갑 목사가 말한 잣나무가 생각났다. 장차 위기에 빠진 조선을 구할 시민은, 그의 고향에 많다는 잣나무를 닮았을 것 같았다. 늘 푸르고 좋은 향기를 가진 키 큰 나무처럼 빼어난 기상과 포부를 지닌 귀인일 듯했다. 김 목사의 짧은 몇 마디 말을 통해서도 그가 범상한 인물이 아니라는 것을 충분히 느낄 만했다.

그러자 한번도 본 적이 없는 시민의 모습을 머릿속에 그려 보면 언제나 그랬듯, 조운의 마음은 또다시 초조하고 다급해지기 시작했다. 새처럼 날아서 그의 생명을 구해야 할 운명을 타고 태어났다는데, 아직도 자신이 이루어 놓은 건 아무것도 없었다. 산산이 부서진 꿈을 그대로 보여 주는 것 같은 비행기구의 잔해들—망가진 대나무 몸통, 찢겨진 무명천 날개, 빠져나간 소나무 바퀴, 너덜거리는 잡동사니 머리—은 악몽의 조립품들과도 같았다. 그리고 눈을 뜨면 또 아귀같이 덤벼드는 것은, 자칫 둘님과의 정분을 파탄으로 몰아넣을 수도 있는 광녀와의 어처구니없는 헛소문, 그 미친 돌개바람과도 같은 추문이었다.

조운은 상돌에게 자초지종을 털어놓고 만약 너라면 어떻게 하겠느냐고 물어보고 싶었다. 차라리 백정들 거주지인 너의 동네로 가서 꼭꼭 숨어 버리고 싶다고, 운명이 더 이상 나를 따라오지 못할 곳으로 도망쳐 버리고 싶다고, 저 '나는 수레'를 생각하지 않아도 될 그런 곳이면 어디든 좋다고, 그를 붙들고 엉엉 소리 내어 울고 싶었다. 그만큼 조운은 외롭고 힘들었다. 게다가 그에게는 둘님의 빈 자리가 너무나도 크고 넓었다.

돌아서는 듯하다가 다시 다가서고, 다가선 듯 다시 돌아서는 둘님의 진심은 무엇일까? 상돌이라면 그 질문에 답해 줄 수 있을 것도 같았다.

"나도 조운이 너 같은 평민인 것처럼 가장하면 가능하지 않을까?"

그런 기발한 생각이라니? 옷차림과 머리 모양을 적당히 바꾸면 불가능한 일도 아닐 것 같았다. 무엇보다 동행이 있다면 정말 큰 힘이 될 것이었다.

"정말 같이 가 주겠니?"

"나라에서 정해 준 좁은 구역에서만 살다 보니 갑갑해서 죽겠어. 벌써부터 더 넓은 세상 구경을 하고 싶었어. 정말 신기하고 놀랄 일도 많을 거야."

상돌은 꿈꾸는 얼굴이었다. 백정의 설움과 분노는 찾을 수 없었다.

"위험하지는 않을까?"

상돌이 웃었다. 그 웃음이 조운의 눈에는 여간해선 풀 수 없는 수수께끼같이 복잡해 보였다.

"지금까지 짐승 취급을 받으면서 살아왔어."

상돌은 네 발로 기는 시늉까지 해 보이며,

"백정은 사람보다 소에 더 가깝지. 나도 사람보다 소가 더 좋아."

조운은 말하고 싶었다.

'나도 사람보다 새가 더 좋아.'

하지만 상돌의 이런 말에는 더 응해 줄 소리를 찾지 못했다.

"그런 소를 죽여야 살아갈 수 있는 내 운명이 너무나 싫고 화나지만 어쩌겠어?"

"운명……."

"여하튼 그보다 더 위험한 고비도 여러 번 넘긴 나야."

조운은 등골이 서늘해졌다. 상돌의 말끝에는 수천 개의 비수와도 같은 위험한 기운이 꽂혀 있었다.

"그렇게 될 수만 있다면 나로선 더 바랄 게……."

조운의 말에 상돌은 이미 결정이 다 난 것처럼 했다.

"아직 이틀이나 여유가 있으니까 준비 기간은 충분해."

조운도 더 무어라 토를 달지는 않았다. 무엇보다 그 일을 꼭 성사시켜야 한다는 일념에, 그보다 더한 위험도 감수할 각오가 되어 있는 그였다.

상돌과 헤어져 집으로 돌아온 조운은, 학노에게서 들은 대로 거기까지 가는 길이며 도중에 묵어야 할 곳, 그리고 긴 여행에 필요한 행장 등을 꼼꼼히 챙기기 시작했다. 드디어 뛰어난 조력자를 만날 기회가 온 것이다. 벌써부터 가슴이 뛰고 손끝이 떨렸다.

술명은 아무 말이 없었지만, 박씨는 그런 자식을 보며 여러 가지 염려가 되는 말들을 하였다. 조운은 퍽 든든한 일행이 있으니 아무 염려하시지 말라고 어머니를 안심시켰다. 부모도 그 소리를 듣고는 다소 안도하는 빛이었다. 옆에서 듣고 있던 둘님이 말했다.

"오라버니, 부디 몸조심하셔야 해요."

둘님은 조운이 상돌이라는 백정 사내와 함께 간다는 이야기를 듣고는 어느 정도 마음을 놓는 눈치이긴 했지만 그래도 무척 신경이 쓰이는 듯했다. 오가는 도중에 산적의 습격을 받을 수도 있고 산짐승을 만날 수도 있는 것이다. 여독에 지쳐 병을 얻을 수도 있었다.

조운은 예전의 둘님으로 돌아온 듯한 둘님이 아주 기쁘고 반가웠는데 그게 아니었다. 언제나처럼 배웅해 주기 위해 조운이 둘님을 따라 사립문을 나오는 순간부터 싹 바뀌는 그녀였다. 내가 언제 당신 걱정을 해주었느냐는 듯 정나미가 뚝 떨어질 만큼 싸늘해진 얼굴로 간다는 인사도 하지 않고 휑하니 가 버리는 둘님이었다. 집밖에 우두커니 혼자 서 있는 조운을 담장 너머로 감나무가 물끄러미 내려다보고 있었다.

시간은 더딘 듯 빠르게 지나갔다. 이틀 후, 조운은 상돌과 미리 약속한 대로 저잣거리 근처에 있는 객줏집 앞으로 나갔다. 상돌은 벌써 와서 기다리고 있었다.

"어? 이게 상돌이 맞아?"

조운은 눈을 의심했다. 얼른 보면 전혀 딴 사람 같았다. 상돌은 조운 자신과 거의 똑같은 복장을 하고 있었다. 누가 봐도 농사꾼이지 백정은 아니었다. 헝클어진 머리도 손을 보았고, 얼굴도 깨끗이 씻어 한결 단정해 보였다.

봇짐을 등에 지고 그들은 곧 길을 떠났다. 한번도 보지 못한 풍경에 두 사내는 가슴이 뛰놀았다. 더욱이 서로 마음에 맞는 사람끼리 나선 여행인지라 피로한 줄도 몰랐다. 특히 그 길이 어떤 길인가? 아주 중요한 사람을 만나러 가는 것이다.

가는 도중 학노 같은 보부상들도 만났고, 논이나 밭에서 일하는 농부들도 보았으며, 으리으리한 가마를 타고 가는 벼슬아치 행차와도 맞닥뜨렸다. 다행히 그들은 별다른 눈길을 보내지 않았다. 그만큼 남의 눈에 잘 띄지 않도록 최대한 평범하게 꾸몄다.

재게 발을 놀렸다. 가면서 알아보니 조운이 상돌보다 한 살 더 많았다. 고갯길로 오르는 풀숲 조금 못 미쳐 서 있는, '천하대장군, 지하여장군'이란 글이 새겨진 남녀 장승 옆에서 상돌이 말했다.

"앞으로 형님으로 모시겠어요."

상돌은 맨땅에 무릎을 꿇고 큰절이라도 올릴 태세였다.

"나를……?"

의형제 얘기였다. 조운은 조금 쑥스러웠지만 기쁜 얼굴로 말했다.

"내 바로 밑의 동생 천운이와 동갑이니 그렇게 함세, 아우."

두 사람은 얼마 후에 자신들에게 닥칠 엄청난 위기를 모르고 있었다.

"하하하."

그들은 쾌청한 하늘을 올려다보며 크게 웃었다. 어쩐지 꽉 막혔던 가슴이 뻥 뚫리는 느낌이었다. 또한 그러고 나니 둘 사이가 한층 가까워지는 기분이었고, 왠지 좋은 성과를 얻을 것도 같았다. 특히 조운은 광녀의 눈빛에서 풀려난 홀가분함까지 맛보았다. 뭔가를 갈망하는 듯 애틋하게 그를 바라보는 그 눈빛은 이미 광녀의 그것이 아니었다. 그는 그런 광녀에게서 때로는 둘님과 거의 맞먹을 듯한 진실을 읽고 몸서리를 쳤다.

충청도로 가는 길은 멀고도 험했다. 그런데 여우고개라는 곳의 비탈진 산언덕을 막 넘어 주막거리로 접어들고 있을 때였다. 상돌이 등에 진 봇짐을 추스르며 벌써부터 묻고 싶었다는 듯 이런 말을 했다.

"우리가 만나러 가는 그 윤달규라는 사람이, 자기가 알고 있는 비법을 우리에게 말해 줄까요?"

조운의 안색이 지금껏 맑던 하늘에 드리워지는 구름장처럼 어두워졌다.

"선뜻 이야기해 주진 않을 거야."

"예에……."

상돌의 표정도 굳어졌다.

"하지만 무슨 수를 쓰든 알아내야지."

"정말 하늘을 날 수만 있다면!"

상돌은 새가 날갯짓을 하듯 두 팔을 양쪽 높이 치켜들고 크게 흔들었다. 상돌의 몸 위에 영원한 미완성으로 그칠 것 같은 '나는 수레'가 겹쳐 보이는 듯하여 조운의 가슴은 쇳덩이같이 무겁기만 했다. 조운은 금방 허물어질 것 같은 마음을 다지듯 말했다.

"그 스님 말씀이, 머잖아 조선에 큰 위기가 닥칠 것이라 했으니, 나라를 위해서라도 우리는 기필코 그 일을 이루어 내지 않으면 안 돼."

"참, 형님이 날아서 구한다는 그 귀인은 누구일까요?"

조운에게서 대강 이야기를 전해들은 상돌이었다. 그는 알고 싶은 게 하나 둘이 아닌 모양이었다. 하지만 조운은 광녀와 같은 일이 또 일어날까 봐 여간 조심스럽지 않았다.

"나도 모르겠어. 때가 되면 저절로 알게 되겠지."

조운은 김제갑 목사와 자신 사이에 있었던 이야기는 일절 입밖에 꺼내지 않고 있었다. 목사가 신신당부한 때문이었다. 어쨌거나 조운은 목사의 조카라는 사람을 얼른 만나고 싶었다. 자신과 생년월일시까지 똑같다는 그의 이름은 시민이라고 했다. 하지만 시민에 대해 아무것도 모르는 상돌의 관심은 오로지 하늘을 나는 것에만 쏠려 있었다.

"그 소문이 정말일까요? 아무리 생각해도 못 믿겠어요."

조운은 갈수록 낯선 풍광이 펼쳐지는 주위를 둘러보며 답답하다는 듯 말했다.

"나도 그래. 머릿속에 도통 그림이 안 그려져."

온통 거대한 바윗덩이로 형성된 산 정상에서 짐을 풀어놓고 잠시 쉴 때, 상돌은 안개가 스멀스멀 기어 다니는 저 아래 골짜기에 눈을 주면서 물었다.

"공중에 떠 있는 기구에 앉아 세상을 내려다보면 어떤 기분일까요?"

조운은 거기 검은 빛이 감도는 진회색 고사목에 앉아 있다가 구름을 뚫을 듯 비상하고 있는 커다란 새를 보면서 대답했다.

"저 새하고 똑같겠지 뭐."

주막에 들었다. 머리를 뭉게구름 마냥 부풀리고 빨간 댕기를 매단 주모가 반갑게 맞이했다. 국밥과 동동주를 주문했다. 오랫동안 걸어오느라 발바닥이 부르트고 얼굴은 햇볕에 그을린 그들은 하나같이 영락없는 농사꾼이었다. 그래선지 의형제의 정은 더욱 두텁게 다가왔고 객창감에서도 조금은 벗어날 수 있었다. 그런데 하필이면……

그때 조운의 고향에서는 아쉽고 안타까운 일이 벌어지고 있었다. 그는 몰랐다. 자기가 길을 떠난 후 김제갑 목사가 사람을 시켜 가마못 안쪽 동네에 있는 그의 집을 두 번이나 찾게 했다는 것을.

"이거 정말 죄송해서 어쩝니까? 제 아들놈은 지금……"

술명은 목사가 보낸 사람 앞에서 어쩔 줄을 몰라 했다. 비록 고의는 아니었지만 그 고을 최고 목민관인 원님에게 바른 도리가 아니었다. 하지만 보고를 받은 김제갑 목사는 조금도 언짢아하는 기색 없이 다만 이렇게 말했다.

"그가 그렇게 먼 길을 떠났다니 어쩔 도리가 없군. 하지만 인연이 있다면 내 조카와는 언젠가 만나게 될 터, 모쪼록 그가 원행에 나선 뜻이 이뤄지길 바라는 심정이라네."

그러나 그때까지도 조운은 물론이고 김 목사도 내다보지 못했다. 두 번 다시는 서로의 얼굴을 보지 못하게 되리란 것을. 생각하면 너무나 소중하고도 짧은 인연이었다. 하지만 그 단 한 번의 인연이 아니었다면 훗날 역사를 뒤바꿀 그 시간들은 없었을 것이다.

그런데 까마귀도 제 고향 까마귀가 반가운 법이라는데, 경상도 말씨며 낯익은 풍경도 사라진 지 오래되고, 생전 첫발을 디디는 전라도와 충청도 경계 지점쯤 갔을까. 그들이 대낮인데도 사위가 동굴 속같이 어둠 침침한 좁고 깊은 계곡 안으로 막 들어섰을 때였다. 갑자기 나무숲이 우거진 길 양쪽 높은 언덕에서 산이 무너질 것 같은 엄청난 고함 소리를 지르며 뛰어내려 앞을 가로막은 것은, 보기만 해도 간담이 떨어져 나갈 것같이 험악하고 사납게 생겨먹은 산적 떼였다. 모두가 손에 크고 시퍼런 칼과 몽둥이, 심지어 도끼며 철퇴까지 들고 있었다. 그들은 세상이 노래지면서 이제 꼼짝없이 죽게 됐구나 싶었다. 노획물이 걸려든 산적들은 좋아서 웃고 떠들어 댔다.

"오늘 횡재 만났다. 황소 같은 놈들이니 한참 부려먹어도 되겠다."

"야! 괴나리봇짐 속에 돈도 제법 들어 있구나!"

"여자도 있었으면 더 좋을 텐데……."

두 사람은 도적들 소굴로 끌려갔다. 세 방향은 산으로 둘러싸이고 입구 쪽만 트여 있는 분지에 형성되어 있는 그 산채는 어지간한 마을을 방불케 했다. 젊은 여자들도 보이고, 늙은이들과 아이들도 있었다. 상돌 눈에는 그가 사는 섭천보다 더 크고 활기 차 보였다. 조운은 가마못 안쪽에 있는 고향 동네가 떠오르고 부모님 생각이 나서 눈물이 솟아났다. 둘님 모습이 그려지는가 싶더니 어이없게도 그 광녀도 나타나 보였다.

낯빛이 불을 담은 것같이 뻘겋고 특히 시커먼 눈썹이 사납게 치켜 올라간 산적 두목이, 온 산이 쩌렁쩌렁 울릴 것같이 크고 무서운 소리로 으름장을 놓았다.

"어디서 온 무엇 하는 놈들이냐? 사실대로 말하라!"

조운은 입이 들러붙은 듯하여 아무 말도 하지 못한 채 온몸만 오들오들 떨고 있는데, 상돌이 무릎 꿇린 자세로 고개를 빳빳이 치켜들고 두목을 똑바로 보면서 말했다.

"우리는 백정들입니다. 경상도 지방에 살고 있었는데, 양반놈들이 너무나 괴롭히는 바람에 살 수가 없어, 무작정 살 길을 찾아 이렇게 나선 것입니다."

그러자 표정이 약간 야릇해진 산적 두목이 더욱 오싹한 소리로,

"그게 사실이렷다? 거짓이면 사지를 찢어 산짐승들 밥이 되게 할 것이다!"

상돌이 큰소리로 웃고 나서 말했다.

"이래 죽으나 저래 죽으나 이왕 죽을 목숨, 거짓말을 해서 뭣하겠습니까? 어서 그렇게 해 주십시오. 모진 목숨 스스로 끊지를 못해서 힘들었는데 차라리 잘됐습니다."

그러자 매서운 눈빛으로 상돌을 한참 노려보고 있던 산적 두목이 호위하듯 자기 주변에 둘러서 있는 부하들을 돌아보며 말했다.

"내 칼을 가져오너라. 그러잖아도 몸이 근질근질하던 차에 잘됐다. 흐흐흐."

그 웃음소리에 조운은 더욱 사지가 얼어붙는 듯했다. 그런데 실로 이상한 노릇이었다. 그 웃음소리에 겹쳐 나오는 소리를 조운은 들었다. 히히히. 바로 광녀의 웃음소리였다. 내가 너무나 겁에 질린 나머지 이제는 환청까지 들리는가 싶었다. 하지만 상돌은 조금도 동요하거나 두려워하는 빛이 없이 심상한 어투로 조운에게 말했다.

"형님과 벗이 되어 저승으로 함께 가게 된 것이 저는 정말 행복합니다. 형님, 우리 저승에 가서라도 하늘을 날 수 있는 기구를 반드시 만들어 봅시다."

상돌은 하늘이 놀놀해 보이는 조운더러 이런 말도 했다.

"죽은 혼이라도 조선을 건질 그 귀인을 구해야 하지 않겠습니까?"

조운은 이승에서의 마지막이 될지도 모를 숨을 몰아쉬며,

"그, 그래, 아우……."

부하들이 곧 두목의 칼을 대령했다. 다른 산적들이 가지고 있는 칼과는 비교도 되지 않는 칼이었다. 그 길이가 보통 어른 키보다도 더 긴 듯하고 무게도 웬간한 장정은 들지도 못할 것 같아 보였다. 의자에 앉은 채로 그런 칼을 작은 솜방망이 휘두르듯 하며 산적 두목이 살기 뚝뚝 묻어나는 소리로 말했다.

"자, 각오들 하라. 마지막으로 하고 싶은 말들은 없느냐?"

이번에도 조운은 입을 열지 못하고 상돌이 천천히 말했다.

"남기고 싶은 말이 한 가지가 있습니다."

산적 두목이 칼을 '쏵쏵' 소리 나게 휘두르며 물었다.

"그게 무어냐?"

상돌이 산적 두목의 칼날보다 매서운 빛이 뿜어져 나오는 눈으로,

"다음 세상에서도 백정으로 태어나서 우리를 못살게 구는 양반놈들을 모조리 죽이고 싶을 뿐입니다. 자, 이제 목을 베십시오."

"무어라? 양반놈들을 어떻게 하겠다고? 으하하핫!"

산적 두목의 웃음소리가 그곳 산채를 왕왕 울렸다. 조운의 귀에 또 광녀의 웃음소리가 들렸고, 그러자 묘한 현상이 일어났다. 두려운 마음이 사라지면서 될 대로 되라는 오기 비슷한 감정이 일기 시작한 것이다. 광녀로 인해 이런 편한 마음이 되다니. 앙상한 겨울 나뭇가지에 걸려 찢겨진 채 북풍에 시달리는 연처럼 세차게 흔들리던 조운은 사라졌다.

그 뜻밖의 놀라운 소리가 나온 것은, 산적 두목의 웃음소리, 아니 광녀의 웃음소리까지 주변 산에 부딪혀 메아리처럼 가뭇없이 흩어진 후였다.

"그 허풍이 내 마음에 든다. 나도 원래는 백정이었느니라."

"……!'

두 사람은 얼굴을 마주 보았다. 조금 전 상돌이 우리는 백정이라고 했을 때 그의 표정이 약간 이상해진 이유를 알았다. 산적 두목이 상돌에게 말했다.

"네가 진짜 백정임을 증명해 보이면 너희들 목숨을 살려 주마."

"좋습니다."

상돌 말에 산적 두목이 껄껄 웃으며 으르렁거리듯,

"그 용기 또한 내 마음에 든다. 하지만 거짓말을 한 게 탄로가 나면, 너희 두 놈을 쫙쫙 찢어서 불속에 던져넣어 버릴 것이니 각오하라."

그자는 볼수록 조운의 고향에 있는 객줏집 사내를 연상시켰다. 객줏집 칼도마 같다는 말 그대로, 이마와 턱이 나오고 중간이 들어간 얼굴 모양을 한 그 산적 두목은, 부하를 시켜 상돌에게 커다란 칼을 주게 했다. 그러고는 마침 민가에서 약탈해 온 소 한 마리를 끌어내오게 하였다.

조운은 가슴이 조마조마했다. 아무리 상돌이 백정이라고는 해도 실수하면 그것으로 다 끝이었다. 그러나 상돌은 조금도 두려워하는 빛이 없이 소를 향해 칼을 휘둘렀다. 소는 한순간에 쓰러졌다. 놀라운 칼솜씨였다. 빙 둘러서 있던 산적들 속에서 환호성이 터졌다. 산적 두목은 호랑이가죽을 씌운 큰 의자에서 일어나 직접 마당까지 내려와 상돌을 덥석 껴안았다가 다시 의자로 돌아가 앉아 말했다.

"여기서 우리와 같이 살 생각은 없느냐? 양반도 상놈도 없는 이곳이 바로 천국이다. 적어도 추위에 얼어죽거나, 보리 피죽도 못 먹어 굶어죽는 일은 없을 것이다."

조운은 상돌을 바라보았다. 나라가 허가해 준 구역 안에서만 살 수 있고, 인간 이하의 대접을 받아야 하는 상돌로서는, 굉장히 반갑고 좋은 제안이 아닐 수 없는 것이다. 조운은 상돌 귀에 대고 작은 소리로 말했다.

"동생, 자네는 어서 그렇게 하겠다고 해. 저자의 마음이 변하기 전에. 이런 기회는 두 번 다시 오지 않을 거야."

그러나 상돌은 고개를 내저으며 역시 낮은 소리로 말했다.

"아닙니다, 형님. 만약 그렇게 되면 형님 혼자서 그 어려운 일을 하셔야 되지 않습니까? 그리고 저는 비록 천대 받는 신분이지만 그래도 나라를 위해서 노력해 보려고 이렇게 따라나선 것입니다. 제 뜻은 그러니 더 이상 권유하지 말아 주십시오."

조운은 목숨이 경각에 달려 있는 그 순간에도 얼굴이 화끈거렸다. 자기 같으면 앞뒤 헤아리지 않고 산적이 되겠다고 했을 것이었다. 정신이 온전치 못한 그 광녀라도 그렇게 나올 터였다. 하지만 상돌의 대답은 이러했다.

"말씀은 고맙지만 저희는 반드시 해야 할 일이 있어 꼭 돌아가야만 합니다. 저희를 풀어 주십시오. 그러면 그 은혜는 죽을 때까지 잊지 않겠습니다."

산적 두목은 크게 아쉽다는 듯,

"너희 같은 자들이 우리와 함께해 주면 아주 큰 힘이 될 터인데, 그래도 어쩌겠느냐? 약속은 약속이다."

"……"

"좋다. 너희들 하고 싶은 대로 하라."

산채 저편 높은 벼랑에 나 있는 커다란 동굴이 이만큼 떨어진 곳에서 올려다봐도 퍽 대단한 것 같았다. 무엇보다 난공불락의 천연의 요새 같아서 거기에서 대항하면 관군이 이들을 토벌하려고 해도 수월치 않을 듯했다. 산적 두목은 이런 말까지 해 주었다.

"가다가 혹시 또 다른 도적들을 만나거든, 백정을 거꾸로 한 정백이라는 산적 두목이 다스리는 산채에 들렀다가 나왔다고 하여라. 그러면 누구든 감히 너희를 해치려 들지 못할 것이다."

그들은 융숭한 대접까지 받고 산적 소굴에서 나왔다.

마침내 그들이 충청도 노성 땅으로 들어선 것은 고향을 떠난 지 두 달 하고도 보름이 지난 후였다. 그리고 물어물어 찾아간 윤달규의 집은 저 아래로 넓은 평지가 보이는 전망 좋은 산기슭에 자리잡고 있었다. 조운이 눈여겨보니 그곳 지형이 하늘을 날게 하는 기구를 만들어 실험하기에 제격이었다.

"이 사람을 찾아 경상도에서 여기까지 왔다고? 어디라고? 진주? 내가 듣기에 그 고을은 기생이 유명하고 선비정신이 뛰어난 유림의 고장이라던데……."

그 집 사랑채에 마주 앉았을 때 윤달규가 맨 처음 꺼낸 말이 그랬다. 사십 대인지 오십 대인지 좀체 나이를 가늠하기 어려운 남자였다. 눈빛도 끝 간 데를 짚을 수 없을 만큼 깊어 보였으며, 팔자 주름은 없는 대신 엷은 주름살이 많이 간 이마에는 어쩐지 숱한 사연이 감춰져 있는 것 같았다. 그처럼 모든 게 신비로 감싸여 있는 분위기였다.

"예, 멀리서 왔습니다. 그러니 제발 비법을 가르쳐 주십시오."

조운이 앉은 자리에서 벌떡 일어나 아주 공손하게 큰절을 올렸다. 그러자 상돌도 얼른 조운과 같은 행동을 했다. 그는 그런 큰절에는 서툰 듯 자칫 방바닥에 처박힐 뻔했지만. 그런데 절도 받는 둥 마는 둥 하며 윤달규가 대뜸 한다는 소리가 이랬다.

"아직 나에 대해서 아무것도 들은 바가 없는가 보군 그래. 사람을 만나려면 먼저 그가 어떤 사람인지부터 알아보아야지."

조운과 상돌은 무슨 말인지 몰라 무릎을 꿇은 채 눈을 크게 둥글렸다. 윤달규는 매우 못마땅한 눈으로 노려보듯 하며 입을 열었다.

"잘들 들으시게. 그것에 대해서는 아직까지 내 입을 열게 한 사람이 아무도 없었다네. 그리고 앞으로도 마찬가지일 것이고."

상돌이 머리를 조아리며 간곡한 목소리로,

"무슨 일이든 시키시는 대로 다 하겠습니다. 그러니 제발……."

윤달규는 병풍 쪽으로 싹 돌아앉으며 서릿발처럼 차갑게 내뱉었다.

"나라님이 와서 부탁해도 안 되는 일이네. 그러니 공연히 시간만 낭비하지 말고 그만 돌아들 가시게나."

책 더미를 중심으로 문방사우 등을 그려 넣은 서권도(書卷圖) 병풍이 그 방 주인을 잘 말해 주는 듯했다. 부귀를 상징하는 모란 병풍은 누가 선물해도 내다 버릴 성싶었다.

"저희 사정이 너무 급하고 딱합니다. 어지간하면 여기까지 왔……?"

그는 이쪽 말끝을 싹둑 잘랐다.

"그건 댁들 사정이고, 나하고는 아무 상관도 없는 일, 나 지금 몸이 많이 피곤하오. 좀 드러눕고 싶으니 그만들 일어나셨으면 좋겠소."

보료 앞에 놓인 연상(硯床) 위에 올려놓은 벼루 하나가 조운의 눈에 들어왔다. 문갑과 서안을 겸용한 연상이었다. 나뭇결무늬의 소박미를 잘 살린 그것은 서랍의 무쇠고리 외에는 특별한 장식이 없었다. 그 방 주인은 잔정이 없는 무뚝뚝한 성격인 듯했다.

상돌도 더는 입을 열지 못하고 울상을 지었다. 그곳까지 온 보람이 없다는 사실에 맥이 풀리는 모습이었다. 조운은 광녀 말을 떠올렸다. 나

연 한 개 더 만들어 줘. 히히히. 나 그거 타고 사~천 가고 싶어. 히히히.

그랬다. 이럴 땐 미치광이처럼 굴 필요가 있었다. 조운은 그야말로 미친
년 칼 물고 날뛴다는 식으로, 윤달규 옆에 있는 남의 장죽걸이를 부서져
라 거칠게 끌어당기더니 주머니에서 짧은 담뱃대를 꺼내 거기 걸쳐 세우
려 했다.

자신이 가장 아끼는 담뱃대걸이가 망가지는 듯한 소리를 들은 윤달
규가 놀랐는지 급히 바로 돌아앉았다. 경악한 것은 상돌도 마찬가지였
다. 상돌은 정말 미치광이를 보듯 눈을 있는 대로 크게 치뜨고 조운을
바라보았다. 그러거나 말거나 조운은 하던 짓을 멈추지 않았다. 하지만
원래 긴 담뱃대를 여러 개 걸쳐 놓게 된 것이기에 그의 짧은 담뱃대는 걸
쳐 세워지지 못하고 계속 넘어지기만 했다.

그것은 그 방에서 거의 유일하게 지체 높은 이들이 주로 사용하는 대
단히 고급스러운 것이었다. 아랫부분에는 담배를 담는 대꼬바리를 내려
놓는 재떨이같이 생긴 낮은 단이 있고, 그 중심에다 기둥을 세워 담뱃대
를 걸칠 수 있게 하는 장치가 윗부분에 만들어져 있었다. 소나무 변죽
을 붙인 하단부 은행나무판도 훌륭하고, 국화 무늬를 음각하고 여러
개의 박쥐형 걸이를 합해 꽃모양을 이룬 상판부도 멋있었다.

대부분의 사람들은 담뱃대를 방바닥이나 담배통 받침에 걸쳐 놓는 판
에, 그런 근사한 공예품을 어떻게 수중에 넣었는지는 모르겠지만, 하여
튼 그의 애장품임에는 확실해 보였다. 그는 조운의 손에서 장죽걸이를
빼앗아 가며 호통을 쳤다.

"미친 사람 같으니라고! 어디서 남의 귀한 물건에 함부로 손을 대는
거야?"

조운은 '히히히' 소리를 내려고 하다가 그만두었다. 일단은 돌아앉은

그를 바로앉혔으니 그 미치광이 짓은 효과를 본 셈이었다.

조운은 혹시라도 어디 손상을 입은 부분이 없나 하고 열심히 장죽걸
이를 살피고 있는 윤달규에게 다시 간청하기 시작했다.

"그 멀리서 여기까지 왔습니다. 도중에 목숨을 잃을 뻔했던 위험도 여
러 번 겪었습니다. 이건 저희들 일신상의 영예를 위해서가 아니라 오직 나
라를 위한……."

조운은 말하고 상돌은 손바닥을 싹싹 비볐다.

"허어, 아직 젊은 사람들이 가는귀가 멀었소?"

윤달규는 울컥하는 빛이었으나 한 번 혼이 난 탓인지 억지로 참는 듯,

"그 비법을 내보이느니 차라리 내 목숨을 내놓겠소이다. 으흠!"

참으로 모질고 비정한 사람이었다. 하도 그가 잡아떼니 나중에는 그
게 헛소문이 아닐까 여겨졌다. 더욱이 조운은 그 집에 들어설 때부터 유
심히 살펴보았지만 하늘을 날 수 있는 기구 같은 것은 어디에서도 발견
할 수 없었다. 어쩌면 비밀 장소에 감춰 놓았는지도 모를 일이었다. 가족
들도 없는지 다른 사람은 그림자도 보이지 않았다. 어쨌거나 그로부터
무려 서너 시간도 더 넘게 쉬지 않고 죽기살기로 매달렸지만 헛수고였
다. 그가 나중에는 이렇게까지 나왔다.

"지금 당장 내 집에서 나가지 않으면 관아 포졸들을 부르겠소. 이건
엄연한 남의 집 무단침입이오."

"그래도 한 번만 더 생각을 달라……."

"그러면 조금이라도 알려 주시면……."

두 사람은 빌고 또 빌었다. 하늘이 내려앉고 땅이 꺼진다는 말이 그냥
하는 소리가 아니었다. 어떻게 거기까지 갔는가 말이다. 아니, 그보다도
여기서 비법을 알아내지 못할 경우, 어쩌면 그 일은 영영 수포로 돌아갈

공산이 컸다.

조운의 마음 위로 절망과 고통의 핏물이 줄줄 흘러내렸다. 그것은 언젠가 대밭 속에서 훔쳐본, 정사 중에 여자의 이빨에 깨물린 사내 등에서 배어나오던 피보다도 처절하고 검붉은 빛이었다.

그러나 귀머거리 삼 년, 장님 삼 년이라더니, 윤달규가 딱 그랬다. 그는 여자처럼 길고 가느다란 손가락으로 장죽걸이만 매만질 뿐 말대꾸조차 하지 않았다. 긴 담뱃대를 기대어 세우는 장죽걸이에 짧은 담뱃대를 걸쳐 세우려 한 조운의 행동이, 얼마나 긴박한 상황 속에서 나왔으며 또 무엇을 의미하는지는 안중에도 없어 보였다.

마침내 두 사람은 포기했다. 돌아가는 길에 너무나 큰 실망과 좌절감에 빠진 나머지 정말 미쳐 버리거나 스스로 목숨을 끊어 버리는 한이 있다손 치더라도 일단은 자리를 털고 일어서야 했다. 그런 가운데 조운은 자꾸만 입 밖으로 튀어나오려는 이런 말을 겨우 삼켰다. 나 비행기구 한 개 더 만들어 줘. 히히히.

그런데 그들이 쳐다보지도 않는 윤달규에게 고개를 숙여 보이고 힘없이 댓돌 아래로 막 내려섰을 때였다. 문득 그가 눈은 방치레로 깔아 둔 보료에 둔 채 말해 왔다.

"내 한 가지만 말해 주리다. 돌아가거든 비차(飛車)의 배를 두드리시오. 그리하면 바람이 일어나서 띄워 올릴 수가 있을 것이오."

두 사람은 벼락 맞은 고목처럼 움찔했다. 조운이 숨 가쁘게 물었다.

"비차, 비차라고 하셨습니까?"

상돌도 급히 물었다.

"배를 두드리면 바람이 일어나서 띄워 올릴 수가 있다고요?"

그러나 그게 끝이었다. 윤달규는 다시는 입을 열지 않았다. 뿐만이 아나라 사람이 방 밖에 서 있는데도 사랑방 문을 탁 닫아 버렸다. 그리고 그때부터 안에서는 작은 기침 소리 하나도 새나오지 않았다. 어쩌면 잔정은 없어도 큰 정은 있는 사람인지 몰랐다.

"……."

두 사람은 잠시 그대로 서 있다가 그 집을 나왔다. 저 아래 평지에서 불어 올라오는 바람이 그들의 옷자락을 나부끼게 했다. 그들 몸을 하늘로 띄워 올릴 것처럼.

"비차, 비차, 비차……."

아름드리 팽나무가 그 마을 수호신이나 파수꾼같이 서 있는 동구를 빠져나올 때까지 조운은 계속해서 그 소리만 되뇌었다. 비차, 비차, 비차…….

"배를 두드리면, 배를 두드리면……."

상돌도 그 말만 되풀이했다. 배를 두드리면, 배를 두드리면…….

조운은 치유할 수 없는 상처같이 마구 찢겨진 연의 구멍 사이로 가느다란 연실낱 같은 희망 하나가 보이는 듯했다. 그렇지만 아직은 팔을 뻗어 잡으려고 해도 손가락 사이로 연기나 안개처럼 빠져나가 버릴 것만 같은 희망이었다. 광녀에게 긴 머리채를 낚아채여 땅바닥에 패대기쳐지던 둘님의 속절없는 모습과도 흡사한.

"비차가 무슨 뜻이라고 생각하는가, 아우?"

이윽고 키 낮은 풀들이 힘없는 민초들같이 붙어 자라는 작은 언덕 밑을 지날 때 조운이 물었다. 상돌 얼굴이 꽈리처럼 빨개졌다. 저 무시무시한 산적 두목 앞에서도 대범했던 그였다. 조운은 속으로 아차! 했다. 태어나서 책이라고는 냄새도 맡아 보지 못한 그일진대, 의형제로 지내다 보니 백정이란 것을 잊었고, 그런 면에서는 광녀와 차이가 없었다.

조운 스스로도 똑같았다. 악몽에 시달릴 땐 더더욱 그랬다. 일자무식 쟁이 상돌이나 정신이상자 광녀는 저리 가라 할 정도였다. 둘님의 얼굴과 광녀의 젖가슴. 그의 꿈속 여자는 언제나 그런 모습으로 다가왔다. 그리고 부끄럽고 참담한 몽정.

　사실 조운 자신도 많이 배우지는 못했다. 그렇지만 어쩌다 양반집 자제들이나 돈 많은 지주의 자식들이 글을 읽거나 학문에 관해 서로 이야기를 나눌 때 귀동냥한 것도 있었다. 특히 아버지 술명과 친분이 있는 서당 훈장이 집에 들를 때면 이것저것 물어보곤 했었고, 그때마다 학동들이 그가 없는 데서 코주부라고 놀려먹는 대춧빛 얼굴의 그 문훈장은 대견하다며 조운에게 한 자라도 더 가르쳐 주려고 했었다.

　"내 생각에는……."

　조운은 상돌에게 미안한 마음에 말이 목구멍으로 기어들어 갔다. 하지만 상돌은 금세 자존심 따윈 잊은 사람처럼 그 뜻을 말해 달라고 재촉했다. 조운이 고향 땅 가마못처럼 깊은 생각에 잠긴 눈빛으로 말했다.

　"나도 잘은 모르겠는데, 날 비 자에다 수레 거, 혹은 수레 차, 그렇게 쓰는 비차가 아닐까 싶어."

　상돌이 큰소리로 복창하듯 했다.

　"나는 수레!"

　조운 역시 자신도 모르게 소리를 질렀다.

　"비차! 나는 수레!"

　상돌이 감격에 찬 얼굴로 말했다.

　"그것의 이름을 안 것만도 어디예요?"

　"그래, 그것도 굉장히 중요한 사실이지."

　조운은 금방 하늘을 날 사람 같아 보였다. 그것을 비차라고 부르는

구나. 비차. 특히 조운이 가슴 벅찬 것은, 그가 이전부터 자신이 꿈꾸는 비행기구를 두고 비록 '비차' 라는 한자말은 아니지만 '나는 수레' 라고 하는 조선말을 생각했었다는 사실이었다.

"배를 두드리라고 그랬지?"

"예, 분명히 그랬어요."

조운은 두 손으로 자기 배를 두드렸다. 아니 할 말로, 너무 심하게 두드려 대다가 배가 터져 죽을지언정 그 짓을 멈추고 싶지 않았다. 상돌도 제 배를 힘껏 두드리며,

"그러면 바람이 일어 띄워 올릴 수가 있다고 그랬어요!"

조운은 그 자리에 못 박힌 듯 서서 마음에 새기듯 되뇌었다.

"비차의 배를 두드리면 바람이 일어나서 띄워 올릴 수가 있을 것이다……."

그 소리는 맞은편 드넓은 벌판에서 불어온 바람에 실려 허공으로 날아올랐다. 눈에 보였다. 하늘을 훨훨 날고 있는 비차의 모습이. 거기 타고 있는 그 자신의 모습이.

'아아, 어서 고향에 가서 한번 시험해 보고 싶구나. 이 일을 아시면 부모님께서 얼마나 기뻐하실까? 둘님이도 다시 예전 모습으로 돌아올 수 있을 거야.'

벅찬 생각에 잠기는 조운 옆에서 상돌이 환호성을 올리며,

"두 가지나 알았으니 이번 길이 헛된 길은 아니에요, 형님!"

무명천으로 만든 것 같은 낮달이 저 높은 허공에서 지상의 그들을 내려다보고 있었다. 그 달은 두 사람이 가고 있는 그들의 고향 쪽 하늘로 부지런히 발걸음을 옮겨놓으면서 그들더러 빨리 가자고 재촉하고 있는 것처럼 보였다.

그런데 뒤미처 왜 무엇이 안 좋으려고 그런 불길하고 방정맞은 환각에 빠져들기 시작한 것일까? 어쩌면 저 낮달은 그가 잘 만드는 방패연의 이마에 오려 붙인 달이 떨어져 나와 버린 게 아닌가 싶어지는 조운이었다. 아니면, 제대로 날지 못하고 땅바닥에 거꾸로 처박히기 일쑤인 비차에서 떨어져 나온 날개나 바퀴의 잔해와도 같은.

고향으로 돌아온 조운과 상돌은 앞으로 더 자주 만나기로 약속하고 헤어졌다. 몇 달 만에 무사히 돌아온 아들을 본 부모는 안도의 한숨을 내쉬었다. 둘님이 모두가 보는 앞에서 기뻐하는 모습은 눈물이 날 지경이었다. 조운은 둘님을 배웅하러 사립문 밖으로 따라나서지 않았다. 둘님은 조금도 달라진 것 같지가 않았다. 광녀도 그럴 것이다.

그날 이후로 조운은 더한층 그 비행기구, 비차에 달라붙었다. 어쩌면 오늘이라도 당장 날 수 있을 듯했다. 그렇지만 그 자신 역시 둘님이나 광녀와 마찬가지였다. 달라진 건 없었다. 열심히 비차의 배를 두드려 보았지만 어찌된 판인지 떠오르기는커녕 꼼짝달싹도 하지 않았다. 하긴 그냥 맹목적으로 배를 두드린다고 날아오를 수 있겠는가? 윤달규 말을 되살려 보았다.

'돌아가거든 비차의 배를 두드리시오. 그리하면 바람이 일어나서 띄워 올릴 수가 있을 것이오.'

그는 분명 그렇게 말했다. 하지만 곰곰 되씹어 볼수록 더욱 수렁에 빠져드는 느낌이었다. 아무리 머리를 싸매고 애써 봐도 도무지 무슨 소린지 이해가 되지 않았다. 혼란스럽기만 하고 다른 작업까지 방해하였다. 조운은 자면서도 생각했다.

'대체 배를 두드리라고 하는 말이 무슨 의밀까? 그 말뜻을 알아내야

만 해. 여기에 비차를 날게 하는 비법이 숨겨져 있어.'

그런 가운데 조운은 김제갑 목사를 만나 비차라는 이름하며 띄워 올릴 비법에 관해서 들려주고 싶었다. 하지만 그쪽에서 먼저 사람을 보내오면 또 모르지만, 자신 같은 신분으로 먼저 한 고을의 최고 자리에 있는 그를 만나기가 쉽지 않을 것이었다. 또한 무엇보다도 아직은 비차가 완성된 것도 아니라는 사실이 그의 발을 묶었다.

조운은 김 목사를 만나는 일을 뒤로 미루었다. 상돌과는 자주 만났다. 다음에는 어디서 만나자고 약속을 해 놓았고, 그날이 되면 어김없이 그들은 그 자리에 모습을 나타냈다. 서로가 실체이고 그림자였다.

가마못 안쪽 분지에는 숱한 미완성 비차들이 늘어섰다. 그것을 만들고 남은 재료들만 해도 산맥을 이루었다. 이제 솜으로 만든 비차의 머리 부분은 어떻게 보면 실제 새의 그것보다도 더 정교하고 멋졌다. 적어도 겉으로 보기에는 완벽하였다.

그러나 비차의 완성은 요원하고 묘연하기만 했다. 땅에 딱 들러붙어 통 움직일 생각을 하지 않았다. 뿐만 아니라 날게 하려고 배를 두드리다가 그만 망가뜨려 버리는 경우도 허다했다. 머리와 날개와 몸체가 따로 떨어져 나간 것을 보면, 그의 육신이 산산조각 난 것을 보는 것처럼 고통스러웠다. 돌발 상황이나 착륙할 때 강한 충격을 흡수할 수 있게 주 골격의 전방과 후방에 설치한 지지대도 곧잘 내려앉아 버리곤 했다. 소나무와 참나무 바퀴는 몇 번 굴려 보지도 않았는데 쑥 빠져나갔다. 위쪽에 붙인 화선지도 폭풍우에 찢긴 돛처럼 너덜너덜해졌고, 저절로 풀려 버린 마끈은 실뱀보다도 징그러웠다. 그리하여 마음은 어김없이 실패한 후에 맥없이 땅바닥에 주저앉아 바라보는 노을처럼 빨갛게 타 들어가기만 할 뿐이었다. 조운은 급기야 이런 생각을 하기에 이르렀다.

'그래. 그 사람, 윤달규는 아니야. 그냥 헛소문이었어. 어쩐지 우리를 자꾸 내쫓으려고만 하더니 켕기는 게 있었던 게지.'

세월은 세월을 밀치고 지나갔다. 비봉산은 네 개의 옷으로 바꿔 가며 입었고, 커다란 가마못에는 수양버들이 늘어지고 노랑부리백로가 날아들고 낙엽이 잠기고 낚시꾼들이 얼음장을 깨어 물고기를 잡았다. 남강이 에둘러 흐르는 성안에서는 계절과 상관없이 항상 북소리와 종소리가 높았다.

그 사이에 조운에게는 잇따른 비차 제작의 실패 외에도 또 하나 안타깝고 슬픈 일이 있었다. 김제갑 목사가 다른 고장으로 이임한 것이다. 가기 전에 찾아보지 못한 것이 너무나 아쉽고 후회가 되었다. 비차가 완성되는 날 자랑스럽게 그에게 보이리라 했었다. 그러나 비차의 완성은 아직도 까마득해 보이고, 그토록 기대했던 김 목사의 조카라는 김시민과는 아무래도 인연이 없는가 보다 싶었다.

그러던 어느 초겨울날 어스름녘이었다. 그즈음 몸도 마음도 만신창이가 되어 버린 조운은, 평소 입에 대지도 않는 술을 억수로 마시고는 가마못 가에 혼자 퍼질러 앉아 있었다. 일찍 온 한파에 귀가 떨어져 나갈 것같이 쌀쌀한 탓인지 그날따라 그곳에는 인적이 드물었다. 추위에 쫓긴 행인들은 손을 주머니에 넣고 목을 어깻죽지에 처박은 채 주위도 돌아보지 않고 그저 동동걸음을 떼 놓기 바빴다.

조운은 동사(凍死)할 줄도 모르고 꾸벅꾸벅 졸기 시작했다. 빈속에 안주도 없이 마구 퍼댄 독한 술로 인해 거의 인사불성이 되어 버렸다. 만약 가마못에 두꺼운 얼음이 덮여 있지 않았다면 그대로 못물에 빠져 익사했을지도 모른다. 하지만 그렇다고 안심할 일은 아니었다. 잠시 후 날이 완전히 깜깜해지면 기온은 훨씬 더 내려갈 것이고, 그리되면 저체온중으로 혼수상태에 빠지거나 심장이 멎어 버릴 위험도 아주 높았다. 실제로 조운은 갈수록 정신이 혼미해지고 마침내 온몸이 뻣뻣해지면서 점점 의식을 잃어가기 시작했다. 동쪽에 자리 잡은 비봉산이 고개를 돌려 조운을 안타까운 듯 내려다보고 있었다.

만약 이대로라면 날이 새고 나서야 싸늘한 시체가 되어 사람들에게 발견될지도 몰랐다. 형편없이 망가진 비차의 잔해처럼 방치되어 있는 그의 죽은 육신을 본 부모와 둘님은 어떤 심정이 될는지. 조운의 뒤를 따를 결심을 하지는 않을까. 사위는 점점 아궁이같이 검은 빛으로 변해 갔다. 못 주변에 서 있는 앙상한 겨울나무들 윤곽이 흐릿해졌다.

바로 그때였다. 잔뜩 찌푸린 하늘 아래 매서운 칼바람을 타고 어디선가 무슨 괴상한 웃음소리가 들려왔다. 히히히. 그 소리의 임자는 그런 웃음을 계속 흘리며 약간 모로 기울어진 자세로 몸이 식어 가고 있는 조운 쪽을 향해 다가오고 있었다. 하지만 이미 반쯤은 이승 사람이 아닌 조운은 아무것도 모르고 그대로 숨이 미약해져 가고 있었다.

갑자기 웃음소리가 딱 멎었다. 못가에서 고개를 처박은 채 옆으로 쓰러질 듯 비스듬히 앉아 있는 조운을 발견한 것이다. 머리를 갸우뚱하는 여자의 얼굴 위로 멍한 듯 묘한 기운이 떠올랐다. 그 차가운 겨울날에도 얇은 회색 저고리와 검정 치마를 걸치고 있는 여자, 저 광녀였다.

홀연 그녀의 얼굴 가득 거짓말같이 환한 빛이 서리기 시작했다. 그 밝은 빛으로 인해 어두운 가마못 주변이 환해지는 듯하였다. 누가 가마에 활활 불을 때고 있는 것일까? 이런 혹한이면 봉황새도 그 뜨거운 열기를 쬐려고 다시 날아오리라.

비차의 노래

광녀는 조운 앞에 바짝 붙어 섰다. 그러고는 가만히 오른손을 내밀어 조운의 어깨에 가져갔다. 하지만 모든 감각이 사라져 버린 조운은 여전히 돌처럼 꿈쩍도 하지 않았다. 그러자 이번에는 광녀가 고개를 살짝 숙여 조운의 얼굴을 천천히 들여다보기 시작했다. 그러다가 지독한 술 냄새를 맡았는지 코를 큼큼거렸지만 싫지는 않은 표정이었다.

그녀는 조금도 미친 여자 같지가 않았다. 이제는 완연한 처녀티가 배어나는 몸이 그 남루한 의복에도 불구하고 조금은 아름답고 신비스러워 보이기까지 하였다. 언제나 발끝에 금방이라도 벗겨질 듯 몹시 불안하게 걸려 있던 너주레한 짚신은, 마침내 어디론가 달아나 버리고 꽁꽁 얼어붙은 겨울 땅바닥에 맨발로 섰다. 그런 광녀에게서는 야성미까지 느껴졌다.

그런데 얼마나 그런 상태가 이어졌을까. 어느 순간 광녀의 눈이 노랗게 빛을 발하는가 싶더니 별안간 아주 다급한 얼굴로 변했다. 비로소 조운이 심상치 않다는 것을 깨달은 듯했다. 그녀는 새로운 광기에 점령

당한 듯했다. 이번에는 오른손뿐만 아니라 왼손까지 뻗어 조운의 양어
깨를 틀어쥐고 마구 흔들어 대기 시작한 것이다. 여자의 그것이라고는
믿어지지 않을 만큼 대단한 악력이었다. 아무튼 그러면서 하는 소리가
이랬다.

"나, 연 한 개 더 만들어 줘. 나, 그거 타고 사~천 가고 싶어."

지난날 조운을 볼 때마다 하던 말을 지금도 그대로 하고 있는 것이
다. 한 가지 달라진 게 있다면 '히히히' 하는 웃음소리가 없다는 사실이
었다. 아까 그곳에 오면서 분명히 흘렸던 그 괴상한 웃음소리를 내지 않
는 것이다. 그게 그녀에게는 무슨 의미가 있는 것인지 정신이 온전한 사
람들은 알 수가 있을까?

"나, 연 한 개 더 만들어 줘. 나, 그거 타고 사~천 가고 싶어. 나, 연 한
개 더……"

광녀는 그 말만을 반복하게 입력되어 있는 무슨 기계인간같이 비쳤다.
아마도 그렇게 하면 조운이 그녀에게 연을 만들어 주기 위해 눈을 뜨고
몸을 움직일 거라고 믿는 듯했다. 그녀의 말은 얼레줄을 감았다가 풀었
다가 하는 연처럼 다가왔다가 멀어졌다 하였다.

그러나 조운은 영원히 눈을 뜨지 않고 몸을 움직이지 않을 사람 같았
다. 어쩌면 쪼그려 앉은 채로 이미 숨이 끊어져 버렸는지도 모른다. 그런
데 그에게 주어진 운명대로 해야 할 일을 아직 하지 못했기에 하늘이 그
의 목숨을 거두려 하지 않았음인가. 광녀의 손끝을 통해 전해진 사람 온
기가 조운을 죽음 직전에서 돌려세운 것이다. 어쩌면 그것은 광녀였기에
가능한 일이었는지도 모른다. 만약 정신이 온전한 사람 같았으면 그렇
게 오랫동안 한 가지로만 조운의 몸을 흔들어 대지는 않았을 것이기에.

어쨌든 어느 순간인가 조운이 몸까지 움직이지는 못했어도 부스스 눈

을 뜬 것이다. 그러고는 아직도 만취 상태에서 깨어나지 않은 채로 자기 바로 앞에 서 있는 누군가를 힘겹게 올려다보았다. 하지만 그는 상황파악이 전혀 되지 않는 듯했다. 저 광녀가 있는 것이다. 그 와중에도 몇 번이나 눈을 끔벅거렸다. 그러다가 현실이라는 자각이 일었는지 더한층 경악하는 표정이 되었다.

"아, 떴다, 떴다! 눈 떴다!"

광녀가 좋아서 미칠 것같이 했다. 아니, 벌써 미친 여자는 맞았다. 그녀는 그 나이에는 전혀 어울리지 않게 이제 막 말을 배우기 시작하는 어린 아이처럼 굴었다. 아무튼 그건 조운이 지금까지 그녀에게서 들은 얼마 되지 않은 말 중의 하나였다. 광녀는 맨발로 계속 팔짝팔짝 뛰고 있었다.

"아……."

조운은 몸을 일으켜 세우려다가 맨 땅바닥에 도로 주저앉고 말았다. 기운이 없을 뿐더러 그보다도 너무 어지러웠다. 속이 크게 쓰리고 메슥거리는 게 금방 토할 것도 같았다. 정신이 혼미한 탓에 추위는 그다지 느낄 수 없었다. 그것으로 미루어 보아 정말 얼어죽기 한 발 전에 기사회생한 것이 아닐 수 없었다.

그러나 조운은 광녀가 깨우지 않았다면 자신은 살지 못했을 것이라는 데까지는 아직 생각이 미치지 못했다. 우선 당장에는 갈증을 풀어 줄 물이나 한 대접 들이켜고 따뜻한 구들목에 눕고 싶다는 욕망뿐이었다.

하지만 광녀는 달랐다. 그녀는 조운과 함께 있다는 그 한 가지 사실만으로도 기뻐 어쩔 줄을 몰라 하는 모습이었다. 그러자 더 큰 문제가 생겼다. 조운은 일시에 술이 확 깨는 기분이었다. 그를 오랫동안 괴롭혀 왔던 광녀의 춘화(春畵), 그 남녀 간의 본능적인 애욕, 저 성애(性愛)의 발작이 또 시작된 것이다.

"우리 아기 배고프지? 어서 어미 젖 먹어."

그 언젠가 대밭 속에서 그랬던 것처럼, 어느 틈에 저고리를 홀러덩 벗어던진 광녀가 뽀얀 젖가슴을 그의 눈앞에 내밀어 보이며 말해 왔던 것이다.

두꺼운 옷을 여러 겹 껴입어도 덜덜 떨릴 그 추운 날씨에, 윗도리마저 없는 반 나신이 되어 게슴츠레한 눈을 하고 접근해 오는 젊은 여자 앞에서, 조운은 자기 몸이 펄펄 끓는 뜨거운 가마솥 속에 내던져진 것 같았다. 지옥 골짜기에서 다시 들리는 듯한 소리.

"나, 너 각시 되고 싶어. 너, 나 신랑 안 될래?"

"미친년!"

조운의 입에서 끝내 욕설이 튀어나왔다. 그리고 그때부터는 다른 아무것도 생각되지 않고, 오직 광녀로 인해 악화되어 버린 둘님과의 관계 하나만 가슴을 부글거리게 했다.

"어서 저리 가지 못해?"

조운은 주저앉은 채 발악하듯 외쳤다. 어둠 속에서도 하얗게 드러난 여자 상반신이 그의 몸을 덮쳐 질식해 버리고 말 것만 같았다. 하지만 광녀는 뒤로 물러나기는커녕 더 바짝 다가오면서 그 소름끼치는 요상한 웃음소리를 내었다.

"히히, 히히히, 히히히하……."

조운은 귀를 틀어막고 싶었다. 광녀의 웃음소리―그것은 비차가 추락하면서 내는 소리 같았다. 고장 난 기구의 삐걱거리는, 부서지는, 흩어지는 절망과 분노의 소리.

그리하여 그 소리가 다했을 때 그가 마지막으로 만나게 되는 것은 둘님의 침묵이었다. 연인의 침묵만큼 사람을 힘들게 만드는 것이 또 있을

까? 세상 모든 문이 닫혀 버린 것 같은 무서운 정적과 단절감 그리고 폐
쇄공포증을 안겼다. 광녀가 그들 사이에 끼어들기 전에는 봄날 보리밭
위에서 지저귀는 종달새같이 다정한 목소리로 다가오던 둘님이었다.

"미친년!"

조운은 하얀 광목같이 깨끗해 보이는 광녀의 젖무덤에 몸서리를 쳤다.
그런데 이건 또 무슨 망발인가? 그가 젖먹이일 적에 그에게 젖을 물려 놓
고서 어머니가 부르곤 했다는 경상도 구전민요의 하나인, 여러 가지 옷
감에 대해 퍽 신명나게 엮어 나간 이런 잡타령이 들리는 듯한 것은.

─광목 조종은 금괴동이요, 양목 조종은 득난세라. 비단 조종은 김덕
방이요, 애인사 조종은 하부단이요…….

"미친년!"

조운은 광녀의 젖가슴에 가래침을 내뱉듯, 증오의 피로써 절규하듯
한 번 더 소리쳤다. 그건 어쩌면 그 자신더러 '미친놈!' 하고 말한 건지
도 모르겠다. 어쨌든 그러고는 엄청난 적대감과 분노에 이글거리는 눈
으로 광녀를 노려보았다. 그 차마 믿기 어려운 슬프고도 섬뜩한 환영이
나타난 것은 다음 순간이었다.

온 세상이 구멍 송송 뚫리고 갈기갈기 찢겨져 나간 거대한 하나의 비
차로 변하고, 그 시커먼 구멍과 갈라진 틈 사이로 고통스럽게 죽어 가
고 있는 그 자신의 모습이 보였다. 그리고 둘님도 보였는데, 살려 달라
고 애원하는 그를 매몰차게 뿌리치고 돌아서는 게 아닌가? 그런데 곧
나타난 광녀는 그러지 않았다. 그를 붙들고 어떻게든 살리기 위해 안간
힘을 다하며 서럽고 안타깝게 울고 있는 것이다. 어떻게 저런 일이?

조운은 경황없는 가운데서도 어렴풋 그 이유를 짚어 내었다. 광녀가
그의 생명을 구해 준 은인이라는 자각이 은연중 그런 식으로 변모되어

나타나 보였다는 것을. 둘님은 너무나 변해 버렸다는 자기 인식이 둘님을 그런 가공할 모습으로 재생해 냈다는 사실까지도.

조운은 혼란에 빠졌다. 하지만 그런 순간은 오래가지 않았다. 그는 자기 목숨을 건져 준 광녀보다도 냉정하게 돌아서는 둘님을 위해 또다시 소리 질렀다.

"미친년!"

그러자 그 소리는 이런 소리로 바뀌어 돌아왔다.

"미친놈!"

서로 다른 메아리가 계속되고 있다. 미친년! 미친놈! 미친년! 미친놈! ……

그런데 그게 언제부터였을까? 광녀가 울고 있다. 운다. 웃는 게 아니고 운다.

"흑흑흑, 흑흑……."

조운은 머리털이 몽땅 빠져나가는 것만 같았다.

"으으으, 으으……."

잠시 가신 듯하던 술기운이 한꺼번에 치밀었다. 복병의 공격을 받는 느낌이었다. 웃는 광녀보다 우는 광녀가 더 무서웠다. 그 고을 공동묘지가 있는 저 말티고개 너머 선학산 원귀가 그녀 몸을 점령했는가?

'아, 이럴 때 비차가 있었으면!'

조운은 동네 저 뒤편 비차 작업장이 있는 분지 쪽을 바라보며 생각했다. 상돌과 함께 찾아갔던 충청도 노성 땅의 윤달규가 떠올랐다. 정말 그는 비차를 만들었을까? 어쨌든 비차가 있으면 그것을 타고 하늘로 도망갈 수도 있을 것이었다. 둘님을 비차에 태워 주면 모든 오해를 풀고 종달새 같은 예전의 그녀로 돌아올 것 같았다.

비봉산 능선을 타고 내려 가마못 얼음판 위로 미끄러지듯 달려오는 찬바람이 조선을 노린다는 외적이 내지르는 함성같이 들렸다. 조운은 단지 추위 때문에서만은 아닌 강한 오싹함을 느꼈다. 울음을 그친 광녀가 그의 옆에 털썩 주저앉았던 것이다. 순간, 광녀의 몸에서 눈에 보이지 않는 질기고 강한 거미줄이 나와 그를 친친 감아 버리는 듯했다. 오랫동안 바깥 한기에 노출되어 있어 몸에 마비 증상이 나타나는 모양이었다. 게다가 다시 들려온 광녀 말은 그의 신경이나 근육뿐만 아니라 정신까지 마비시켜 버리는 듯했다.

"나, 그 여자 죽여 버릴 거야."

그러면서 어금니를 깨물었다가 혓바닥을 쏙 내밀어 보이는 광녀의 두 눈은 어둠 속에서 봐도 벌겋다. 조운은 전율했다. 그 여자가 누구인지는 벅수도 알 일이었다. 그 말을 들은 조운 자신이 벅수, 바보같이 보였다. 아니, 지금 광녀 모습이야말로 영락없는 벅수였다. 그녀가 할매벅수라면 조운 자신은 할배벅수였다. 충청도로 가는 길에 들렀던 어느 마을 입구에 마주 보고 서 있던 한 쌍의 돌장승. 둘님은 없다…….

"나, 그 여자 죽여 버릴 거야."

마을의 전염병과 액운을 막아 주는 수호신으로서의 벅수가 아니라, 조운 자신과 둘님에게 전염병과 액운을 가져다 줄 벅수같이 광녀가 또 말했다.

흐릿한 등잔불빛 몇 개가 꿈결같이 가물거리는 동네 저쪽으로부터 목이 쉰 듯한 개 짖는 소리가 들려왔다. 조운은 둘님의 집 개 '백구'라는 것을 알고 심장이 멎는 듯했다. 꼭 자기 주인을 내버려 두고 그들 남녀가 함께 있다는 것을 알고서 꾸짖는 것 같았다. 광녀가 발정 난 암캐같이 씩씩대며 계속 말했다.

"연 만들어 그년한테만 준 거지? 맞지? 맞지?"

조운은 가까스로 팔을 뻗어 땅바닥에 떨어져 있는 광녀의 회색 저고리를 집어 들었다. 그러고는 그것을 그녀 어깨 위에 걸쳐 주려고 했다. 하지만 그러기 전에 광녀 손이 먼저 그것을 확 빼앗아 가마못 위로 휙 던져 버렸다. 극히 순간적이지만 조운의 눈에는 그게 추락하는 비차같이 비쳤다. 그러자 세상 모든 게, 심지어 사랑이니 죽음이니 충효니 하는 것까지도 부질없다는 생각이 들었다. 둘님이면 어떻고, 또 광녀면 어떤가.

"너무 춥다. 집으로 들어가자, 우……."

조운은 제풀에 놀라 얼른 입을 다물었다. 하마터면 '우리'라고 할 뻔했다. 미친놈!

"컹컹컹."

둘님네 개 짖는 소리가 좀 더 커지고 있었다. 어쩌면 집 밖으로 나와 그곳으로 마구 달려오고 있는지도 모르겠다. 그와 광녀를 물어뜯으려고.

"흐……."

조운은 엄청난 조급증을 느꼈다. 개 뒤를 따라 둘님이 거기 올 수도 있었다. 만일 둘님이 지금 그 장면을 보게 된다면?

"나, 간다."

그때까지 마비된 사람 같던 조운이 어떤 힘에 이끌린 듯 벌떡 몸을 일으키며 말했다. 광녀도 그의 그림자같이 따라 발딱 일어서면서 '나, 간다.' 했다. 그 경악할 일이 벌어진 것은 다음 순간이었다. 광녀가 조운의 몸을 와락 껴안은 것이다.

"놔! 이거 못 놔? 놓으란 말이야!"

조운은 흡사 징그러운 벌레라도 들러붙은 듯 고함치며 광녀를 뿌리치려 애썼다. 그런데 광녀의 힘은 믿어지지 않을 정도로 억셌다. 벗은 상체는 담쟁이덩굴이나 낙지빨판과도 같이 조운 몸에 딱 붙어 떨어질 줄 몰랐다. 조운은 화염에 싸인 사람같이 날뛰는 게 고작이었고, 광녀는 꺼질 줄 모르고 타오르는 불길같이 조운의 몸을 휩싸고 있었다.

비봉산도 가마못도 몰랐다. 아까부터 그들과 조금 떨어진 못가 버드나무 뒤에 몸을 감추고, 한데 엉겨 붙어 있는 그들 남녀를 몰래 훔쳐보고 있는 검은 물체를. 커질 대로 커진 동공은 금방 튀어나올 것 같았다.

"후우."

조운이 광녀로부터 빠져나온 것은 한참 후였다. 몸이 풀려난 그는 무작정 달아나기 시작했다. 등 뒤로 광녀의 웃음소리와 울음소리가 아귀같이 달라붙어 왔다.

"호호호호, 흑흑흑흑."

그때 달이 엷은 빛을 토했다. 그러자 버드나무 그늘 아래 숨은 얼굴이 드러났다. 그는, 놀랍게도 그는, 보부상을 하다가 석 달 만에 귀가하고 있던 둘님의 아버지 김학노였다!

비봉산도 가마못도 알게 될 것이다. 바로 다음 날 학노가 조운의 부모를 찾아와 조운과 자기 딸 둘님과의 혼례를 서두르고, 그로부터 달포도 채 못 되어 조운과 둘님이 혼례를 치른다는 사실을.

1591년, 그해는 조운의 인생에 하나의 크나큰 획을 긋는 해였다. 바로 김시민이 그곳 판관(判官)으로 부임한 것이다.

경상우도 중심지이자 경상도 수부(首府)나 다름없는 진주목(牧). 한양에서 천 리나 떨어진 그 남방 고을 판관으로 부임한 시민은 감회가 각별했다. 왜 그랬는가. 그곳은 몇 년 전 숙부 김제갑이 목사로 재직했던 고장이었던 것이다. 자신이 벼슬길로 나아가는 데 큰 힘이 되고, 그 후 사직하는 등 우여곡절 끝에 지금의 위치까지 오게 도와준 사람도 그였다.

시민은 촉석성, 혹은 진양성으로도 불리는 그곳 진주성을 둘러보았다. 일찍이 무과 별시(別試)에서 장원급제할 정도로 무관으로서의 특출한 자질을 갖춘 그의 눈에 비친 진주성은 그야말로 천험의 요새였다. 성 남쪽은 가파른 절벽 아래 큰 강인 남강이 흐르고 있어 날개 달린 짐승도 날아들기가 쉽지 않아 보였다. 저 밑으로 나불천이 굽어 돌아가는 벼랑에 위치한 성 서쪽과, 세 곳의 못 대사지가 이루는 늪이 가로놓인 성 북쪽도 마찬가지였다. 그런데 성 동쪽이 자꾸 마음에 걸렸다.

'저기가 옥의 티로구나. 바로 저곳 때문에 성이 넓어지고 또 낮아져서, 외침하는 적이 도리어 높은 위치에 서게 될 터이니, 조금만 안목이 있는 사람이면 수성(守城)이 어려운 형상이란 걸 알겠구나. 왜 불길한 예감이 드는 거지?'

어쨌든 칡넝쿨이 어지럽게 얽혀지고 푸른 이끼에 감싸인 성벽은 천연적으로 이루어진 것 같았고, 맨 처음 요새를 만들었던 신라 시대로부터 천년을 지난 지금도 전혀 퇴락하지 않았다. 과연 정경운이 〈고대일록〉에서 적은 것처럼, '산에 의지해 성벽을 쌓고 강을 둘러 해자를 삼으니, 하늘이 지은 험준함은 이보다 나음이 없다'고 할 만했다.

"적침을 당했을 때 일면수적(一面受敵)의 유리한 조건에서 수성전을 펼칠 수 있는 곳이 진주성이오."

온후한 듯 날카로운 눈을 빛내는 시민의 말에 수행하는 관리가,

"그러게 말씀입니다. 한 방향만 적을 막으면…… 고려 말 우왕 때 진주목사 김중광이, 당시 잦은 왜구 침범에 대비해, 본래 토성이던 것을 석성으로 고쳐서 쌓은 것도 참 잘한 일이 아니겠습니까?"

"결국 경상감사 김수가 큰 실수를 했소."

"무슨……?"

시민은 땅이 꺼져라 큰 한숨을 내쉬며,

"성이 작다고 동남쪽 모퉁이를 헐고 물이 괴는 진흙탕까지 물려 쌓았으니 그건 좁은 안목이었소. 자고로 성이란 작고 단단할수록 좋은 법이거늘……."

그들의 발길은 남강변에 우뚝 선, 팔작지붕이 웅장한 촉석루로 향했다. 영남 제일의 누각으로 일컫는 그곳은, 평화 시에는 과거를 치르는 고시장이었다.

"진주성 지휘소입니다. 남장대, 장원루라고도 부릅니다."

수행 관리의 설명을 들은 시민이 그곳을 자세히 훑어보며 말했다.

"우리가 장차 여길 이용할 일이 잦아질는지 모르겠소. 그러지 말았으면 좋으련만……."

수행 관리가 눈을 크게 뜨며,

"예? 무슨 말씀이온지……?"

시민은 고개를 내저으며,

"아, 아니요, 아무것도."

그러나 그의 안색은 그때 막 구름 그림자에 가리어지는 대지처럼 어두웠다.

"꼬끼오!"

민가가 의좋게 이마를 맞대고 모여 있는 곳으로부터 낮닭 우는 소리가 들려왔다. 그런데 왠지 보통 낮닭 울음소리가 주는 한가로움은 느낄 수가 없었다. 닭의 볏처럼 붉은 음색을 띠고 있었다.

핏빛 울음이었다.

그로부터 며칠 후였다. 조운의 집에 예상치 못한 사람이 찾아들었다. 바로 시민이 보낸 군사였다.

"아, 판관께서 어찌 이 몸을……?"

그때까지도 조운은 당연히 모르고 있었다. 이번에 새로 온 판관이 봉곡리 오죽거리에서 만난 김제갑 목사가 말하던 그 김시민이라는 것을.

"그대가 강조운이라는 사람이오?"

관아에 들어간 조운과 첫 대면한 시민이 맨 처음 물은 말이었다. 조운은 급히 허리를 굽혀 예를 취하며 대답했다.

"예, 그렇습니다만, 어찌 저 같은 사람을……?"

그러자 시민은 품에서 무슨 서찰 하나를 꺼내 보이며 말했다.

"이건 나의 숙부이신 김제갑 전임 진주목사께서 보내신 서찰이오."

깜짝 놀라는 조운에게,

"숙부님께 말씀은 많이 들었소. 이렇게 만나게 되어 기쁘오."

"만나 뵙지 못할 줄 알았는데……."

조운은 목이 메고 눈물부터 솟았다. 시민도 눅진한 음성이었다.

"숙부님께서 꼭 만나서 깊은 연을 맺으라고 당신의 서찰에서 신신당부하시었소."

"아, 그런 말씀을……?"

조운은 새삼 운명의 질긴 끈을 깨닫고 전율했다. 위기에 빠지게 될 나라를 건질 귀인이 바로 저분이로구나.

"잠시만 나가들 있거라."

시민이 주위를 물리쳤다. 부하 관리들은 의아한 표정들로 거기를 나갔다. 단 둘만 남게 되자 시민이 심각하고 긴장된 목소리로 물었다.

"그 일은 어느 정도 진척이 되었는지 물어봐도 되겠소?"

"그 일……."

만나게 되면 반드시 그 이야기부터 나누게 될 것이라는 짐작은 하고 있었지만, 막상 눈앞에 닥치자 어쩔 수 없이 조운의 목소리에 힘이 빠졌다.

"죄송한 말씀이지만 아직 완성을 하지 못하고 있습니다."

"그럴 테지."

시민이 예상한 일이라는 듯 고개를 끄덕였다.

"그게 어디 하루 이틀 만에 이룰 수 있는 어린애 소꿉장난 같은 일이겠소?"

"……."

"어쩌면 다음 세대에까지 넘겨야 될 일인지도 모르는데……."

조운의 마음이 너덜너덜 찢기고 팍 망가진 비차만큼이나 참담했다. 그렇게 공력을 들여 만든 제작물인데도 너무나 허무하고 비정했다. 차라리 살아 있는 새를 만들어 내는 게 더 쉬울 성싶었다. 조운이 자기로 인해 죽어 간 무수한 비차의 시체들을 보면서 토해 낸 피는 가마못을 채우고도 남을지 몰랐다.

"아무튼 놀라운 일이오. 본관은 숙부님께서 처음 그 이야기를 듣고 어찌나 가슴이 떨렸는지 모르오. 지금도 마찬가지지만. 앞으로 우리 잘 지내 봅시다."

시민의 말은 조운을 더한층 움츠리게 했다. 아직도 날기는커녕 굴러가는 것도 제대로 되지 않았다. 그게 가능하다면, 그의 다리를 끊어 내어 비차 바퀴로 쓰고, 그의 팔을 떼 내어 비차 날개로 달고, 그의 목을 잘라 내어 비차 머리로 꽂을 각오도 되어 있었다.

"특히 본관하고 같은 한날한시에 태어났다고 하니 더 반갑소."

시민은 처음 보는 조운에게서 친 동기 이상의 어떤 *끈끈한* 정을 느끼는 눈치였다. 그건 조운도 마찬가지였다. 그러나 그들은 전혀 모르고 있었다. 아니, 조선 전체가 거의 잘 알지 못했다. 그 당시 이웃나라 일본의 은밀하고 미세한 움직임을.

이듬해인 1592년, 일본 구주 북안의 명호옥.

조선 정벌을 위한 전쟁 지휘 본부가 될 그곳을 둘러보는 왜소한 체격의 사내 눈빛이 살쾡이처럼 번뜩였다. 지난 3월 27일, 3만 명의 휘하 군졸을 거느리고 경도를 떠나 광도와 소창을 거쳐, 한 달 만에 거기 도착한 풍신수길이었다.

오와리국 나카무라의 빈농에서 태어난 천출(賤出)인 그는, 어린 시절 맡겨졌던 절에서 뛰쳐나와 노부나가의 휘하에서 잡용직이 되지만, 신분과 상관없이 능력을 보고 인재를 가려 뽑는 노부나가의 인사철학에 힘입어, 일설에 의하면 무려 38번의 여러 직종을 전전하다가 놀라운 상술로 수직상승을 한 입지적인 인물이다. 그런 그자의 움직임은 그들이 자랑삼는 소위 저 신풍(神風, 가미카제)이라고나 할까?

그러나 그보다 앞서, 그의 지휘를 받는 육군 16개 부대는 이미 그해 2월 중 명호옥에 집결했고, 3월 중순에는 최종적인 부대 편성까지 마쳐놓은 상태였다. 뿐만이 아니었다. 그보다도 더 앞서, 조선 침공의 선봉인 소서행장의 제1부대 18,700명이 3월 상순 명호옥을 출발하였다.

사카이의 약재상 집안 출신으로 대표적인 천주교도 영주인 소서행장. 노부나가가 죽은 혼노지 변란 이후에 풍신수길의 신임을 얻은 그는, 대동강까지 진격하고 평양성을 함락, 일본군 선봉장으로서 활약을 펼치지만, 나중에 노량해전이 벌어지는 틈을 타서 일본으로 돌아가 덕천가강에게 저항하다가 패전, 천주교리에 따라 할복자살을 거부하고 효수형을 당하게 되니, 조일전쟁의 여파는 오랫동안 일본 본토에까지 넘실거리게 되는 것이다.

어쨌거나 그건 당시 풍신수길의 조선 침략 구상이 얼마나 신속하고 철저한 작전 계획 아래 이루어졌는가를 잘 보여 주는 증거가 아닐 수 없었다. 게다가 그 엄청난 병력 앞에 왜군 스스로도 놀라지 않는 자가 없었다.

"대체 우리 합하(閤下)의 군사는 얼마나 되는 거야?"

"육군이 20만 2천여 명이고, 수군이 9천여 명이라고 하더군. 본영 친위대까지 합치면 수륙군 30만 명을 넘는 대군이 아닌가?"

"4만 명을 동시에 수송할 수 있는 선박을, 조선 남해안의 상륙지대 그리고 쓰시마 섬과 이키 섬 사이에 배치해 놓았대."

"헉! 4만? 바다가 뒤집힐 일이군."

"어디 바다만 그렇겠나. 온 세상이 그렇게 될걸?"

"내가 조선인을 얼마나 죽이게 될까? 우리들 중 살아서 돌아갈 사람이 몇이나 될까?"

대마도(對馬島)와 일기도(壹岐島). 조선과 구주(九州) 사이의 대한해협 중간에 있는 대마도는 일본 본토보다 조선 땅에 더 가까운 지역이니 조선의 코앞에 들어온 것이다.

현무암에 둘러싸인 낮고 평평한 대지로 형성된 이키 섬, 일기도. 저 가마쿠라 시대에는 몽고군에게 점령되고 해마다 조공을 조선에 보내기도 한 곳이다. 그곳에서 많이 키우고 있는 소들도 일본 수군들이 탄 배를 보았음일까, 별안간 미친 듯이 울어 대기도 하고 여러 날 여물을 먹지 않기도 하였다. 거기 밭에서 잘 자라는 고구마며 콩, 잎담배도 그해에는 자취를 감춰 버린 듯했다. 예로부터 일본이 국교로 내세운 신도(神道)의 사당인 신사(神社)가 많은 그 섬은, 조선을 정벌하기 위해서는 숱한 피를 부를 수도 있는 일본군 출정을 어떤 눈으로 지켜보았을까?

그즈음 선봉장 소서행장을 위시하여 대마도주 종의지, 히라도 번 초대 번주(藩主)인 송포진신을 대장으로 삼은 선봉대는, 자기들 딴에는 그야 말로 앞서 말한 '신이 일으키는 바람'처럼 행동을 개시하고 있었다.

소 요시토시, 종의지. 풍신수길의 수호요청서를 갖고 조선에 온 자로 서, 그것이 계기가 되어 조선에서도 통신사 황윤길과 부사 김성일을 일 본에 보내게 된다. 이여송이 이끄는 명나라 군대에 쫓겨 평양성을 불사 르고 달아났다가 정유재란 때 다시 쳐들어왔다. 일본 천하를 다투는 세 키가하라, 즉 관원 전투에서 덕천가강에게 항거하는 서군 쪽에 서서 패 배했지만 대마도주 자리는 그대로 유지하는 무서운 자이다.

규슈 정벌 때 아버지 다카노부와 나란히 참전하여 영지를 인정받은 마쓰라 시게노부, 송포진신. 관원 전투에서 자신은 동군에 서고 아들 인 송포구신은 서군으로 보내 가문을 유지시킬 정도로 약삭빠른 인물 이다. 그런가 하면, 거성을 새로 축조했지만 에도 막부의 의심을 꺼려 손 수 태워 버리기까지 하는 교활함과 치밀성을 갖추기도 했다.

대마도 대포로부터 수백 척의 군선에 나누어 탄 왜군이 부산진 앞바 다에 닿았을 때, 해변에는 갈매기 떼만 앞으로 닥칠 엄청난 환란을 예고 하는 것같이 '끼룩 끼루룩' 목이 쉰 듯한 소리로 울고 있었다.

놈들이 날개를 쫙 펴자 몸길이가 석 자(尺)는 넘어 보였다. 노란 다리는 회색 등과 흰 몸통에 비해 약해 보였지만, 발에 달린 물갈퀴는 헤엄을 치 기에 알맞은 신체구조였다.

그 갈매기 무리들을 한참 바라보고 있던 왜군 하나가 말했다.

"갈매기도 제 집이 있다는데……."

그러자 부서지는 파도의 흰 포말에 눈이 가 있던 다른 왜군 하나가,

"왜? 벌써 집 생각이 나는 겐가?"

"그럼 자네는……?"

손으로 목을 치는 시늉을 하며,

"위에서 알면 목이 열 개라도 성해 나지 못할 소릴 하니까 그렇지."

"하긴 싸울 생각은 하지 않고 감상에나 젖는다고 그냥 둘 리가 없지."

둘이 한 입으로,

"그나저나 이 전쟁은 언제나 끝이 날는자……."

그때 무척 피곤한 듯 눈을 감은 채 뱃전에 등을 기대고 앉아 있던 자가, 아주 짜증 섞인 목소리로 핀잔주듯 내뱉었다.

"이제부터 시작인데 무슨 소리들이야?"

뱃멀미를 심하게 하여 낯빛이 시든 해바라기처럼 노래져 있는 자도, 초점 잃은 눈길로 하늘을 올려다보며,

"지금 나는 저 갈매기들이 세상에서 최고로 부러우이."

세종 때의 삼포개항 이후, 대마도주 종씨(宗氏)의 중개로 교린관계를 유지해 오던 조선과 일본. 그러다가 삼포왜란이 있자 임신약조를 맺어 종래의 세사미와 세견선을 반으로 줄이고, 1544년에는 저들의 사량도 입관(入寇)에 대한 보복으로 통제를 강화하는 정미약조가 맺어지기도 했다.

10여 년 후 또다시 전라도 달량포에 왜선 60여 척이 침입하는 을묘왜변이 터지고 왜적이 계속 입관하자, 격분한 조선 왕조는 30여 년간 대외교역을 완전히 단절시킨 역사도 있었다. 그로부터 200여 년을 전쟁이 없는 긴 평화와 성리학의 발전으로 무사안일한 생활에 빠져들었던 조선.

그 모든 것이 일시에 깨뜨러지고 말 순간이 눈앞에 닥친 것이다.

한편, 시민과의 만남은 조운의 마음을 들뜨게 했다. 하지만 심정은 여전히 막막하고 어두웠다. 성공할 기미가 보이지 않았다. 비차의 골격은 그런 대로 갖추었는데 도무지 날아오를 생각을 하지 않았다. 비차는 연이 아니었다. 바윗덩어리요, 요지부동이었다. 본디 생명체가 아닌 것은 움직이지 못한다는 게 정한 이치인지도 몰랐다.

일이 뜻대로 되지 않은 조운은 가슴에 차오르는 불길을 이기지 못해 온 강가를 미친 듯이 헤매었다. 푸른 대나무들을 잘라 빽빽하게 쌓아 놓았던 것 같던 강이, 기울어지는 낙조에 반사되어 마치 붉은 무명천을 길게 덮어 놓은 듯했다.

그랬다. 언제부턴가 그의 눈에 보이는 것은 오직 대나무와 무명천이었다. 무수한 비차의 시체들이 강 위를 둥둥 떠다니는 환영에 소스라치곤 했다. 그는 죽창에 심장이 찔리고, 무명천에 목을 졸리고, 소나무 바퀴에 깔리는 듯했다. 어릴 적 물장구치며 놀던 강에서 죽음의 냄새를 맡았다.

조운이 위기에 빠진 나라를 건질 귀인을 구하려고 비차의 완성을 위해 뼈를 깎고 피를 말리는 작업과, 조선을 집어 삼키기 위한 왜군의 침탈행위는, 그때부터 누구도 물러서지 않으려는 경쟁으로 돌입하기 시작한 것이다. 숨 가쁜 시간 싸움이었다.

그러나 사실 한양에서 천 리나 떨어진 남방 고을에 살고 있는 일개 평민 출신인 조운은, 이른바 조일전쟁의 내막과 양상에 대해서는 거의 아는 게 없었고, 그의 의지나 상식과는 별개로 전쟁은 그 막을 올리고 있었다. 더군다나 1, 2년도 아니고 자그마치 7년이라는 긴 세월을 치러야 할 전쟁이 독사처럼 그 대가리를 쳐들고 다가오고 있는 것이다.

오로지 비차 하나에만 평생을 바칠 각오와 신념으로 살고 있었던 그는, 어쩌면 그 전쟁과는 아주 동떨어져 있었다고나 할까. 모든 것은 그가 모르는 시간과 공간 속에서 진행되고 있었던 것이다. 하긴 당시 조정과 직접 전투에 참여한 군사들이나 의병들을 빼고는 대다수의 민간인들이 다 그랬을 테지만.

조운이 강가를 쏘다니다가 다시 마음을 고쳐먹고 가마못 마을 뒤편 분지에 있는 비차 제작 장소로 향하고 있는 그 시각, 늙은 감나무가 흙담장 너머로 동네를 내다보고 있는 그의 집에서는 둘님이 혼자 마루에 앉아 한숨을 짓고 있었다.

'내가 더 버텨야 하지 않았을까? 아무리 아버지께서 우리 혼사를 고집 부리시더라도 아직은 내가 마음의 준비가 아무것도 되어 있지 않은 상태에서 혼례를 올린 게 너무 지각없는 짓이었어. 일단 부부의 연을 맺기만 하면 나머지 모든 것은 저절로 해결되리라 믿었는데, 우리가 한 집에서 살을 맞대고 같이 살아온 시간들이 이렇게 많이 지났는데도 여전히 둘 사이가 서먹서먹하고 도리어 갈수록 혼란스럽기만 할 뿐이니, 내가 정녕 못된 여자일까?'

남편 조운과 그 광녀와의 추문이 퍼지기 전의 시간으로 되돌아갈 수만 있다면. 물론 둘님은 조운을 믿었다. 아니, 믿고 싶었다. 그렇지만 참 알 수 없는 게 사람 마음이었다. 그야말로 미친 여자와 관련된 미친 소문이라고 치부해 버리면서도, 가슴 저 안쪽에는 반란군이 내지르는 함성과도 같은 소리들이 끝없이 들려와 그녀를 미치게 했다. 둘님이 '의심의 옷'을 벗어 버리기는커녕 한 겹 더 껴입은 것은, 아버지 학노의 돌연한 혼사 재촉 때문이었다. 혹시 아버지는 그 풍문이 사실이라는 것을 입증하거나 확인할 수 있는 무슨 증거를 가지고 있는 게 아닐까?

조운의 비차 제작 장소인 분지 위로 찬연한 아침 햇살이 내리비치고 있었다.

그 공터의 좌우와 뒤편을 빙 에워싸고 있는 야트막한 능선의 빛은 푸르렀고, 비차 작업장 근처에 자라고 있는 나무들도 한결 신선하고 생기에 차 보이는 아침나절이었다. 인간들은 어떻게 바뀌든 자연이 이루어 내는 새로운 하루의 시작은 언제나 그렇게 밝고 빛나는 얼굴로 다가오고 있는 것이다.

그러나 그 새날의 빛살 속에서도 조운의 표정만은 여전히 어둡고 무겁기만 했다. 잠을 설친 그의 얼굴은 너무나 까칠하고 눈에는 생기가 없어 보였다. 어깨는 축 늘어져 있었으며, 다리도 보기 민망할 정도로 후들거리고 있는 게 햇살 속에 똑똑히 보였다.

그런 모습으로 조운은 자신이 만들어 놓은 비차 앞에 서서 그것을 무연히 올려다보고 있었다. 그의 그림자는 비차 쪽으로 드리워져 있었고, 비차 그림자는 그의 그림자를 멀리하려는 것처럼 비차 몸체 뒤 땅바닥에 드러누워 있었다.

조운은 마지막 점검하듯 새로 완성시킨 비차를 찬찬히 바라보기 시작했다. 남강변 대밭에서 베어 온 대나무를 재료로 하여 만든 격자구조의 뼈대, 가볍고 질긴 무명천으로 만든 날개, 비차의 몸통을 우아하고 깨끗하게 보이게 하는 화선지, 뼈대와 날개 등을 튼튼하게 묶은 마끈, 빠져 달아나지 않게 단단히 박아 놓은 소나무 바퀴, 솜뭉치를 넣어 만든 작고 둥근 머리…….

나는 수레, 비차. 하지만 그것은 말이나 소가 끄는 수레보다도 새나 가오리를 더 많이 닮아 있었다. 직접 그것을 만든 조운뿐만 아니라 누구 눈에도 그렇게 보일 것이다.

따오기? 아니면 고니? 아니면 또 다른 새? 이도저도 아닌 가오리?

그런데 새라면 당연히 날아야 하지 않겠는가, 날아야…… 하지만 날지 않는, 날지 못하는 새였다. 조물주처럼 생명을 불어넣지 못한 탓에 살아 있지 못한 새, 죽은 새.

조운은 죽고 싶었다. 아니다. 이미 죽은 몸이었다. 자신의 모든 것을 걸었던 비차. 그러나 실패였다. 완벽한 실패. 이제 다른 길은 없었다. 포기밖에는. 포기가 무엇을 의미하는가는 더 생각할 필요도 없었다.

끝났다. 비차도 끝났고 강조운도 끝났다. 비차와 함께 죽으리라. 비차에 올라앉아 몸에 불을 붙일 것이다. 그리하여 비차와 더불어 활활 타오를 것이다. 그러면 재가 되고 연기가 되어 하늘로 날아오를 것이다. 아아. 죽는 그 마지막 순간만이라도 나 강조운의 꿈은 이루어지는 것이다.

됐다. 그러면 되는 것이다. 나 강조운은 하늘이 내리신 운명을 거스르지 않았다. 자신이 만든 비차를 타고 하늘로 날아올랐으니까. 내가 구해야 할 귀인? 웃기는 소리 마라. 제 자신도 구하지 못하는 주제에 무슨 미친 소리? 모두가 마귀의 장난이었을 뿐이야. 결국 이렇게 되리란 것을 알고 있었지. 알고 있으면서도 일부러 모른 척 시치미를 뚝 떼고 있었던 거지.

그런데 조운이 막 비차에 오르려고 할 그때였다. 어떤 손이 너무나 센 힘으로 등을 탁 치는 바람에 그는 자칫 비차에 코를 처박고 앞으로 꼬꾸라질 뻔했다. 뒤미처 그 손 임자가 내는 웃음소리, 히히히.

그러나 조운은 뒤돌아보지 않았다. 지금에 와서 앞을 보든 뒤를 보든 옆을 보든 무슨 소용이 있으랴. 그 어디를 봐도 죽음의 길만이 나 있을 뿐인 것을.

광녀 목소리가 들렸다. 그런데 그 말이 실로 맹랑했다.

"놀러 가자."

"뭐?"

조운은 황망한 중에도 어이가 없고 화부터 났다. 놀러 가자니. 세상에, 미친년이 나더러 놀러 가자고? 지금 내가 어디 놀러나 다닐 수 있는 편해 자빠진 처지인가. 그것도 미친년하고. 하지만 광녀는 또 말해 왔다.

"우리 같이 놀러 가."

조운은 어떤 보이지 않는 힘에 의해 돌려지듯 목뼈가 소리를 낼 만큼 뒤로 고개를 홱 돌렸다. 그러고는 분노에 이글이글 타오르는 눈빛으로 꽥 고함을 질렀다.

"미친 소리 그만햇!"

미친 사람은 조운 자신이었다. 미친 여자에게 미친 소리 그만하라니. 그래, 사람이 미치는 건 한순간일지도 모르지.

"……!"

광녀도 처음에는 흠칫 놀라는 표정이었다. 고막이라도 터지는 줄 알았던 걸까. 하지만 그것은 극히 순간이었다. 광녀는 사내를 호리려는 요부처럼 눈웃음을 살살 치고 몸을 배배 꼬면서 말했다.

"우리 빨리 놀러 가자. 저기 놀러 가자."

마치 노래 부르듯 하는 광녀였다.

"이게 정말?"

급기야 조운은 이성을 잃어버렸다. 그러잖아도 죽음을 생각하고 있던 차였다. 그는 광녀를 향해 때려죽일 것같이 소리쳤다.

"저리 안 가? 죽고 싶어?"

그런데 광녀는 한술 더 떴다. 언제 뻗쳤는지도 모를 손으로 조운의 팔을 잡아끌면서 이랬던 것이다.

"저기 참 좋다. 저기 가 보자."

조운은 흡사 징그러운 벌레 떨어내듯 광녀 손을 강하게 뿌리치면서 자신도 모르게 큰소리로 외쳤다.

"너나 가라! 나는 이 비차를 날려야 해!"

그렇게 내뱉고 난 조운은 스스로 돌아봐도 어처구니가 없었다. 아무것도 모르는 광녀에게 비차를 날려야 한다느니 하는 말을 꺼내다니. 정신이 온전치 못한 여자가 아니라 지극히 정상적인 사람일지라도 그런 소리를 할 계제가 아닌 것이다. 그런데 그 말을 들은 광녀는 조운이 전혀 예상치 못한 방향으로 반응을 나타내기 시작했다.

"비, 비차?"

그러면서 광녀는 거기 비차를 가만히 올려다보는 것이었다. 노랗게 번득이는 눈빛—그것은 영락없는 광인의 눈빛이었다.

조운은 문득 위기를 느꼈다. 광녀가 금방이라도 비차에 달려들어 부숴 버리고 말 것 같은. 조금 전까지만 해도 제 손으로 불살라 버리려고 했던 비차였는데 이건 또 무슨 조화속인지 모르겠다. 아무튼 조운은 두 팔을 벌리고 광녀 앞을 막아섰는데 그게 오히려 더 나쁜 결과를 가져오고 말았다.

광녀는 더욱 비차에 흥미와 관심을 느끼는 눈치였다. 그녀는 비차를 향해 다가갈 것같이 하며 아주 갖고 싶어 하는 표정으로 계속해서 중얼거렸다.

"비, 비차. 비, 비차……."

조운은 머리털이 빠지는 것 같았다. 그 말이 왜 그렇게도 크게 귀에 거슬리는지 모를 일이었다. 신경이 날카로울 대로 날카로워져 있는 상태이긴 했다. 버럭 고함을 쳤다.

"비, 비차가 아니고 비차!"

어쩌면 조운 또한 점점 미쳐 가고 있는지도 몰랐다. 미친 여자를 상대로 그런 소리를 하고 있으니. 그렇지만 광녀의 반응은 또 놀라웠다. 그녀는 아주 또렷한 어조로 말했던 것이다. 비차!

그에 대한 조운의 반응도 정상적인 것이 아니었다. 그는 무엇에 감염된 사람같이 정신없이 이렇게 응했던 것이다.

"그래, 비차! 나는 비차를 날려야 한다고! 그래서 너하고 같이 놀러 갈 시간이 없어!"

일순, 광녀 낯빛이 더없이 복잡했다. 어쩌면 아무 표정도 없다는 말이 더 옳은지도 모른다. 여하튼 광녀는 조운의 말을 또 되뇌었다.

"비차를 날려야, 비차를 날려야……."

그 기묘한 사태가 벌어지기 시작한 것은 그때부터였다. 광녀가 홀연 춤꾼처럼 덩실덩실 어깨춤을 추면서 꼭 노래 부르듯 이런 소리를 했던 것이다.

"난다 난다 비, 비차."

"……!?"

조운은 아찔해진 눈으로 멍하니 광녀를 바라보고만 있었다. 갑자기 머릿속이 하얗게 비는 기분이었다. 그 순간의 심경은 무슨 말로도 표현할 수 없을 것 같았다. 조운이야 어떤 마음이든 광녀는 계속해서 같은 동작과 소리를 해대고 있었다.

"난다 난다 비, 비차."

조운은 점점 더 이상야릇한 감정에 휩싸여 갔다. 무언가가 자기를 알수 없는 곳으로 데려가고 있다는 느낌, 세상에 태어나서 들었던 그 어떤 소리들보다도 격한 충격으로 내몰리는 느낌, 아직 한번도 접해 보지 못했던 신비로운 세계로 들어서고 있다는 느낌, 그러한 여러 가지 불가해한 감상들이 그의 영혼을 활활 불태우는 것만 같았다.

그런 가운데 광녀 저 혼자 춤추고 노래하는 시간들이 이어졌다. 그곳 분지에 산같이 쌓아 놓은 비차 재료들도 혼이 나간 듯 멀거니 광녀를 바라보고만 있었다. 능선으로부터 쉴 새 없이 불어오던 바람도 나뭇가지 끝에 앉아 꼼짝도 하지 않았다. 이따금 아련히 들려오던 동네 닭소리나 개소리도 그 순간에는 딱 멎은 듯했다. 조운이 약간 정신이 돌아온 것은 또 광녀가 그의 팔을 잡아 흔들며 이런 말을 한 때문이었다.

"우리 놀러 가자. 저기 놀러 가자."

조운은 흐리멍덩한 의식 상태 속에서도 광녀 손을 뿌리치며 소리쳤다.

"어디로 놀러 가자고 자꾸 이래?"

그러자 광녀 입에서 나오는 그 소리라니?

"진주에 가자, 진주에 가자."

조운은 다시 그의 팔을 붙들려고 하는 광녀의 손길을 피하며,

"진주? 여기가 진준데 무슨 소리야?"

광녀가 사천에 가자고 했다면 또 다른 기분이었을 것이다. 광녀의 고향이니까.

물론 진주와 사천, 하동, 남해, 삼가, 의령, 단성, 거창까지가 같은 진주목 관할이니, 진주나 사천이나 또 다른 곳이나 서로 구분하는 게 아무런 의미도 없는 일이긴 했지만. 그런 면에서 보면, 어쩌면 조운 자신보다도 광녀가 더 잘 안다고 할 수 있었다.

"......"

잠시 멍청하게 서 있던 광녀가 하는 말이,

"성, 성에 놀러 가자."

조운은 자신도 모르게,

"그러면 진주성?"

광녀가 너무나 기뻐 어쩔 줄 모르겠는 듯,

"그래, 진주성!"

"……."

"진주성에 가 보자."

조운이 냉정하게 내뱉었다.

"가려면 너나 가!"

"……."

"난, 비차를 날려야 해."

광녀가 또 어깨춤을 더덩실 추면서,

"난다 난다 비, 비차. 진주성에 가 보자."

"……!"

일순, 조운은 또다시 뒤통수를 호되게 강타당한 느낌이었다. 방금 광녀가 한 말, 난다 난다 비, 비차. 진주성에 가 보자. 조운은 광녀의 그 말에서 어떤 영적인 계시랄까, 스스로를 통제할 수 없게 하는 어떤 힘의 포로가 되어 가고 있었다.

조운은 완전히 다른 사람으로 변해 갔다. 그 다른 사람이 다른 목소리로 중얼거리고 있었다.

"난다 난다 비, 비차. 진주성에 가 보자."

그때 광녀가 외쳤다. 잘못 말하는 조운을 일깨워 주려는 듯.

"비차! 비차! 비차!"

그 소리에 땅바닥에 나뒹굴고 있던 비차의 잔해들이 하나같이 움찔, 몸을 떠는 것같이 보였다. 조운은 또 자신도 모르게,

"그, 그래, 비차."

이번에는 조운 자신도 학이 나는 것 같은 시늉과 함께,

"비차 비차 비차다. 진주성에 가 보자."

조운은 완전히 마취된 모습이었다. 그런 상태로 그는 자기 입을 통해 흘러나오는 소리에 귀를 기울였다. 비차 비차 비차다. 진주성에 가 보자.

조운이 자기 행동과 말투를 그대로 따라하자 광녀는 하도 기쁜 나머지 숨이 넘어갈 여자같이 비쳤다. 그녀는 춤꾼같이 덩실덩실 춤을 추기도 하고 개구리처럼 팔짝팔짝 뛰기도 하면서,

"난다 난다 비, 비차. 진주성에 가 보자."

조운도 똑같은 동작과 말소리로,

"비차 비차 비차다. 진주성에 가 보자."

두 사람은 계속해서 한 사람같이 그런 동작과 말을 반복하였다. 한참 그렇게 하다 보니 나중에는 둘이서 합창하듯 하였다.

> 난다 난다 비, 비차
> 진주성에 가 보자
> 비차 비차 비차다
> 진주성에 가 보자

미쳤다. 광녀도 미쳤고 조운도 미쳤다. 그들은 미친 춤꾼이었고 미친 소리꾼이었고 미친 개구리였고 미친 학이었다. 미치광이들의 향연. 그 미친 춤 동작과 미친 노래의 합창에, 하늘도 땅도 함께 미치지 않고는 배겨나지 못할 듯했다.

아무도 오지 않는, 어느 누구의 관심도 끌지 못하는 거기 분지에, 형편

없는 몰골들로 너부러지고 내팽개쳐져 있던 비차의 잔해들이 일제히 같이 일어나 춤추고 노래할 것만 같았다. 그리하여 그 숱한 실패로 인한 좌절과 슬픔과 분노를 잠시나마 멀리로 쫓아 버릴 수 있을지도 몰랐다. 그랬다. 망가지고 떨어져 나간 비차의 몸통이며 날개, 바퀴, 머리 등이 다시 조립되어 훌륭하게 완성된 형상으로 춤추고 노래하였다. 꼭 살아 있는 새가 날고 노래하듯.

> 난다 난다 비, 비차
> 진주성에 가 보자
> 비차 비차 비차다
> 진주성에 가 보자

조운은 아무 생각도 남아 있지 못했다. 자기 옆에 광녀가 있다는 사실도 잊어버렸고 제 자신도 잊어버렸다. 그리고…… 비차도 잊어버렸다. 그리하여 아무것도 없었다.

조운에게 있는 것은 오직 '난다 난다 비, 비차. 진주성에 가 보자' 한 가지뿐. 광녀도 마찬가지인 것처럼 보였다. 그녀에게 있는 것도 오직 '비차 비차 비차다. 진주성에 가 보자' 한 가지뿐. 그리하여 그들은 가고 있다, 나는 비차가 있는 진주성으로.

> 난다 난다 비, 비차
> 진주성에 가 보자
> 비차 비차 비차다
> 진주성에 가 보자

그들의 춤과 노래는 그들을 하나가 되게 하였다. 지금 그곳에는 이미 미친 여자와 미치지 않은 남자가 없었다. 미쳤으면 둘 다 같이 미쳤고, 미치지 않았다면 둘 다 같이 미치지 않았다.

분지 가득 흘러넘치는 춤과 노래의 열기에 주변 산의 나무들이 깡그리 불타 버릴 듯했다. 회생한 비차들이 금방이라도 훌쩍 높이 몸을 솟구쳐 허공을 가득 메울 것만 같았다. 그러면 세상 모든 새들과 연들이 날아와 더불어 공중에서 마음껏 훨훨 떠다닐 것이리라. 그중에는 연에 앉아 있는 새도 있고, 새에 앉아 있는 연도 있으리라.

조운도 연에 앉았고, 광녀도 새에 앉았다. 새가 조운에게 앉았고, 연이 광녀에게 앉았다. 아무도 볼 수 없는 그런 장면을 오직 하늘만이 저 높은 곳에서 가만히 내려다보고 있었다. 아니었다. 그랬으면 얼마나 다행한 일이었겠는가.

또 있었다. 거기 분지로 통하는 작고 구부러진 길 저편, 오래 묵은 커다란 팽나무 둥치 뒤에 몸을 감추고 그 모든 광경을 지켜보고 있는 사람.

……둘님이었다. 둘님, 그녀가 숨어서 조운과 광녀가 하는 짓을 모두 훔쳐보고 있었다. 언제부터 그곳에 와 있었는지는 모르겠지만 미치광이 짓을 하는 그들을 무연히 바라보고 있었다.

둘님의 얼굴 또한 백치 같았다. 커질 대로 마구 커져 있는 동공은 작아질 줄 몰랐다. 폭발할 것만 같은 가슴팍을 누르고 있는 두 손의 떨림은 멈추기를 잊었다. 후들거리는 무릎은 금세 팍 접힐 것만 같았으며, 비녀 꽂힌 머리칼은 빳빳한 철사 줄처럼 굳어 보이는 게 생명이 없는 인형의 그것 같았다.

둘님은 돌이나 장승같이 그렇게 몸도 마음도 감각이 없어지고 있었다. 그렇지만 그녀의 귀를 울리는 소리만은 믿을 수 없을 정도로 생생하기만 했다. 그런 가운데 둘님은 끝없이 그녀의 두 눈에 담아내고 있었다. 남편 조운과 광녀 도원이 하나가 되어 펼치고 있는 미친, 아니 황홀한 그 향연의 공간과 시간들을.

얼마나 그런 순간이 흘렀을까. 둘님의 눈에 얼핏 공터 한쪽에 가득 쌓인 대나무 더미가 들어왔다. 그와 동시에 그 위에 올라서서 마구 날뛰다가 대꼬챙이에 장딴지를 찔려 피를 흘리던 총각 시절의 조운 모습이 나타나 보였다. 처녀 시절의 그녀도 거기 있었다.

"부—욱."

둘님 몸 어딘가에서 그런 소리가 난 것은 그 순간이었다. 둘님은 소스라쳐 제 손을 들여다보았다. 손안에 들어 있는 것—그것은 저고리 옷고름이었다!

둘님은 경악했다. 자신도 모르게 자기 옷고름을 뜯어낸 것이다. 그녀는 망연자실, 그것을 어떻게 해야 할지 숨이 막힐 지경이었다. 당장 남편에게로 달려가 그의 장딴지를 묶어 줄 것인가. 광녀에게 덤벼들어 목을 졸라 죽일 것인가. 아니면, 지금 내 옆에 있는 이 팽나무 가지에 둥글게 매달아 놓고 그 속에 내 목을 집어넣을 것인가. 그런 갈등에 허우적거리고 있는 그녀를 놀리듯 나무라듯 또다시 이쪽으로 날아드는 소리.

난다 난다 비, 비차
진주성에 가 보자
비차 비차 비차다
진주성에 가 보자

길을 빌려 달라

전함 700여 척에 18,700명의 병력을 태우고 전진기지였던 대마도 이즈하라 항을 출발한 제1군의 지휘자 소서행장.

그는 조선 정벌 선봉대장이란 사실에 나름대로 굉장한 자부심을 품었다. 어렸을 때부터 풍신수길을 따라 살벌한 전장을 누비며 많은 전공을 세웠던 그는, 여느 무골(武骨) 출신 장군들과는 달리 왜장들 중에서는 나름대로 지성과 교양을 갖춘 무장이었다.

여하튼 왜군 중 가장 먼저 조선으로 출병한 그들은, 약 아홉 시간의 항해 끝에 부산진 앞바다에 도착하였는데, 그때가 1592년 4월 13일 진시(辰時, 오전 7시~9시)였다. 바야흐로 조일전쟁의 첫 번째 전투가 개시되려는 찰나였던 것이다.

그러나 자연은 자기들과는 상관도 없는 일이란 듯, 짭짜름한 바닷바람 끝에는 훈풍이 감돌기만 했다. 하긴 그만큼 거기 나루터는 평화롭고 아름다운 곳이었다.

"부산포진은 조선국 경상도 제1의 해상 관문이라더니, 과연 그 이름

값을 톡톡히 하는구먼. 이만큼 멀리서 봐도 대단한 곳 같군 그래."

넓고 평평한 갑판에 서서 눈을 가느다랗게 뜨고 뭍을 바라보며 하는 소서행장 말에, 함께 종군한 종의지가 고개를 끄덕였다.

"주변에는 조선인들이 설치한 왜관(倭館)도 있습니다. 우리 일본인 출입이 어느 정도 가능해 꽤 많이 머물기도 했지요. 저도 저곳 지리에 조금은 익숙합니다만……."

소서행장은 이맛살을 모으며,

"아, 그것에 관해서는 나도 들은 바가 있네."

일본인이 조선에서 통상을 하는 무역처이자 접대처, 숙박처로서의 기능도 함께 가지고 있는 왜관. 그것은 고려 말부터 왜구의 노략질이 심해지자 태조와 태종 등 조선 국왕이 일종의 회유책으로 만들어 준 것인데, 왜인들이 아무 곳에나 제멋대로 배를 대는지라, 그들을 통제하기 위해 태종이 동래의 부산포와 웅천의 내이포를 개항하여 그곳에서만 정박하도록 했던 것이다. 하지만 그 뒤 왜관은 설치와 폐지를 거듭하게 된다.

"자넨, 조선말에도 능숙하다고 들었네."

소서행장의 투구 앞면에 꽂힌, 초승달 모양의 쇳조각이 빛을 발했다. 일본말로는 소위 '마에다테'라고 하는 장식물이었다.

"게다가 부산진 첨사 정발과는 평소 안면이 있는 사이라니, 내가 자네에게 거는 기대가 자못 크다네."

그 말에 자세를 똑바로 잡는 종의지의 마에다테는 꽹이 모양이었다. 그는 개인적으로는 소서행장의 사위였고, 가톨릭에서는 양부의 관계였다.

그때 제1군으로 나선 다른 왜장들인 유마청신, 오도순현, 대촌희전 등이 갑판 위로 나왔다. 소서행장과 종의지는 퍼뜩 입을 다물었다. 내색은 하지 않았지만 모두가 서로 먼저 공을 세워 풍신수길의 신임을 얻으려고 혈안이 되어 있다는 것을 알기 때문이었다.

소서행장과 종의지를 훔쳐보는 유마청신의 눈빛이 비상했다. 7년간 조선에 머물게 되는 그는, 훗날 지기 가신(家臣)과 마카오 주민 사이에 싸움이 벌어지자 덕천가강에게 보복 허가를 요구하고, 포르투갈 상선이 나가사키에 입항하자 선장을 잡아 가두기도 한다.

'아리마 하루노부 이놈! 네놈이 내 공을 가로채려고 한다는 것을 알고 있다. 하지만 어림없을 줄 알아라.'

그런 생각을 하며 유마청신을 노려보는 종의지 눈빛 또한 여간 매섭지가 않았다.

여기는 경상우도 가덕진의 응봉봉수대.

다대포와 서평포진을 굽어보며 낙동강 하구 일대와 몰운대 앞바다를 한눈에 볼 수 있고, 쾌청한 날에는 거제도 연안과 대마도까지 감시할 수 있다고 알려진 군사적 요충지이다. 도별장(都別將) 1인을 두고, 그 밑에 별장(別將) 6인을 두었으며, 감고(監考)는 1인, 봉군(烽軍)은 100명이 배치되어 있다. 그런데 그곳에서는 큰 소요가 일고 있었다.

"난생 처음 보는 대선단이오. 대략 봐도 90척은 넘을 것 같지 않소이까?"

응봉의 봉수대 책임자인 감고 이등의 안색이 하얗게 변했다.

"추이도를 지나 부산포로 향하고 있는 듯합니다. 아, 뒤쪽을 보십시오. 왜선들이 계속해서 따라오고 있잖습니까?"

연대감고 서건의 몸과 음성이 함께 떨렸다. 그 밖의 다른 봉군들도 어쩔 줄 몰라 했다. 그곳 아미산의 산신령도 눈을 크게 뜨고 바라보고 있을지도 몰랐다.

"저 군기(軍旗)는 또 뭡니까?"

"무슨 저런 게……?"

"너무나 괴상망측한 게 영 기분이 나쁩니다."

"내 눈에는 허연 해골과 벌건 핏물이 보이는 것 같소이다. 에이!"

붉은 비단 장막에 하얀색 십자가가 그려진 소서행장 부대 군기는 조선군들 눈에는 무척 이물스러웠다. 독실한 로마 가톨릭 교회 신도인 소서행장은 그런 특이하달까 하여튼 야릇한 느낌을 주는 군기를 사용했던 것이다.

뿐만이 아니었다. 그의 진중에는 스페인 출신의 로마 가톨릭 교회 신부인 세스페데스 신부가 사목(司牧)했다. 조선 땅을 밟은 최초의 천주교 성직자이자 조일전쟁을 목격한 유일한 서양인으로 전해지기도 하는 세스페데스. 종군 신부의 자격으로 와서 경상도 일대의 해안지방에 약 1년간 머물면서 조선인에 대한 선교에도 관심을 가지는 등, 당시 상황에 대한 4통의 서간문을 남기기도 한다.

소서행장은 세스페데스 신부더러 밤마다 미사를 올리도록 하자고 말했다. 세스페데스 신부는 물론 휘하 병사들도 좋아했다. 그들도 로마 가톨릭 교회 신도들이었던 것이다. 소서행장 봉토였던 아마쿠사 제도는 '그리스도의 섬'이라고 불릴 정도였으니 당연했다.

세스페데스 신부는 그런 각별한 미사의 집전자로서 무슨 색깔의 제의(祭衣)를 착용할 생각을 했을까? 장차 엄청나게 생길 수밖에 없는 일본인과 조선인 망자(亡者)들을 위해, 죽음을 뜻하는 흑색 대신 슬픔과 속죄를 뜻하는 자색 제의는 어땠을까?

어쨌든 왜군을 예의 주시하던 조선군 사이에서 이런 말들이 나왔다.

"어서 가서 위에 고합시다."

"그럽시다. 심상치가 않소이다."

보고를 받은 가덕진 첨절제사 전응린과 천성보 만호 황정도 놀라 상부에 대한 신급 보고를 서둘렀다. 조선에서 내왕을 허락해 준 일본 세견선(무역선)이 아니라 전함이라지 않은가? 왜선들이 바다를 가득 메우고 있는 바람에 조선 물새와 물고기들이 날고 떠다닐 공간조차 없어질 판국이었다.

"봉화를 피워 올리시오. 하루 정도면 한양까지 전해질 것이오."

"자, 어서, 어서……."

동쪽으로는 구봉, 서쪽으로는 성화 예산봉수대로 연결되는 웅봉봉수대였다. 그리하여 해가 지기 전에 최종지인 한양 남산봉수대에 도착할 것이다.

그런데 실제로는 전혀 그렇지를 못했다. 도대체 무엇이 잘못된 것인지 봉화로 연결되는 비상연락망이 중간에 끊어져 버렸다. 조정에서 일본군 침략 사실을 알게 된 것은, 나흘 후에 경상좌수사 박홍이 올린 장계를 통해서였으니…….

그날 정발은 절영도 앞바다에 나가 해상훈련을 하고 돌아오다가, 지친 군사들 피로도 풀어 줄 겸 함께 사냥을 하고 있었다. 그만큼 부하들을 생각하는 그였다.

끊을 절, 그림자 영, 섬 도, 그런 의미를 가진 절영도였다. 말이 너무나 빠르게 달리는 바람에 그림자가 끊어질 정도라는 뜻으로, 조선 시대 당시 말을 키우는 목장이 있어 그렇게 불리게 되었다.

훗날 부산 '영도'라고 부르게 되는 그 섬은, 우리 근대사에 각별한 자취를 남기게 되는 곳이기도 하다. 그로부터 300여 년이 흐른 1898년, 제

정 러시아가 조선에 얼지 않는 해군기지, 즉 부동항(不凍港)을 만든다면서, 절영도의 석탄고 기지 조차를 요구한다. 조선 조정에서는 그에 굴하여 승인 절차를 밟기 시작하지만, 독립협회가 만민공동회를 개최, 일제의 석탄창고 철거를 외치면서 러시아의 그 요구를 물리쳤던 것이다. 아무튼 숱한 굴곡의 세월을 거치게 되는 그 절영도 앞바다는 조선군 해상훈련 장소로서 좋았던 것이다.

"뭐? 왜놈들이 쳐들어 왔다고?"

"예, 엄청나게 많은……."

"아, 이 일을 어찌할꼬?"

왜군 내습보고를 접한 정발은 끝내 올 것이 오고야 말았구나! 싶었다. 그렇게도 크게 우려하던 적의 침공이었다. 어쩌면 이게 나의 마지막이 될지도 모르겠다는 강한 예감이 신의 계시처럼 덮쳤다. 신채(神采)가 우람하고 단정한 그였음에도 불구하고 이상하게 불길한 죽음의 그림자가 자꾸 눈앞에 어른거렸다. 조정으로부터 능력을 인정받아 정3품 당상관인 절충장군으로 승진하여 부산진 첨사에 임명된 그는, 부임 때부터 일본군의 침략을 예상하여 꾸준히 성의 방어시설을 보수하고 군사훈련을 게을리하지 않는 등, 왜적 방어능력을 기르는 데 밤낮으로 주력해 오던 터였다.

그러나 그런 정발을 싫어하는 부하들은 없었다. 그의 호 '백운(白雲)'에 걸맞게 그를 추앙하는 군사들이 흰 구름같이 모여들었다. 대여섯 살 때부터 글 읽기를 즐기고 말수와 웃음이 적어서 어엿하게 선비다운 행실이 있던 그였다. 하지만 임지(任地)인 그곳으로 떠나려 할 때 울면서 어머니에게 하직인사를 올리던 일을 영원히 잊지 못할 것이다.

"충과 효 두 가지를 온전히 해낼 수가 없습니다. 소자가 왕가(王家)의 급병(急病)으로 말미암아 멀리로 떠나가오니, 어머니께서는 부디 몸을 아끼시고 이 자식 걱정은 조금도 하지 마십시오."

그의 등을 어루만지면서 어머니는 울먹이는 목소리로,

"이미 네가 나라에 그 한몸 바치기로 허락하였으니, 어느 겨를에 사사로운 정 따위를 돌아보겠느냐? 빨리 길을 떠나거라. 내 자식이 충신이 되는데, 어미 된 사람으로서 어찌 유감스럽게 생각하겠느냐?"

부사(府使) 자운의 딸인 아내를 돌아보며 마지막 부탁의 말을 남겼다.

"부인, 부디 나의 어머니를 잘 봉양해 주시오."

그러자 집안 노복들도 한 가지로 눈물을 떨구었다. 정발은 25세 때 궁마(弓馬)로 무과에 급제하여 선전관에 선발되던 일을 떠올리며 주먹을 불끈 쥐었다. 그런데 그 슬프고 아픈 기억들 속에서도 이제 고작 14세인 외동아들 정흔을 집으로 돌려보낸 것은 그나마 다행한 일이라고 가슴을 쓸어내렸다. 그렇긴 해도 부자지간 그 이별 또한 실로 심장을 후벼 파는 고통이 아닐 수 없었다.

급히 부산진성으로 돌아온 정발은 경상좌수영 박홍에게 보고했고, 박홍은 동래부사 송상현에게 보고하여 경상좌도는 전시상황으로 돌입했다. 정발은 부사맹 이정헌과 함께 군사를 정비해 보다가 한숨이 터져 나왔다. 법제상 부산포 병력은 500명 정도였으므로 백성까지 합해도 1천 명이 채 못 되었다.

정발은 소서행장의 명을 받은 종의지와 마주 보고 앉았다.

"우리 목적은 조선 정벌이 아니오. 명나라를 치는 것이오. 그러니 길만 빌려주면 얌전히 지나가겠소이다."

소위 가도입명(假道入明)을 내세우는 것이다.

"우리는 전부터 알고 지내던 터, 장군께서는 기꺼이 협조해 주시리라 믿소."

잠자코 듣고 있던 정발은 천천히 고개를 가로저었다.

"그건 일개 첨사에 지나지 않는 내가 결정할 일이 아니오. 그리고 국왕 전하의 어떤 통과명령도 없었으니 불가하오."

"불가하다고?"

종의지는 발끈하며 자리를 박차고 일어섰다.

"반드시 후회하게 될 것이오. 고니시 장군은 사사로이는 이 사람 장인 이시오. 장인은 이전부터 여러 차례 귀국 조정에 전쟁 위험을 알리는 노력을 해 왔고, 본국 내에서는 전쟁을 막으려는 비둘기파(반전파)에 속하는 장수요. 그런데도……."

정발은 이글거리는 눈빛으로 단호하게 말했다.

"당신네들은 이미 아무런 통고도 없이 허락도 받지 않고 남의 나라에 발을 들여놓았소. 이게 전쟁 선포가 아니고 무어란 말인가?"

협상은 결렬되었다. 빈손으로 돌아온 종의지에게 소서행장은,

"어쩔 수 없네. 가등청정이 이끄는 2군과 흑전장정의 3군이 상륙을 기다리고 있으니, 나 혼자 힘으로 더는 전투를 늦출 수가 없어. 내일 새벽 출격한다!"

왜군 선단이 부산진 앞바다에 정박해 있는 그날 밤은, 왜군에게도 조선군에게도 지옥의 시간이었다. 전운이 먹구름처럼 감돌았다. 정발은 박홍에게 건의했다.

"야습을 했으면 합니다."

"아니, 야습을?"

"그렇습니다."

"우리 쪽에서 먼저 공격을 하자는 것이오?"

박홍은 귀를 의심하는 눈치였다. 정발은 자신감을 엿보였다.

"저들은 긴 시간 배를 타고 오느라 많이 지쳐 있을 것입니다."

"자칫 판단을 잘못하면 아군의 희생이 어떠할지 생각이나 해 봤소?"

뺨에 와 닿는 밤기운이 차가웠다.

"이국에서의 첫날밤이니 불안하고 향수에 젖어 있지 않겠습니까?"

"우리가 수적으로 이렇게 열세인데 어떻게 나아가 싸운단 말이오?"

곧이어 못을 박듯,

"성안에서 지킴만 못할 것이니 그렇게 아시오."

박홍 앞을 물러나온 정발은 별을 올려다보며 탄식하기를,

"첫 전투의 기선을 누가 먼저 잡느냐가 중요하거늘……."

별똥별 하나가 어두운 바다 속으로 처박히고 있었다. 한탄하던 정발은 부하들에게 성을 지키기 위한 철저한 명을 내렸다.

"왜군 보병이 접근하지 못하도록 성 앞에 마름쇠를 많이 깔아라. 모든 병사들은 철모와 갑옷, 총통류의 개인화기로 무장케 하라. 적재적소에 대포를 설치할 것이며……."

바닷바람이 사나운 짐승처럼 갈기를 세우고 사람에게 덤벼들었다.

아직은 찬 기운이 느껴지는 4월 중순, 축시(丑時, 오전 1시~3시)의 공기를 헤치고 왜군이 움직이기 시작했다. 그런데 완전히 예상을 뒤엎는 진군이었다.

"장군! 적이 부산진 앞바다를 통하지 않고 우암동 방면으로 상륙하여, 육로로 우리가 있는 부산진성으로 접근해 오고 있습니다!"

부하 군사의 긴급한 보고를 접한 정발은 왜군의 저의를 간파했다.

"교활한 놈들! 우리 조선군의 방어를 피하기 위한 술책이로구나."

저들의 움직임은 들쥐같이 민첩했다. 완전히 날이 밝기도 전에 이미 성

을 겹겹으로 포위해 버렸다. 뿐만이 아니었다. 더욱 나쁜 소식이 날아들었다.

"놈들이 성 주위의 마을을 모조리 불사르고 있습니다."

"무어라? 군인도 아닌 민간인 집들을……?"

그러나 분노를 느낄 틈도 없었다. 홀연 천지를 뒤흔드는 굉음이 들려왔다. 누구든 그 소리만 들어도 겁을 집어먹을 만했다. 왜군은 신무기인 화승총을 무차별 발사하며 성을 공격했다. 나는 새도 쏘아 맞혀 떨어뜨린다는 조총(鳥銃)이었다. 총탄 터지는 소리, 화살 날아가는 소리, 칼 휘두르는 소리, 비명 소리 속에 처절무비한 공방전이 벌어졌다.

정발은 선두에서 병사들을 지휘, 격려했다. 적의 총알과 화살이 날아와도 얼굴색 하나 변하지 않았다. 그의 몸은 마치 아군 전체를 위한 커다란 하나의 방패 같았다.

"최후의 일각까지, 마지막 한 사람까지 싸우자."

이미 쉬어 버린 목으로 피를 토하듯,

"무인답게 죽을 각오를 하라!"

용장 밑에 겁졸 없다 했다. 부하들도 기가 죽지 않았다.

"죽어도 다시 살아나 저놈들을 물리치겠습니다."

"저부터 나가 싸우게 해 주십시오."

대포 소리가 땅을 뒤흔들고 칼날의 섬광이 하늘을 찔렀다. 정발이 입고 있는 검은색 전포(戰袍)는 왜군에게 공포의 대상이었다. 그 전포의 검은빛이 번득이는 곳에는 반드시 적의 시체가 널브러졌다. 왜군은 서로 경계하여 말했다.

"검은 옷을 입고 있는 장군에게는 절대 가까이 가지 마라."

마음만 먹으면 조선 성 하나쯤이야 쉽게 날려 버릴 수 있을 것으로 믿었던 소서행장과 종의지는 점점 초조해지기 시작했다. 절대 다수의 병력으로도 공략의 무력함을 깨달았다. 앞으로의 전투가 결코 수월치 못하리란 예감이 들었다.

"도저히 안 되겠습니다. 우리 신풍도 무력할 뿐입니다."

어깨가 축 늘어진 종의지를 향해 소서행장이 한숨 쉬듯 물었다.

"무슨 방도가 없겠느냐? 실패한 원인도 있을 게고……."

진동하는 왜군 시체 냄새를 맡고 몰려든 까마귀들이, 수성군이 몸을 숨기고 공성군에게 총이나 활을 쏠 수 있도록 성벽 위에 설치한 낮은 성가퀴 위에 새카맣게 앉아 있었다. 그것을 올려다보고 있던 종의지가 문득 생각해 낸 듯,

"서문은 너무 견고합니다."

소서행장이 투구 끈을 조이며 말했다.

"그렇다고 이대로 물러설 수는 없다."

그의 투구에 꽂힌 초승달 모양의 '마에다테'가 쇳조각 특유의 싸늘한 기운을 뿜어내고 있었다. 패랭이와 유사한 조선군의 전립(戰笠)과는 풍기는 느낌부터가 달랐다.

"공격할 다른 쪽을 찾아봐야겠습니다."

"조선군이 우리 동태를 눈치 채지 못하게 하라."

종의지가 득의만면한 빛으로 돌아온 건 두어 식경가량 흐른 후였다.

"수비가 허술한 곳이 성 북쪽입니다."

"용케 잘 찾았구나."

"예, 승산이 있습니다."

"반가운 소리다."

소서행장의 입가에 회심의, 아니 살의의 웃음기가 번졌다.

"좋다. 다시 신풍을 일으켜 그쪽을 집중 공략하도록 하라."

"하이! 자, 모두들 돌격 앞으로!"

왜군 작전은 맞아떨어졌다. 전투에서 적에게 허점을 보인다는 것이 얼마나 위험하고 어리석은 일인가를 잘 보여 주는 일전(一戰)이 아닐 수 없었다. 다시 전투가 격해지자 성가퀴에 올라앉아 있던 까마귀 무리들은 어디로 갔는지 한 마리도 보이지 않았다.

부사맹 이영헌 등의 독전이 눈부셨다. 짐승 털로 만든 조선군의 전립과 쇳조각이 꽂힌 왜군의 마에다테가 부딪히는 자리에는 생사가 넘나들었다. 하지만 역부족이었다. 끝내 조선군 방어선이 무너졌다. 급기야 왜군이 성안으로 난입하였다. 그것을 본 비장(裨將) 하나가 급히 정발에게 달려와 권유했다.

"어서 피신하셔야 합니다. 더 이상 수성은 불가능합니다."

그러나 정발은 웃었다. 그리고는 계속 전투를 지휘하며 외쳤다.

"나는 끝까지 성을 지킬 것이다! 아니, 성이 나를 지켜 줄 것이다!"

비장이 자기 몸을 잡아당기며 계속 달아날 것을 청하자 정발은,

"남아는 죽어야 할 때를 맞춰 오직 한 번 죽는다. 또다시 달아나라는 소리를 하는 자가 있으면 곧 목을 베겠다고 전하라. 나는 마땅히 이 성의 귀신이 될 터인즉, 떠나고 싶은 자는 떠나라."

그러자 다른 부하도 큰소리로 말했다.

"일단 물러나서 훗날을 기약해야 합니다, 장군."

"나에게 훗날은 없다. 오직 현재 이 순간만 있을 뿐!"

정발의 귀에 행실이 돈독하다고 알려진 형 정탁의 말이 들려왔다.

'내 동생 발아! 이 형은 정녕 네가 자랑스럽구나. 지하에 계신 우리 아버지께서도 네 장수다운 모습을 보시고 크게 기뻐하고 계실 것이다.'

정발의 입가에 다시 미소가 피어났다. 그의 검은색 전포는 왜군의 피로 붉게 물들었다. 정발의 의연한 기상과 나라 사랑하는 마음에 감명 받은 사졸늘이 모두 울면서 싸웠다.

시신 썩어 가는 냄새를 맡은 까마귀들도 허공 높은 곳에서 환장한 듯 울어 대었다. 누가 검은 연들을 하늘 가득 띄워 놓고 있는 것 같았다. 정발의 검은 전포를 여러 가닥으로 가르고 찢어 내어 거기 매달아 놓은 듯했다. 그런데 한창 격전이 치열할 때였다.

"헉! 자, 장군!"

군사들이 놀라 정발에게로 달려왔다.

"장군께서 머리에 총을 맞으셨다. 어서 안으로 모셔라!"

비장이 울부짖었다. 하지만 정발은 머리에서 피를 내쏟으며 이미 숨이 끊어지고 있었다. 왜군 피가 묻은 전포 위로 그의 피가 흘렀다. 그는 이 세상에서의 마지막 말을 남겼다.

―싸워라.

정발은 죽어 가면서 마지막으로 보고 있었다. 홀어머니와 형과 아내 그리고 외동아들 정흔이를. 그 흔이가 말을 타고 돌아오고 있었다. 그가 가지 않으려는 아들을 억지로 태워 보냈던 바로 그 말이었다. 그날 그는 흔에게 명했다.

"어서 집으로 돌아가라. 사태가 실로 급박하다. 만약 네가 길을 느리게 가면 적에게 붙잡히고 말 것이다."

아들 흔이가 말했다.

"사태가 급박하다고 하시는데, 어찌 차마 떠날 수가 있겠습니까?"

아버지 정발이 말했다.

"아비와 자식이 함께 죽으면 무슨 득이 있겠느냐? 그러니 너는 더 고집 피우지 말고 집으로 돌아가서 할머니와 어머니를 모시도록 하라."

"아버지와 여기 같이 남아 있도록 해 주십시오. 부탁입니다."

흔이 울면서 청했지만, 정발은 종자(從者)를 꾸짖었다.

"어서 내 아들을 붙들고 나가서 말에 태워 데려가지 못하겠느냐?"

흔은 끌려가다시피 하면서도 어떤 예감을 느꼈는지 돌아보며,

"아버지! 이게 우리 부자간의 마지막이 아니겠지요?"

"……."

그에 대한 답은 말이 대신 해 주었다. 히히힝! 그로부터 열하루가 지나 왜적이 부산진에 들이닥쳤다.

'내 아들아! 가거라. 너로 인하여 우리 집안 대(代)가 끊어지지 않게 되었으니, 이제 나는 편히 눈을 감을 수 있을 것이다.'

정발은 생전에 아들 흔을 살리기 위해 돌려보냈던 그때처럼, 사후에도 또 한 번 다시 돌려보내고 나서 영원히 잠이 들었다.

그로부터 얼마 지나지 않아서였다. 정발의 시신이 안치된 곳으로부터 애끓는 여자 울음소리가 흘러나오기 시작했다. 정발의 첩 애향이 한 자루 칼을 앞에 놓고 피눈물을 흘리고 있는 것이다. 칼날에서 뿜어져 나오는 시퍼런 빛이 정발의 몸 주변을 감싸 주고 있는 듯했다.

"왜놈들에게 몸을 더럽히느니 깨끗한 몸으로 저승으로 떠날 것이다."

마음은 더 깨끗한, 열여덟 살 열녀가 울다가 웃었다. 광녀는 아닌데도.

"장군! 잘하셨습니다. 역시 장군다우십니다. 참으로 자랑스럽습니다."

그녀는 붉은 입술을 깨물며 살아 있는 연인에게 하는 것처럼,

"장군! 우리 이승에서 못다 나눈 정, 그곳에서 나눌 수 있을 것입니다. 그러니 절대 외롭거나 억울하다고 생각지 마십시오."

여인네의 백옥 같은 몸에서 백일홍 빛깔의 피가 숏구쳐 천장을 물들였

다. 한 송이 꽃 같은 주검이었다. 아니, 아름다운 혼이 순간을 넘어 영원한 꽃으로 환생하는 자리였다.

비슷한 시각, 밖에서는 또 다른 피 맺힌 절규가 있었다. 그것은 정발의 노복(奴僕) 용월(龍月)이 내지르는 소리였다.

"이놈들아! 살려 두지 않을 테다. 내가 갈 때까지 기다려라!"

충복으로 살아온 용월은 주인의 전사 소식에 눈이 뒤집혔다. 소같이 우직하고 착하기만한 그는, 두 손에 칼과 창을 하나씩 들고 왜군들이 있는 곳으로 내달렸다.

"어? 저거 미친놈 아냐?"

"미쳤든 안 미쳤든 잘됐잖아?"

"맞아. 수급을 하나 더 얻을 수 있으니."

어떻든 조선군 목을 하나라도 더 베기에만 혈안이 되어 있는 왜군들이었다. 저 검은색 전포만 보면 낯빛이 사색으로 변하던 그자들은, 그때까지 당한 빚을 갚겠다고 나이 든 노복 하나를 향해 들개 떼처럼 우르르 달려들었다.

"으윽!"

입에서 왈칵 시뻘건 피를 토하며 용월은 쓰러졌다. 향년 49세였다. 그 또한 죽어서도 외롭거나 억울하지 않을 것이다. 주인과 그의 애첩이 우리와 함께 가자고 그를 향해 손짓하고 있었으니까.

전투는 이내 종결되고 부산진성에 무자비한 왜군 군홧발과 맨발이 어지러웠다. 약 세 시간에 걸친 처절한 혈전이었다.

"눈에 보이는 대로 모조리 죽여라!"

"본보기를 보여야 다시는 저항할 생각을 못할 것이다!"

왜군의 무차별 대규모 살육이 곳곳에서 자행되었다. 전쟁 전 풍신수길은 조선 백성에 대한 피해를 최소화할 것을 명령했고, 비둘기파(반전파)였던 소서행장 역시 나름대로는 살생을 막으려 노력했다. 그렇지만 실제 싸움에서는 소용없는 일이었다. 어렵사리 성을 함락한 왜군은 남자, 여자, 개, 고양이 할 것 없이 모조리 살해하였다.

조선군의 강력한 저항에 의해 전우가 죽거나 부상당하고, 자신도 혼쭐이 난 왜병들은, 상관 명령도 무시한 채 조선인에게 화풀이를 해댄 것이다. 무엇보다 왜군들로서도 첫 전투에서 오는 부담감이 매우 컸을 것이고, 그것이 과도한 파괴행위로 이어졌을 것이니, 전쟁터에서의 정의는 오로지 '승리'일 뿐이라는 씁쓸한 진리 앞에 치를 떨 수밖에.

결국 경상좌수사 박홍은 모든 군함과 선박을 스스로 침몰시키고 군량 창고에 불을 지른 후 수영(水營)을 버리고 퇴각하기에 바빴다. 그러다 멀리서 바라보니 부산진성에 시뻘건 불길이 치솟고 있었다. 그 화마의 혓바닥이 자기를 향해 섬뜩한 뱀 혀처럼 날름거리는 것 같았다. 그는 이 날 아침 조정에 부산진성이 무너졌다는 장계를 올리고는 언양을 거쳐 경주로 도주하였다.

"장군! 부산진성이 그만……."

"무어라? 정발 장군이……?"

동래부성에 있던 부사 송상현은 부산진성이 함락되고 정발이 전사했다는 보고를 받자 이마에 굵은 핏줄을 세웠다. 그의 단아한 입술 사이로 깊은 탄식이 흘러나왔다.

"아, 어찌 이런 일이……?"

호조와 예조, 공조의 정랑을 거쳐 지난해 동래부사에 부임한 그는, 정발과는 달리 문인 출신이었다. 그곳 동래도호부는 부산 지역을 관할하는 행정 중심지였다. 당시 조선의 군사정책은 문인우위(文人優位)였으므로,

군사적 거점 역할이 강한 부산진에는 무인인 정발을 임명하고, 행정과 군사를 겸하는 동래부사에는 문관인 송상현을 앉혔던 것이다.

어쨌거나 조일전쟁이 터지자 경상좌도 지역은 비상사태로 돌입했고, 울산 병영에 있던 경상좌병사 이각은 군사를 이끌고 입성하였다. 양산 군수 조영규도 달려와 수비군에 합류했다. 장성에서 태어난 그는, 명종 때 무과에 급제하여 용천부사 등 일곱 군데의 수령을 역임했는데, 가는 곳마다 청렴결백한 목민관으로 이름을 남겼다.

"가족들을 아들에게 맡기고 왜놈들과 싸우러 오셨대."

"이 나라 관리 중에 저런 분들만 계신다면, 원숭이 같은 섬나라 오랑캐 놈들 수백만 명이 쳐들어와도 끄떡없을 터인데……."

"참으로 큰 별 같은 어른이신 게야."

조영규는 그곳에 와서도 큰 칭송을 받았다. 나라가 너무나 어려운 시기였기에 더욱 빛이 나는지도 몰랐다.

종의지는 이번에도 소서행장의 명을 좇아 정발에게 했던 것처럼 송상현과의 협상에 나섰다. 그는 부하 100여 명을 시켜 목패에 글을 써서 동래부성 남문 앞에 세워 놓게 했다. 거기에는 이런 글이 적혔다.

─싸우고 싶으면 싸우고, 싸우지 않으려면 길을 빌려 달라(戰則戰矣 不戰則假道).

송상현은 이에 화답하는 글을 목패에 써서 부하들에게 남문 밖에 던지도록 했다.

─싸우다 죽긴 쉬워도, 길을 빌려 주기는 어렵다(戰死易 假道難).

한 치도 물러서지 않고 끝까지 항전하겠다는 바위 같은 의지였다. 깊은 신음 소리를 내던 소서행장이 어둡고 딱딱하게 굳은 얼굴로 중얼거렸다.

"조선 정벌이 쉽지 않겠구나! 이 나라 무슨 정신이 저들을 저렇게……?"

"그러게 말입니다. 우리가 섣부른 판단을 한 것 같습니다."

종의지도 투구에 꽂힌 꽹이 모양의 쇳조각이 흔들릴 만큼 고개를 내저었다.

"대단한 자존심들입니다. 하나밖에 없는 목숨과 바꾸려고 하니……."

소서행장 표정이 싸늘해지면서 이빨 가는 소리가 나왔다.

"주겠다면 접수해야지."

"하이! 그렇습니다. 하하하."

"자네도 배가 큰 사람 아닌가? 어서 조선을 먹어치우고 명나라도 삼켜야지."

또다시 왜군 공성과 조선군 수성이 불꽃을 튀기기 시작했다. 그렇지만 그 전투 역시 부산진성 그것과 크게 다를 수 없었다. 병사 수와 무기 면에서 워낙 차이가 났다.

"큰일 났습니다. 지금 왜놈들이……."

비장이 숨을 헐떡이며 달려와 고했다.

"아, 기어이……."

송상현은 전세가 기울었음을 알았다. 측근 종행인 신여로에게 명했다.

"조복(朝服)을 가져오도록 하라."

송상현은 갑옷을 벗고 조복으로 갈아입은 다음 호상(胡床)에 걸터앉았다. 곧이어 그는 호상에서 북쪽을 향해 네 번 절을 올렸다. 그러고는 지니고 있던 부채에 유시(遺詩) 한 수를 남겼다. 고향 부친에게 보내는 시였다.

고립된 성에는 달무리 에워싸고,
큰 진에서의 구원이 없사온즉,

임금과 신하의 의리가 중하니,
부자지간 은혜를 어찌 갚겠습니까?

그때 송상현을 발견하고 급히 다가오는 적장 하나가 있었다. 종의지의 부하 다이라라는 자였다. 그는 일찍이 자기 나라 사신을 수행한 적이 있었는데, 당시 송상현의 인품이 드물게 뛰어남을 알게 되었다.

"잘 지내셨습니까?"

"……."

"우리가 이런 모습으로 다시 만날 줄은……."

"……."

송상현은 알은체도 하지 않고 다이라는 진정으로 송구스럽고 안타까워하는 빛이었다.

"어서 피신하십시오. 뒤는 제가 책임지겠습니다."

그러나 다른 왜군들은 서로 먼저 송상현을 죽여 공을 얻으려고 야단이었다. 다이라는 다급한 목소리로 그들을 말렸다.

"멈춰라!"

목청을 크게 돋우어,

"누구도 저분을 죽여서는 안 된다."

송상현은 호상에 앉은 채 왜군들을 향해 무섭게 일갈했다.

"섬나라 오랑캐 놈들아! 나는 비록 억울하게 패했다만, 내 동족들이 너희를 그냥 두지 않을 것이다."

뿌드득 이빨 가는 소리로,

"살아서는 네놈들 나라로 돌아갈 생각은 말아라."

"빠가야로!"

왜군 칼이 허공을 갈랐다. 송상현은 자기를 벤 자를 매섭게 노려보며 두 눈을 뜬 채 죽었다. 눈동자는 한 곳을 향해 못처럼 고정되어 있었다. 종의지는 그의 충렬을 기려 동문 밖에 장사 지내 주었다.

조운은 무작정 달렸다. 그저 모든 것으로부터 도망치고 싶었다.

하늘 가득 핏물이 흐르고 있었다. 그 물에 빠져 허우적거리는 비차가 보였다. 고개를 흔들고 다시 보니 키가 하늘에 닿을 듯한 장승이 노을에 젖어 있었다. 지난번 상돌과 함께 충청도 노성으로 가는 길에 보았던 벅수와는 또 달랐다. 기이하게 일그러진 커다란 탈을 둘러쓴 광대패 같았다.

장승에 등을 대고 앉았다가 돌아보는 촌로의 눈이 겁을 집어먹었다. 조운도 가슴이 쿵 내려앉았다. 왜군이 부산진에 침입했다는 소식에다가 수없는 비차 제작 실패는 가랑잎 굴러가는 소리에도 사람을 깜짝깜짝 놀라게 만들었다. 어쩌다 길바닥에 널브러진 새의 시체라도 보면, 혹시 비차의 잔해가 아닌가 싶어 숨이 멎는 듯했다.

'아무리 난리통이라지만, 사람이 사람을 무서워하면 어쩔 건가?'

왜인이 아닌 조선 노인인데도 마을 사람들이 제사를 지내거나 치성을 드리는 장승보다도 더 조심스러운 존재로 다가왔다.

"어서 오시게. 어디서 오시는 길인가?"

촌로가 물어왔다. 그가 내는 사람 말소리를 듣자 조운은 안도감 같은 게 느껴졌다. 도무지 말을 하지 않는 둘넘이었다. 그래 광녀의 웃음소리라도 듣고 싶은 게 요즘 그의 심사였다. 촌로는 조운을 방랑자 정도로 보는 눈치였다. 사실 일이 뜻대로 되지 않자 이곳저곳 발길 닿는 대로 미친 듯 쏘다니는 그는 방랑자같이 보였다.

"왜놈들이 미친개같이 사방팔방 설치고 다닌다는데……."

촌로가 야문 음식을 입안에 넣고 우물거리듯 홀쭉한 볼을 실룩이며 말했다. 이런 때에 가정은 어떡하고 혼자 그렇게 다니는 것이냐고 은근히 질책하는 것 같기도 하였다.

조운은 멀거니 장승을 올려다보았다. 그 크고 허연 이빨 사이로 천하에 지지리도 못난 놈이라고 자신을 꾸짖는 소리가 막 흘러나올 것 같았다. 조운은 스스로도 예상치 못한 소리를 꺼냈다.

"영감님, 이 장승이 날개를 달면 새처럼 날아다닐 수가 있을까요?"

"뭐라고? 아, 자네 방금 뭐라고 했는가?"

촌로는 가는귀가 먹은 사람같이 했다. 조운이 보기에 촌로는 아직 눈과 귀가 정정한 사람이었다. 그는 수상쩍다는 눈빛으로 조운을 훔쳐보았다.

'나를 왜놈 첩자로 보고 있는지도 모르겠다.'

조운은 쓴웃음이 삐어져 나왔다. 더 말하면 촌로는 그를 미치광이라고, 손에 들고 있는 장죽으로 사정없이 내리칠지도 모른다. 충청도 노성의 윤달규 사랑방에서 본 장죽걸이가 생각났다. 그는 정말 비차를 가지고 있는 걸까. 있다면 어디에 숨겨 놓았을까.

"혹시 사냥 다니는 사람인가?"

촌로가 여전히 경계심을 풀지 못하는 눈을 끔벅이며 물었다. 조운은 왜군이 무단으로 들어와 분탕질을 하고 있다는 남쪽을 보며 대답했다.

"왜놈 사냥을 하고 싶습니다만……."

장승의 부리부리한 눈이 정백이라는 그 산적 두목을 연상시켰다.

"그럼, 지원병인가?"

촌로의 말이 엉뚱했다. 조운도 엉뚱한 질문을 했다.

"공중에서 밑을 내려다보고 싸우면 훨씬 유리하지 않을까요?"

키가 작은 촌로는 키가 큰 조운을 올려다보며,

"그건 또 무슨 해괴한 소린가?"

조운은 주위를 둘러보며 또 물었다.

"이 마을에는 대나무가 없습니까?"

촌로는 별 싱거운 사람 다 본다는 듯 히죽 웃었다.

"아, 대나무 없는 동네가 어디 있나? 예로부터 우리 선조님들만큼 대나무를 많이 가꾼 민족도 없을 텐데……."

"그렇겠죠? 대나무는 있겠죠?"

"그럼!"

"그런데도 못난 나는……."

조운의 음성 끝에는 울음기가 배었다.

"못나긴?"

아무것도 모르는 촌로는,

"근데, 대나무는 왜? 소쿠리 만들려고?"

이번에는 조운이 대나무로 엮은 물건들을 팔러 다니는 장사치로 보이는 모양이었다. 조운은 터져 나오는 한숨을 멈출 수 없었다. 어쩌다가 시골 노인네와 이따위 흰소리나 나불거리게 되었는지 한심하였다.

"전, 이만 가 보겠습니다."

조운은 도망치듯 그 자리를 벗어났다. 한참 가다가 힐끗 뒤돌아보니 장승이 날개를 달고 하늘 높이 날아오르는 환영이 보였다. 그게 추락하는 광경이 나타나기 전에 조운은 얼른 고개를 돌렸다. 팔은 퍼덕거릴 줄 모르는 비차 날개같이 뻣뻣하기만 했고, 다리는 제멋대로 비칠비칠 굴러가는 비차 바퀴같이 그저 허방을 짚었다.

어떻게 집으로 돌아왔는지 아무 기억이 없었다. 새의 운수를 타고 태어난 것이 이렇게 고통스러울 줄 몰랐다. 차라리 새로 태어났으면 나았을 것이었다. 상돌 같은 백정이나 광녀처럼 미치광이로 살 수 있으면 좋겠다.

조운은 베개를 베고 누워 깜빡거리는 등잔불 밑에서 바느질을 하는 둘님을 무연히 바라보았다. 아까부터 남편에게 고개 한 번 돌리지 않는 아내가 거기 있었다. 무정하다 못해 냉기마저 감도는 분위기였다. 봄날 보리밭의 종달새는 어디로 가 버렸나. 떨어져 나간 비차의 날개나 바퀴처럼 자꾸만 멀어지는 듯한 부부의 정.

"하루 종일 일한다고 고단할 텐데 그만 안 자고……."

그래도 둘님은 듣지 못한 사람처럼 동작을 멈추지 않았다.

"당신 바느질하는 자태가 이리 고운 줄 몰랐는데……."

부스스 몸을 일으켜 앉는 조운. 둘님은 묵묵부답. 바람벽에 일렁이는 그들 그림자가 불안하게 흔들리는 두 개의 검은 비차같이 비쳤다. 부부 비차.

"왜놈들이 곧 우리 고을에도 들어올지 모른다니 정말 큰일이오."

둘이 가정을 이룬 후부터 조운은 부부의 예를 갖추어 둘님에게 말을 높였다. 왜군 이야기가 나오자 돌사람 같던 둘님 어깨가 가늘게 떨리는 게 조운의 눈에 잡혔다.

"나라를 건지실 귀인께서는 오셨는데, 귀인을 구할 비차의 완성은 아직도 까마득하니 미칠 것만 같소. 나 때문에 큰 화를 당할 뻔했던 상돌 아우 보기도 민망하고 말이오."

비봉산 쪽에서 이 나라 텃새인 수리부엉이 울음소리가 들렸다. 저 미물도 자기들이 살아온 이곳이 외적의 침입을 받아 위태로운 지경에 이른 것을 알고 있는 것인가.

"비차를 만들지 못하면, 귀인이 위기에 빠졌을 때······."

조운이 채 말을 끝맺기도 전에 둘님이 바느질감을 윗목으로 밀쳐 버리고는 아랫목에 드러눕더니 머리끝까지 이불을 푹 둘러써 버렸다. 집 밖으로부터 소름 끼치는 괴상망측한 소리가 밤의 정적을 깨뜨리고 들려오기 시작한 것은 그때였다.

"우우! 아아아······."

처음에는 고함치다가 울부짖는 그런 소리였다가,

"카아! 으으으······."

이번에는 공격하다가 신음하는 그런 소린가 했더니,

"이히히히······ 흐흑흑흑······."

나중에는 웃음소리와 울음소리가 엇갈리는 소리였다.

조운은 두 손으로 귀를 틀어막았고, 둘님은 이불로 온몸을 둘둘 말았다. 그건 끝없이 추락하는 비차 소리였다. 지옥의 소리, 유령의 소리, 그리고 신에게서 가장 저주 받은 인간의 소리.

깊어 가는 밤, 비봉산 서편 자락 가마못 안동네는 삽시간에 악귀의 춤과 노래로 휩싸여 버리는 듯했다. 온 동리 개들이 광견처럼 짖어 대기 시작했다. 사람들은 급히 일어나 문단속을 하고 등잔불을 꺼 버리고 자리에 누워서도, 혹시 자기들 집 안으로 들어올지도 모른다고 불안해하면서 귀를 기울이고 있을 것이다. 때로는 끌끌 혀를 차면서, 또 때로는 온갖 욕을 하면서, 또 드물게는 눈시울을 붉히거나 염불을 외면서.

그러나 그 동네 사람들은 알고 있었다. 광녀가 그녀들 집에는 들어오지 않을 것이라는 사실을. 광녀가 들어갈 집은 단 두 집밖에 없다는 것을. 광녀 자신의 집과 조운의 집. 하지만 아직 한번도 광녀가 조운의 집 사립문 안으로 들어간 적은 없었다. 광녀는 언제나 조운의 집 흙담장

밖에서만 맴돌았다.

지금도 마찬가지였다. 광녀는 조운의 집 낮은 담장 너머로 집 안을 향해 그 괴상망측한 소리들을 질러 대고 있는 것이다. 담장 이쪽 끝에서 저쪽 끝까지 수십, 수백 번도 더 왔다 갔다 하면서. 그 소리의 공격을 막아 줄 수 있는 것은 오직 하나, 담장 가에 붙어 자라는 늙은 감나무뿐이었다. 지난날 탁발승이, 백 년이 되면 천 개의 감이 달리고, 하던.

조운은 자신의 가슴을 찢고 싶었다. 아직 어린 시절, 그저 안됐다는 단순한 생각에서 주었던 연 하나, 그것이 한 여자에게 그토록 강한 집착과 고통 그리고 한으로 남을 줄은 몰랐다. 게다가 광녀 한 사람에게만 그친 게 아니었다. 또 다른 여자, 아내 둘님도 마찬가지였다. 종달새 같던 그녀를 얼음장 같은 사람으로 만들어 버렸다.

조운의 눈앞에 보이는 듯했다. 때 긴 낡은 회색 저고리와 검정 치마(광녀의 영원한 단벌옷과도 같은)를 걸치고, 조운 자신이 있을 방을 보면서 피웃음과 피울음을 터뜨리는, 발정 난 암캐처럼 날뛰고 있을 광녀의 모습…….

조운은 아직도 믿을 수 없었다. 정신이 나가 아무것도 모를 줄 알았던 광녀가, 그와 둘님이 혼례를 올리고 부부가 되었다는 사실을 알고서, 그녀의 유일한 성애의 대상으로 삼았던 그를 다른 여자에게 빼앗겼다는 울분과 슬픔을 이기지 못해, 남들이 잠들려고 하는 밤중에 저렇게 혼자 광기를 부리며 악귀의 춤과 노래로 온 동리 사람들을 불안과 쑥덕거림으로 몰아가고 있다는 사실을.

'하나도 잘난 것도 없는 이 인간의 무엇이 좋다고 저러는가?'

자괴심과 죄책감 그리고 불투명한 앞날에 대한 초조함이 조운을 뱀같이 휘감았다. 그런 가운데 조운은 치를 떨면서 생각했다. 광녀에 대한 나의 정확하고 솔직한 감정결은 대체 무슨 모양이고 어떤 빛깔인가를. 광

녀가 있음으로 하여, 둘님의 나에 대한, 나의 둘님에 대한, 이 환장할 삐
걱거림이 언제까지 이어질 것인가를.

광녀의 광기는 도무지 그 끝을 몰랐다. 달도 질려 버렸는지 창호지를
비추는 달빛이 그렇게 창백할 수 없었다. 어쩌면 날이 샐 때까지, 아니 영
원히 저렇게 미쳐 날뛰다가 숨이 끊어져야 그 짓을 멈추지 않을까 싶었다.

"흐……."

이불 속에서 둘님이 신음 같기도 하고 분노나 울음 같기도 한 묘한
소리를 내었다. 조운은 머리털이 쭈뼛 곤두섰다. 집 밖에서 설치던 광녀
가 어느 틈에 집 안으로 들어와 그들 부부의 이불 속에 숨어 있는 게 아
닌가 싶었다.

급기야 둘님의 인내심이 한계에 다다른 걸까. 홀연 이불을 둘러쓴 채
방바닥을 마구 구르기 시작했다. 이불이 일으키는 세찬 바람에 등잔불
이 금방이라도 '깜빡' 하고 꺼져 버릴 것만 같았다. 위험하게 제멋대로
흔들리는 그 불꽃에서 조운은 보았다. 하늘에서 땅으로 추락한 비차가
엄청난 충격을 받아 폭발음을 내면서 화염에 싸여 불타고 있는 광경을.
비차에 타고 있던 그 자신의 몸도 재로 변해 가고 있는 것을.

"우우! 카아! 히히! 흑흑!"

광녀의 날뜀은 갈수록 커져 갔고, 둘님의 몸부림은 갈수록 심해졌다.
조운은 비차에 올라탔다. 비차의 배를 두드리니 지금까지는 꿈쩍도 않
던 비차가 거짓말같이 날아오르기 시작했다. 그러자 좁은 방 안이 드넓
은 벌판이 되면서 높푸른 하늘이 펼쳐졌다.

인공의 새, 수레가 날았다. 대나무 몸체는 튼튼했고, 무명천 날개는 우
아했으며, 화선지 피부는 눈부셨고, 솜뭉치 머리는 우뚝했으며, 소나무
바퀴는 단단했다.

조운은 날고 날고 또 날았다. 그의 옆에서 같이 날고 있는 다른 것들이 보였다. 새와 연이었다. 새가 연 위에 앉기도 하고, 연이 새 위에 앉기도 했다. 새는 종달새였다. 연은 방패연이었다. 종달새 얼굴은, 둘님이었다. 한데? 종달새 가슴은, 광녀였다.

'으아아아아……'

조운은 비명을 질렀다. 그와 동시에 비차가 공중분해되기 시작했다. 대나무 몸체는 망가지고, 무명천 날개는 부러지고, 화선지 피부는 찢어지고, 솜뭉치 머리는 너덜거리고, 소나무 바퀴는 빠져나갔다. 그리고 그의 몸도 비차에서 떨어져 나간 일부분이었다.

마침내 조운은 지상에 거꾸로 처박혔다. 가까스로 정신을 차리고 주위를 둘러보니 그의 몸뚱어리는 비차 잔해 속에 섞여 있었다. 그는 몸을 일으켜 그 속에서 빠져나오려 했다. 그런데 무언가가 머리 위로 덮쳐 오는 바람에 꼼짝도 할 수 없었다. 부피도 많고 무게도 꽤 나가는 물체였다.

'헉! 이, 이건……?'

조운은 번쩍 정신이 났다. 그곳은 다시 그의 방 안이었다. 그리고 이불이었다. 둘님이 자기 몸을 말았던 이불을 들어 그에게로 내던졌던 것이다. 평소 둘님은 그렇게 기운이 센 편이 아니었다. 어지간한 남자도 그 큰 이불을 집어던지기는 쉽지 않을 터였다. 결국 둘님을 지배하는 것은 둘님 그녀가 아니었다. 광녀였던 것이다. 그 매섭게 추웠던 날 밤, 가마못 가에서 조운을 끌어안고 꼼짝 못하게 하던 무서운 완력의 여자, 광녀.

그 광녀가 지금 집 밖에서 광란의 춤과 노래를 펼치고 있는 것이다. 악령에게 지배당한 처절무비하고 가련한 여자였다. 더럽고도 질긴 남녀 간의 본능적인 애욕—성애의 포로가 된 여자. 그 포로의 포로가 되어 버린 그들 부부.

그러나 조운은 광녀를 욕할 수도 멀리 할 수도 없었다. 그것은 그녀를 그렇게 만든 원인 제공자가 자신이라는 깨달음이나 죄의식 때문에서만은 아니었다. 그러면 무엇인가? 그 배경에는 비차, 바로 저 비차가 있었다.

그랬다. 비차를 향한 조운 자신의 광적인 집착과, 그를 향한 광녀의 광적인 집착, 그 두 개는 결코 다르지 않다는, 어떻게 보면 실로 어처구니없는 어떤 '동류의식'이 그를 놓아 주지 않고 있었던 것이다. 그것은 둘님에게는 치명적인 성질의 것이었다.

그런데 조운이 머리에 둘러쓴 이불을 막 벗겨 내었을 때였다. 둘님이 손가락으로 방문을 가리키며 이렇게 외친 것은.

"나가요! 나가 보라고요! 당신을 찾아왔잖아요?"

조운은 또다시 한없이 추락하는 비차를 바라보는 느낌이었다. 아니, 그 비차에 타고 있다 하더라도 그런 충격까지는 받지 않을지도 모른다. 그동안 둘님은 어떻게 나왔던가. 광녀가 와서 그런 짓을 할 때 조운이 일어나 나가 보려고 하면, 무슨 말을 해도 반응을 보이지 않던 둘님이 그 순간에는 기겁을 하며 이랬다.

"나, 나가지 말아욧!"

그럴 때 둘님은 조운이 방만 나가면 광녀의 남자가 되고 말 것 같은 위기의식에 사로잡혀 있는 것같이 비쳤다. 그리고 그런 둘님이 조운은 처음으로 싫었다. 남편을 믿지 못하는 아내, 그런 모습의 여자로 다가온 것이다. 그러던 둘님이 이제는 또 어서 나가 보지 않는다고 하다니. 나를 시험해 보려는 걸까? 그런 의혹도 솟았지만 평소 둘님의 성격이나 지금의 태도로 보아서는 그런 계산속이 깔려 있는 것 같지는 않았다.

조운은 나가 보기로 작정했다. 이날따라 광녀의 광기는 좀 더 심했고,

무엇보다 그대로 두는 건 잠도 자지 못하고 불안에 떨고 있을 이웃에 대한 예의가 아니었다. 맺은 자가 푸는 법이라고, 어쨌든 광녀를 진정시켜야 할 사람은 그 자신인 데다가,

"비겁하군요. 그렇게 비겁한 사람인 줄 몰랐어요."

둘님의 그 말은 조운이 다른 선택을 할 수 없게 만들었다. 아내 눈에 비겁한 남편으로 보이는 남자. 그보다는 차라리 광녀와 놀아나는 놈팡이가 되는 게 더 나을 것이다.

조운은 방문을 열고 툇마루로 나갔다. 밤기운이 바짓가랑이를 타고 올라왔다. 어둠이 거대한 날개를 쫙 펼쳐 세상을 덮고 있었다. 그 속으로 비차가 날아오르는 장면이 보이는 듯했다. 순간, 모든 게 부질없다는 허탈감이 밀려들었다. 비차라는 허깨비만 쫓아다닌 날들이 아깝고 한심했다. 드디어 내가 미쳤다. 조운은 생각했다. 미친 여자를 만나려면 미친 남자가 되지 않으면 안 된다고.

그러나 조운의 그런 어설픈 감상 따윈 한갓 사치나 자기기만에 지나지 않는다는 것이 곧 드러났다. 드디어 마루에 나와 선 조운을 담장 너머로 발견한 광녀가 더 이상 그를 그대로 두지 않았다. 어느 누구든 평상심(平常心)을 유지할 수는 없었을 것이다. 그때 광녀가 보인 반응을 무슨 말로 표현할 수 있을까? 열광? 혼절 직전? 그것만으로는 부족했다. 아니다. 다 상관없었다. 광녀가 이런 소리를 내지르지만 않았다면.

"나, 연 한 개 더 만들어 줘. 히히히. 나, 그거 타고 사~천 가고 싶어. 히히히."

차라리, 하고 조운은 참담한 심정으로 생각했다. 나, 너 각시 되고 싶어. 너, 나 신랑 안 될래? 그런 말을 했다면. 뽀얀 젖가슴을 드러내 보이며 젖 먹으라고 했으면. 광녀는 왜 그런 말을 하지 않고, 그런 행동을 하

지 않는 걸까.

연 한 개 더 만들어 달라는 소리는 결코 미친 여자와는 어울리지 않는 얘기였다. 그 따위 부탁 하나 하려고 이 깊은 밤중에 남의 집 밖에 와서 온 동네 사람들이 잠도 잘 수 없게 만드는 저런 발광을 피우고 있단 말인가? 광녀라면 진짜 광녀답게 놀아야지 반풍수 같은, 어릿광대 같은 저런 모습은 싫다. 정말 싫다. 더, 더 미쳐 버려라, 이 여자야.

조운의 그런 미친(?) 감정은 어디서 비롯된 것일까. 그는 비차 제작에 실패하는 원인이 그것에 완전히 미치지 못한 탓이라고 보았다. 철저히 미치지 않으면 아무것도 이루지 못한다. 따라서 자신이 비차를 완성시키기 위해서는 지금까지보다 훨씬 더 미쳐야 하는 것이다. 최고의 미치광이가 되리라. 그것이 조운으로 하여금 남들이 광녀를 보는 것과는 다르게 보도록 이끄는 바탕이기도 했다. 그렇다면 미친 것은 광녀가 아니라 세상이다.

조운은 점점 미쳐 갔다. 그러거나 말거나 조운을 본 광녀는 그날 밤처럼 또 야생마로 변했다. 지층이 쿵쿵 울리도록 팔짝팔짝 날뛰었다. 웃고 울고, 울고 웃고. 지금쯤 광녀의 미친 짓에 만성이 된 동네 사람들 중에는 잠든 이도 많을 것이다. 처음에는 호기심으로 밖을 내다보던 그들이었다. 그러다가 너무나 오랫동안 똑같이 되풀이되는 광녀의 광기에 이제는 좀 시들해져 '또 발광하기 시작하네?' 하고 조금 성가셔 하는 정도로 바뀐 것이다.

'차라리 이리 들어와. 왜 밖에서만 그러고 있는 거야?'

조운은 그렇게 소리치고 싶었다.

'무엇이 너를 막고 있어 그렇게 하지 못하는 거지? 넌 미친 여자잖아, 광녀. 무슨 짓을 해도 누가 뭐라고 할까?'

조운은 점점 잔인해지고 싶었다.

'아무도 그러지 않아. 넌, 광녀니까. 하하하.'

상황이 확 달라진 것은 그 순간이었다. 조운의 등 뒤에서 방문이 열리고 둘님이 마루로 나오는 기척이 들리는가 했더니, 집 밖에 있던 광녀가 담장을 타고 넘어오려고 야단이 벌어진 것이다. 비차 제작장에서처럼 둘님의 머리끄덩이를 낚아채려는 것이다.

"도원아, 가자, 제발! 이 집에 안 오기로 약속했잖아?"

그때 문득 들려오는 남자 목소리, 광녀의 오라버니였다. 같이 왔을 광녀 어머니는 어둠 속에 묻혀 보이지 않았다. 곧이어 광녀가 끌려가지 않으려고 발버둥치는 소리가 났지만 잠시 후 집 밖은 늪 같은 침묵에 잠겼다.

마당으로 내려선 조운의 발길은 분지를 향했다. 비차 잔해들이 어지럽게 널린 그곳은 으스름 달빛 아래 잡귀들 놀이판처럼 보일 것이다. 그리고 지금 거기서는 한바탕 춤사위가 펼쳐지고 이런 노래가 울려 퍼지고 있으리라.

> 난다 난다 비, 비차
> 진주성에 가 보자
> 비차 비차 비차다
> 진주성에 가 보자

어디선가 조운이 울부짖는 소리가 들려오는 것만 같은 그밤에, 둘님도 술명과 박씨 부부도 눈을 붙이지 못했다. 등잔불이 화르르 타오르다간 꺼져 버렸다. 너무나 정신들이 없는 탓에 등잔에 기름을 붓는 일도 깜빡했던 것이다.

최초의 승리, 해유령 전투

부산진과 동래성을 연이어 함락한 왜군은 당연히 사기가 오를 대로 올랐다. 피맛을 알아 버린 사악한 늑대 무리는 또 다른 피를 부르기 위해 양산을 거쳐 밀양을 점령하고 대구에 이르렀다.

고요한 아침의 나라는 엄청난 회오리에 휩싸였다. 짝을 잃은 나비는 찢겨진 날개로 날고, 꽃잎은 산산이 부서져 흩날렸다. 곳곳에 드리워진 건 죽음의 그림자였다.

하루아침에 부모를 잃은 고아들이 무리에서 떨어져 나온 철새같이 울고 다녔다. 만삭의 여인은 비루먹은 개들이 코를 처박은 쓰레기통을 뒤지며 허기를 달랬다. 젊은이를 먼저 보낸 늙은이들 통곡 소리가 하늘에 닿고 땅 끝을 울렸다.

침공군 2번대를 이끌고 온 가등청정은 4월 19일 부산에 상륙하자 입맛이 썼다. 풍신수길과는 6촌간으로, 저 시즈가타케 전투에서 맹활약을 펼쳐 소위 '시즈가타케의 칠본창(七本槍)'이라는 별칭을 얻기도 한 그는, 축성술에도 뛰어나 나고야성 공사를 맡기도 한 인물이다.

그는 평소 소서행장에게 강한 경쟁의식을 품고 있었다. 그런 자에게 선봉 1진을 뺏긴 게 큰 불만이었다. 그는 벌건 눈알을 부라리고 이빨을 뿌드득 갈며 별렀다.

"하지만 두고 봐라. 이제부터 시작이니까. 한양은 내가 먼저 점령하여 조선 국왕을 반드시 이 손으로 사로잡을 것이다."

가등청정은 언양을 지나 경주를 손아귀에 넣고 한양 입성을 단단히 마음먹었다. 훗날 정유재란 때 울산에서 조선 관군과 의병에게 포위되어 혼쭐이 날 줄은 몰랐을 것이다.

같은 날, 흑전장정의 3번대는 죽도 부근으로 상륙하여, 김해를 함락하고 창녕을 지나면서 부대를 둘로 나누었다. 훗날 덕천가강에게 접근하여 그의 양녀를 정실로 맞는 흑전장정. 일설에 의하면, 세키가하라 전투에서 무공을 세운 그의 손을 덕천가강이 잡은 일이 있는데, 나중에 그것을 안 그의 아버지가 흑전장정더러, 그때 왼손은 뭘 하고 있었느냐고 물었다고 한다. 왼손에 칼을 들고 덕천가강을 찌르지 않았다고 나무랐다는 얘기가 아닌가 보는 이들이 많지만, 그는 길이나 다리, 집 등 공동 공사에 주력한 덕천가강의 명을 잘 따랐다.

한편, 그즈음 조정은 항간의 저잣거리처럼 어수선한 속에서 대책 마련에 급급했다. 그 모습들이 시정잡배보다 나을 게 없어 보였다. 지난날 시민이 병조판서에게 건의한 대로 병기를 보수하고 군사 훈련을 강화하지 않았던 잘못이었다. 그날 격분한 시민이 바닥에 내동댕이쳐서 짓밟아 부숴 버린 그 군모는 지금 어디를 어떻게 떠돌고 있을는지. 어쨌든 어명이 떨어졌다.

"신립을 삼도순변사로 임명하노라!"

신립. 신숭겸의 후손으로 진주판관을 지내다가 온성부사가 되어, 조

선 전기 최대의 난을 일으킨 회령의 니탕개를 물리친 공로로 함경도북병
사로 승진된 사람이다. 임금 입에서는 다른 장수 이름들도 나왔다.

"이일을 순변사로 하여 중로를 막게 하시오!"

도순변사보다는 직책이나 권한이 떨어지는 순변사였다. 이일은 두만
강 하구 녹둔도에 여진족이 침입하자 두만강을 건너 여진의 시전부락을
소탕하였는데, 당시 200여 집채를 불사르고 여진족 380여 명의 목을 베
는 전과를 올렸다. 모두 손에 피와 살점을 묻혀 본 장수들이기에 얼굴
은 비장하면서도 침통하였다.

"성청길을 좌방어사로, 조경을 우방어사로 삼아, 조령과 추풍령 지역
을 적극 수비토록 하시오!"

그러나 모든 것이 첩첩산중, 망망대해였다. 아무리 지존인 임금 엄명이
라 할지라도 그 밑에 있는 신하들이 힘이 없을 때, 왕의 권위는 저절로
실추될 수밖에 없는 것이다.

순변사에 임명된 이일은 처음부터 막막하고 황당했다. 거느리고 갈 장
병이 없었다. 양반 자제들은 병역 면제였고, 모병에 응한 이들은 대부분
한량과 건달패였다. 결국 그는 장기 군관 60여 명만 거느리고 뒤늦은
출발을 했고, 군사는 별장 유옥이 모집해 뒤따라가기로 했다.

한편 경상순찰사 김수는 제승방략의 동원 체계를 좇아 군사를 모아
정해진 위치에 대기하라고 각 고을에 통지했으며, 이에 따라 문경 이하의
수령들은 모두 군사를 이끌고 대구로 집결했다. 하늘에는 구름들이 느
릿느릿 이동하고 있었다. 나뭇가지 끝에 앉은 새들은 날아갈 방향을 찾
는 듯 이리저리 고개를 돌렸다.

경상도 지역의 육군과 수군을 관장하는 병사와 수사의 직속상관이자
지방행정관인 김수. 그의 정체성은 다소 흐릿하다. 그의 사후, 그에 대한

평가도 엇갈린다. 이항복은 나라의 충신을 잃었다고 탄식한 반면, 조정에서 권력을 멋대로 휘둘렀다는 신급의 상소도 있다.

여하튼 전투태세가 그런 대로 갖춰졌다. 하지만 이들의 총지휘권자인 순변사 이일이 며칠이 지나도 도착하지 않았고, 더욱이 이 지역 지휘관인 박홍과 이각은 행방불명되어 연락조차 되지 않았다.

"박홍은 그럴 사람이 아닌데⋯⋯?"

김수가 수령들 앞에서 고개를 갸웃했다. 그러자 수령 하나가 말했다.

"그렇습니다. 그가 활을 쏘아 맞히지 못한 짐승은 없었다고 합니다."

다른 수령도 말했다.

"한 번은 물고기를 잡으러 갔는데 서른 명도 넘는 무리들이 시비를 걸자, 혼자 주먹을 휘둘러 굴복시켰다고 하지를 않습니까? 그 용맹과 실력을 가진 그가⋯⋯."

난을 일으킨 북방 오랑캐 추장을 유인하여 항복을 받아 내기도 한 박홍이었다.

"이각은 또요?"

김수 말에 응했던 수령이 이번에는 이각을 입에 올렸다.

"비록 낮은 벼슬을 살면서도 불평불만이 없고, 특히 직무에 충실하다고 알려진 사람이 아닙니까?"

누군가가 혼잣말같이,

"왜구들이 무서워 그러는 것은 아니라고 보는데⋯⋯ 순변사께서는 다른 곳을 살피러 가신 것 같습니다."

중대한 결전을 눈앞에 두고 슬렁거리는 것은 장수들만이 아니었다. 사병들 사이에서도 걱정과 우려에 싸인 말들이 흘러나왔다.

"이게 무슨 망조인고? 이러면 안 되는데⋯⋯."

"그러게. 오라는 이들은 오지 않고, 쓸데없는 비만 왜 이리 오는고?"

수적인 열세에다가 연일 큰비까지 내려 군량마저 바닥이 나자 군사들 사기는 급격히 떨어지고, 마침내 야음을 틈타 도주하는 일까지 벌어졌다.

제승방략의 약점이 그대로 드러나는 나쁜 현상이었다. 제승방략 체제 는 자연향촌 단위의 군사를 군사 거점이나 집결지에 모은 뒤, 그 지역이 아닌 한양의 장수가 내려와 이들을 지휘하는 방식이었다. 그런데 사실 이 체제는 억지였다.

안타깝고 슬픈 일이었다. 세종 때 4군 6진을 개척하며 왜구 소굴인 대 마도 정벌까지 단행한 군사 강대국이던 조선이, 세종 이후 불과 100년도 되지 않아서 장부상에는 군인이 존재하나 실제 군인은 없는 황당한 사태 가 생겨났다. 쌓기는 어려워도 무너지는 것은 쉬웠다. 그것은 양반 사대 부들의 가혹한 수탈과 토지겸병으로 진관체제의 근간이 되는 자연적인 향촌이 많아진 탓으로, 할 수 없이 제승방략이란 것을 채택한 결과였다.

이일이 문경을 거쳐 상주에 도착해 보니 웬 영문인지 상주목사 김해가 보이지 않았다. 판관 권길에게 물었더니 돌아오는 답변이 기막혔다.

"산속으로 달아나 버린 듯합니다."

"무, 무어라? 목사가 도주를……?"

이일은 때가 때인지라 억지로 화를 삭이며 명했다.

"우선 창고를 열어 백성에게 곡식을 나눠 주고 군사를 모집토록 하시오."

그 일이 효과를 보았다. 얼마 후 이런 보고가 들어왔다.

"농민 800여 명이 지원해 왔습니다."

"역시 이 나라 백성 중에는 농민이 최고요."

이일이 용기를 얻은 듯 기운찬 목소리로 말했다.

"내 휘하 군사 60여 명과 그 농민병들을 합해 군을 편성해야겠소."

"좋으신 생각입니다. 강한 군대가 되리라 봅니다."

이일은 관아 마당에 모인 그들을 향해 말했다.

"잘 듣거라. 너희들은 왜놈들과의 전쟁이 시작된 이후로, 사실상 최초로 편성된 조선의 주력 방어군이다. 너희들 임무가 참으로 막중하다."

조일전쟁 최초의 조선 주력 방어군─그것은 대단히 크고 중요한 의미를 가지고 있었다. 이일의 말대로라면 외부 적으로부터의 공격을 막기 위한 본격적인 방어태세를 조직하고 형성한 셈인 것이다.

그날 저녁 달이 뜰 시각이었다. 휘하 군사 하나가 와서 고했다.

"개령에 사는 어떤 백성이 장군을 뵙고자 합니다."

원래 변진의 감문소국(甘文小國)이었다가 신라 진흥왕 때 청주로 고치고 군주(軍主)를 둔 곳으로, 훗날 김규진이 불을 붙여 농민 봉기가 일어나기도 하는 개령이었다. 이일은 무척 피곤했지만 그를 데려오라고 했다.

"그래 무슨 일이냐?"

그는 새파랗게 질린 얼굴로 와들와들 떨면서,

"왜, 왜적이 이 그, 근방까지 와, 와 있사옵니다."

그 말을 들은 이일은 무섭게 화부터 냈다.

"무슨 소리냐? 왜군이 이 근방에 와 있다고? 그럴 리가 없다. 저놈들에게 날개가 달려 있다면 모를까, 어떻게 그리할 수 있단 말이냐?"

이맛살을 있는대로 찌푸리며,

"그러잖아도 지금 우리 군사 수가 적어 걱정이거늘, 어디서 그따위 유언비어를 퍼뜨려 사기마저 떨어뜨리려는 것이냐?"

그러자 개령 백성은 한층 머리를 조아리며 소리 높여 고했다.

"사실이옵니다. 이 두 눈으로 똑똑히 보았사옵니다."

이일이 두 발로 바닥을 구르며 소리쳤다.

"어디서 헛것을 본 걸 가지고 계속 헛소리를 하고 있구나. 여봐라, 저놈을 당장 옥에 가두어라!"

이윽고 나타난 달이 관아 나뭇가지 사이로 노란 빛살을 내뿜기 시작했다. 어떻게 보면 오랫동안 굶주려 부황에 걸린 사람 얼굴 같았다.

개령 백성은 질질 끌려가면서도 억울하다고 울부짖었다.

"장군! 이러시면 아니 되옵니다! 소인의 말씀은……"

"어서 저놈이 내 눈앞에서 안 보이게 하지 않고 뭐하는 거야?"

이일은 귀를 틀어막고 싶었다. 그 진위를 떠나 듣기도 싫은 소리였다. 관아 곳간에 있는 유명한 상주 곶감도 바닥이 날 정도로 모두 백성들에게 나눠 준 그였지만, 기분 나쁜 소식을 물고 온 그 백성은 무조건 싫고 미웠다. 그만큼 지금 그의 신경이 날카롭고 마음이 불안하다는 증거일 것이다.

"에이, 재수없게시리 이게 무슨……?"

그 개령 백성이 가지고 온 정보는 허위가 아니었다. 그때 이미 소서행장이 이끄는 왜군 제1번대는 밀양을 점령하고 대구에 무혈입성한 후, 낙동강을 건너 선산까지 진출, 상주 남쪽 20여 리 지점인 장천에 진을 치고 있었다.

불길한 밤이 지나고 날이 밝아 왔다. 왜군은 나타나지 않았다. 이일은 옥에 갇혀 있던 개령 백성을 끌어내어 처형해 버렸다. 민심을 어지럽혔다는 죄목이었다. 눈알이 허옇게 뒤집혀 죽은 시신이 그의 억울함을 그대로 말해 주는 듯했다. 조선군 막사 위로 까마귀 울음소리가 낭자했다. 때아닌 흙바람이 불어닥쳤다.

곧이어 이일은 아침부터 군사들을 상주성 북쪽의 북천 강변으로 이끌고 나가 훈련을 시켰다. 산을 의지하여 진을 치고, 진 가운데 대장기를 세웠다. 이일은 갑옷을 입고 말을 탔다. 종사관 윤섭과 박지, 판관 권길, 사근찰방 김종무 등은 말에서 내려 이일 뒤에 서도록 했다. 대장의 위세를 갖추기 위해서였다.

그러나 이일은 결정적인 잘못을 범하고 있었다. 왜군이 어디까지 왔는지 알아보지도 않았고, 심지어 군사훈련장 주변에 보초마저 세우지 않았다. 오히려 왜군이 몇 차례나 척후병을 보내 조선군 상황을 일일이 정찰하였다. 원통하게 죽은 개령 백성 혼백이 이일의 눈을 막아 버렸는지도 모른다.

한번은 훈련을 받고 있던 군사들 사이에 큰 술렁거림이 일었다.

"저, 저놈들이 누, 누구야?"

"모, 못 보던 복장이다. 괴상하게 생겼다."

"왜, 왜놈들 처, 척후병들이 트, 틀림없다!"

"으…… 어, 어서 위에 보, 보고하자."

그들이 급히 진중 쪽으로 달려가려고 할 때였다. 군사 하나가 얼른 말렸다.

"자, 잠깐! 보고하면 안 된다."

다른 군사들이 알 수 없다는 듯 물었다.

"왜 보고하면 안 된다는 거야?"

그러자 그 군사 대답이,

"오늘 아침 처형당한 사람을 벌써들 잊은 거야?"

"아!"

모두들 멈칫했다. 누구 하나 감히 보고할 자신이 없어 보였다. 차라리 적에게 죽는 것보다 못했다. 그러자 사람은 편할 대로 생각한다고, 이런 소리들이 나왔다.

"아닐 거야. 왜놈들이 벌써 여기까지 올 리가 없잖아."

"맞아. 우리가 잘못 본 거라고. 너무 긴장해서 그래."

"훈련을 게을리한다고 혼나기 전에 훈련이나 열심히 하자고."

결국 이일은 왜군 척후병에 대한 어떤 보고도 받지 못했다. 이일이 군사들 훈련 모습을 지켜보고 있을 때였다. 갑자기 누군가 큰소리로 외쳤다.

"성에 불이 났다아!"

놀라 바라보니 과연 상주성 안 두어 곳에서 검은 연기가 치솟고 있었다. 바람이 불면 그것은 마치 미친 여자가 긴 머리칼을 제멋대로 휘날리는 것 같기도 했다.

"무슨 일인지 속히 달려가서 알아보도록 하라!"

이일은 평소 행동이 민첩하고 군인정신이 뛰어난 군관 하나에게 명했다.

"옛, 장군!"

그런데 그 군관이 주변을 살피며 막 다리 밑을 지날 때였다. 참으로 상상도 하지 못한 끔찍한 일이 눈앞에서 벌어졌다.

"타―앙!"

귀를 찢는 듯한 조총 소리와 함께 그 군관이 픽 쓰러졌다. 왜군들이 자랑삼는 신식 무기였다. 다리 근처 반그늘에 자라고 있던 민들레와 삿갓나물도 기겁을 하고 크게 흔들리는 듯했다.

"악! 저, 저럴 수가……?"

"대, 대체 무슨 일이야?"

군사들이 우왕좌왕했다. 졸지에 당한 기습이었다. 뿐만이 아니었다. 그와 동시에 어디에 숨어 있다가 나타났는지 왜군들 몇이 달려들어 예리한 칼로 쓰러진 군관의 목을 베어 들고는 달아나 버렸다. 신출귀몰한 왜군 저격병이었다.

"흐……."

"저럴 수가……?"

그 무서운 광경을 본 조선군은 싸워 보기도 전에 기부터 꺾였다. 역시 소문 듣던 대로 조총은 칼이나 창 같은 기존의 무기와는 비교가 되지 않을 듯했다. 왜군이 두려워하는 조선군의 활이 저 조총을 맞아 얼마나 힘을 발휘할 수 있을지 걱정스러웠다. 왜군 본진이 나타나 조선군을 사방에서 포위한 것은 그 충격이 채 가시기도 전이었다.

"겁먹지 마라! 저들은 형편없는 놈들이다!"

장수들이 군사들 사기를 높이기 위해 안간힘을 다했다.

"우리가 단숨에 제압할 수 있다. 알겠느냐?"

그렇지만 대부분 농민 출신인 이일 군은 불시에 왜군의 대규모 기습 공격을 받자 크게 동요하였다. 왜군은 주력무기인 조총을 끝없이 쏘아 대면서 돌진해 왔다. 이일 군은 활로 응사했다. 하지만 우려했던 대로 역부족이었다.

"도망치지 마라! 나가서 싸워라!"

이일이 독전했으나 싸우는 자보다 달아나는 자가 더 많았다. 한성에서 데려온 군사 60여 명만이 가까이 온 왜군을 맞아 죽기로 싸웠다. 농민들이 아무리 나라를 위하는 마음이 높다고 해도 역시 직업군인들만은 못한 것 같았다.

"이노옴들! 그냥 두지 않을 것이다!"

이일은 말을 타고 단신으로 적진을 향해 과감하게 뛰어들었다. 그는 목숨을 내놓고 격전을 벌였으나 전세는 너무나 불리했다. 전쟁에서 군사 수와 무기의 질이 얼마나 중요한가를 잘 보여 주는 일전이었다. 누군가 이일에게 가까이 와서 황급히 말했다.

"일단 피하셔야 합니다, 장군!"

"아니다. 그러기에는 너무 늦었다."

"그래도……."

"차라리 죽기로 싸우는 것만 못하다."

이일은 적을 향해 칼을 휘두르면서 악을 썼다. 부하가 다시 말했다.

"산길을 타고 달리면 탈출할 수 있습니다."

이일은 눈물을 머금고 그의 말을 따를 수밖에 없었다. 이일이 한참 도주하다가 뒤를 돌아보니 따르는 군사는 고작 군관 둘뿐이었다.

"아아, 내가 아끼는 부하들이 모두……."

이일은 통탄을 금치 못했다.

"훗날을 기약하셔야 되옵니다."

군관들이 눈물을 뿌리며 간했다.

"내 이 원수들을 기필코 응징할 것이다."

문경에 다다른 이일은 패전 사실을 피눈물로 조정에 고했다. 그런 후 조령에 있던 조방장 변기와 함께 충주의 신립 진영으로 내달렸다.

소서행장이 이끄는 왜군 선봉대가 문경을 공략한 것은 4월 26일이었다.

성은 텅 비었고 조선 백성은 그림자도 보이지 않았다. 새도 나비도 날지 않았다. 향기 없는 꽃들만 피어 있는 듯했으며, 바람 끝에는 답답한 기운만 묻어났다. 꼭 죽음의 성 같았다.

"천하의 겁쟁이들 같으니라고. 내 칼이 운다, 울어."

"이거 너무 싱겁게 이기니 재미가 없잖아? 낄낄낄."

"조선은 우리 손에 들어왔고, 다음 차례는 명나라다."

그런데 승리에 도취한 왜군들이 막 관아 앞을 지날 때였다. 어디선가 별안간 화살이 소나기같이 쏟아졌다.

"으악!"

"이건 뭐야?"

방심하고 있던 왜군들이 화살 숫자만큼 나가떨어졌다. 바로 숨이 끊어진 자도 있었고, 고통을 이기지 못해 땅바닥을 구르는 자도 있었다.

"한 놈도 살려 주지 말고 모조리 죽여라!"

"동포의 복수를 해야 한다!"

현감 신원길을 비롯한 20여 명의 결사대가 숨어 있다가 기습을 한 것이다. 명종 때에 태어나 선조 9년에 사마시에 급제하여 진사가 된 후, 임진년 그해에 문경 현감으로 부임한 신원길이었다.

결사대의 활약상은 눈부셨다. 과연 죽기를 각오하고 있는 힘을 다해 싸울 것을 결심한 부대답게, 소수의 병력으로도 적군을 잡초 베어 넘기듯 하여 왜적 간담을 서늘케 하였다. 일당백(一當百)의 전범이라 해도 지나치지 않았다.

그러나 예상치 못한 공격에 우왕좌왕하던 왜군이 재정비를 한 후부터 신원길 부대는 열세에 몰리지 않을 수 없었다. 많은 숫자의 왜군 열을 죽여도 적은 숫자의 조선군 하나가 죽으니, 군세(軍勢)에 미치는 영향은 조선군에게 더 클 수밖에 없는 것이다. 얼마나 결사 항전하였을까. 결국 신원길은 사로잡혔고 곧 왜장 앞으로 끌려갔다.

"네가 대장이냐?"

"그렇다."

"훌륭한 결사대를 가졌구나."

왜장 오도순현은 몹시 부럽다는 얼굴로 말했다. 규슈 정벌 당시 풍신수길을 도와준 공으로 영지를 인정받은 오도순현. 그로부터 불과 2년

후에 두창으로 죽게 되리란 것을 그는 상상도 하지 못했을 것이다.

"비록 적이지만 그 기상이 존경할 만하다. 살려 줄 수도 있다."

오도순현은 헛말을 하는 건 아닌 것 같았다.

"어떠냐? 항복할 생각은 없느냐?"

왜장 대촌희전도 한껏 부드러운 목소리를 지어내어 회유하기 시작했다. 오도순현과 마찬가지로 규슈 정벌 때 영지를 인정받은 대촌희전. 훗날 그는 소서행장과 사이가 나쁜 가등청정의 영향으로, 기독교에서 일본 불교 가장 큰 종파의 하나인 일련종(日蓮宗)으로 개종하고 기독교도를 탄압하다가 그들에게 독살당한다.

"우리에게 협조하면 목숨 보장은 물론, 잘살게 해 줄 것이다."

신원길이 일그러진 웃음을 지으며 말했다.

"죽여라."

왜장들은 사지가 절단되는 참살을 당한 신원길의 사체를 보며 말했다.

"조선군과의 싸움은 결코 수월한 싸움이 아닐 것이다. 바람 속에 섞여 있는 피 냄새가 심상치 않도다."

"만약 조선 민관군이 하나가 되어 대항해 온다면, 군사 수와 우수한 무기만 믿고 침공한 우리 일본군은 참패를 면치 못할지도 모른다."

민심은 더없이 뒤숭숭했다. 어쩌다 들려오는 소식 중에 승전보는 하나도 없었다. 풍문 끝에 묻어나는 것은 조선군의 피비린내와 살점 타는 냄새였다.

조운은 더한층 비차에 빠져들었다. 초조했다. 시간이 없었다. 왜군은 지척에 와 있었다. 조선을 위기에서 건질 귀인의 목숨은 경각에 달렸다. 그를 구해 낼 수 있는 비차는 여전히 미완성이었다. 영영 그를 살리지 못할 수도 있다는 강박감에 쫓기는 조운은 사람이 아닌 것 같았다.

그런 남편을 지켜보는 둘님의 심정은 누구보다 복잡하고 막막했다. 이제 모든 게 끝났는가. 조선도 끝나고 남편도 끝나고 그녀도 끝나고, 그러고 나면 무엇이 남을까? 광녀의 웃음소리와 울음소리? 골이 울렁울렁할 정도로 머리를 흔들었다. 미쳤다. 남편도 미쳤지만 나도 미쳤다. 왜적의 말발굽에 짓밟히는 조선도 미칠 수밖에 없을 것이다.

둘님은 마음의 은장도를 꺼내들었다. 만약 비차가 끝까지 남편 뜻을 거스른다면 칼로 찔러 버리고 싶었다. 광녀로 인해 스스로 돌아보아도 이중적인 인간으로 변해 버린 그녀 자신의 목에도 칼을 대고 싶었다. 걱정은 걱정 위에 낙엽처럼 쌓이고, 사랑과 증오는 미친 말이 이끄는 수레바퀴같이 교차하여 일이 손에 잡히지 않았다.

둘님이 지옥과도 같은 힘든 시간에 부대끼고 있을 때, 조운은 자신이 다듬은 대나무에 찔렸다. 톱날에 손톱을 잘렸다. 자살을 하려고 마끈을 공터 나뭇가지에 둥글게 말아 걸어 놓고 그 속에 목을 집어넣었다가 제풀에 놀라 얼른 빼내었다. 그러고서 비차의 잔해 위에 쭈그리고 앉아 최후의 탈출구처럼 생각했다. 차라리 비차를 포기하고 모병관을 찾아가는 게 더 낫지 않을까?

'나는 비겁한 놈인지도 모른다. 영원히 만들지 못할 줄을 알면서도 비차를 핑계 삼아 전쟁터에 나가지 않으려는 나쁜 인간이다. 대나무와 무명천을 던져야 마땅할 것을.'

조운이 생각하는 그대로였다. 그즈음 이 나라 농민들은 농기구를 던지고 창검을 잡았다. 상인들은 등에 진 물건을 내려놓고 어깨에 화살집과 활을 넣는 통을 메었다.

조운은 그더러 지원병이냐고 묻던 시골 촌로 얼굴이 떠올랐다. 날개를 달고 하늘을 날던 장승이 비차처럼 추락하던 환영도 되살아났다. 그러자 망가진 채 땅바닥에 나뒹구는 대나무 몸체가 부서진 장승 몸통으로 변하고, 갈가리 찢겨 이리저리 흩어져 있는 무명천 날개가 빠져나간 장승의 허연 이빨로 바뀌었다.

'내가 왜 이러지? 또 광증이 덤벼들고 있구나!'

조운은 와락 무섬증이 솟았다. 아내 둘님이 그곳으로의 발길을 끊어버린 게 언제인지도 모르겠다. 지독한 이 외로움 그리고 울분. 광녀가 그들 사이에 끼어든 이후로 둘님은 비차 제작장 근처에도 얼씬거리지 않음은 물론이고, 집에서도 비차에 관해서는 입도 벙긋하지 않았다. 조운으로선 미치지 않을 수 없는 날들이었다.

예의 그 웃음소리를 내며 광녀가 동쪽 능선을 타고 그곳 분지로 달려 내려오고 있었다. 그녀는 조운 혼자만 있는 것을 알고 좋아 어쩔 줄 몰라 하는 모습이었다. 조운이 자신을 어떻게 대할 것인지는 이미 그녀에게 중요하지 않은 것같이 보였다. 도원, 그녀에게 중요한 것은, '나, 연 한 개 더 만들어 줘. 나, 그거 타고 사~천 가고 싶어.' 하고 말할 수 있는 대상이 저곳에 있다는 그 한 가지 사실뿐인지도 모른다.

조운이 비차와 지원병 사이에서 혼자 갈등하고 있을 때, 신립도 종사관 김여물과 함께 병정을 모집하여 충주로 갔다. 유성룡이 모은 군관 80여 명, 농민들 중에서 급히 모은 군사가 고작 8천여 명이었다. 게다가 긴급 군사 훈련을 받기 전까지는, 칼 한 번 제대로 휘둘러 보지 못하고 화살 한 번 제대로 쏘아 보지 못한 오합지졸들이었다.

그러나 김여물이 옆에 있어 신립은 그래도 마음이 든든했다. 장수를 보좌하는 장교로서 종6품에 해당하는 종사관인 김여물은, 조일전쟁이 일어나기 직전에는 의주목사로 있었으나, 소위 '정철의 사람'으로 몰려 파직, 의금부에 투옥되어 있었다. 김여물을 구해 준 이가 서애 유성룡이 었다. 그는 김여물의 군사상의 책략이 탁월함을 알고 자기 참모로 발탁할 생각이었다. 그런데 도순변사로 임명된 신립이 선조에게 청하였다.

"신이 일찍이 서로(西路)의 진영을 맡았을 적에 여물을 알았는데, 재능과 용맹뿐만이 아니라 충의의 인사였습니다. 신에게 소속시켜 먼저 가게 했으면 하옵니다."

그리하여 왕의 허락을 얻었는데, 문제는 두 사람이 충주 단월에 도착한 후부터 불거졌다. 작전을 세우는 과정에서 크나큰 의견 차이를 나타낸 것이다. 신립은 뒤로는 가파른 벼랑 아래로 남한강이 흐르고, 앞으로는 충주 분지가 펼쳐진 탄금대에, 학 날개 모양의 배수진을 치려고 했다. 그러자 뜻밖에도 김여물이 다른 의견을 내놓았다.

"적병의 숫자가 우리보다 몇 배나 많으니 정면 대결은 불리합니다. 천험의 요새인 조령에 복병을 배치했다가 적이 협곡 안으로 들어왔을 때, 좌우에서 일제히 공격하면 승산이 있습니다. 그리고 만약 당해내지 못하게 되면 물러서서 한성을 지키는 것이 좋을 듯합니다."

충주목사 이종장이나 다른 막료들도 김여물과 비슷한 생각이었다. 그런데 지금 그곳 최고 결정권자인 신립은 이렇게 말했다.

"나는 북방에서 기병장군으로 이름을 떨치던 장수요. 기병은 평지에서 유리하다는 것을 모르시오? 그리고 지금 우리 조선군은 사기가 떨어질 대로 떨어져 있는데, 문경새재에 진을 칠 경우 속출할 탈영병을 막을 길이 없소."

김여물이 걱정스럽게 입을 열었다.

"지금 우리 기병들은 장군께서 북방에서 이끄시던 기병들과는 다릅니다. 본디 기병은 활을 쏘면서 적을 혼란케 하는 군사들인데, 현재 병사들은 급하게 뽑아 온지라 칼이나 창 같은 단병기나 겨우 다룰 수 있을 정돕니다. 특히 왜군은 총병들이 많은지라⋯⋯."

신립이 자신 있게 말했다.

"나는 과거에 여진의 총병들과 싸워 크게 이긴 적이 있소. 조총의 약점이 뭔지 아시오? 사거리가 짧고 장전 시간이 아주 길고 연속사격이 어렵다는 것이오."

막료들은 더 이상 말을 꺼내지 못하고 각자 막사로 돌아갔다.

'아, 하늘이 우리를 버리려 하심인가?'

김여물은 탄금대 전투의 패배를 예감했다. 그리하여 그는 종을 보내어 아들 '류'에게 편지를 부치고 나머지 가족들에게도 유언을 남겼다. 그 편지 내용이 처절했다.

—삼도(三道)의 군사를 징집하였으나 한 사람도 이르는 사람이 없다. 남아가 나라를 위하여 죽는 것은 진실로 당연한 일이다. 그러나 나라의 수치를 씻지 못하고 웅대한 뜻이 재가 될 뿐이니 하늘을 우러러보며 탄식할 뿐이다.

왜군은 정오부터 공격을 개시했다.

중앙대장 소서행장의 7천 병력, 좌익대장 송포진신의 3천 병력, 우익대장 종의지의 5천 병력, 그리하여 도합 1만 5천이었다. 왜군은 달천 우안의 본도를 따라 전진하기도 하고, 충주 본가도를 따라 탄금대에 접근하기도 하는 등, 삼면으로 포위 공격해 왔다.

그런데 막상 전투가 시작되자 예상치 못한 일이 벌어졌다. 그곳 갈대가 우거진 개펄은 기마병이 말을 타고 달리며 싸우기에 퍽 불리한 여건이었다. 더욱이 전날 밤에 내린 비 때문에 더 활동하기가 어려웠다. 곤죽이 된 진흙과 개흙이 물과 섞여 많이 괸 웅덩이에 말발굽이 빠져 기병의 기동력이 현저히 떨어졌다. 일본 본토의 오랜 전란을 통해 실전 경험이 많은데다가 조총이라는 신무기까지 갖춘 왜군은, 이상한 깃발을 휘날리고 창검을 번뜩이며 까맣게 진격해 왔다.

그러나 신립은 한 걸음도 물러서지 않고 제1차로 기병을 돌격시켰다. 1천 기(騎)의 군사가 적진으로 뛰어드니 보병인 왜군은 말에 짓밟히고 창에 찔려 죽는 자가 많았다. 다시 2차로 1천 명을 진격시켜 피아의 사상자가 속출하고 일진일퇴했으나 좌우에서 몰려오는 적세가 너무 강했다. 제3차로 2천 명의 기병을 돌진시키니 탄금대 벌판은 활 소리, 조총 소리, 인마(人馬) 소리로 뒤덮였다.

하지만 갈수록 수적인 열세로 인하여 아군의 사기는 땅에 떨어지고, 무엇보다 신립이 호언장담했던 총병의 단점을 보완한 왜군의 전술에 밀렸다. 삼첩진이 그것이었다. 일정하게 배열한 왜군은, 1열은 총을 쏘고 1열은 장전하고 1열은 다시 발사하는 식으로, 집중사격과 연속사격을 해왔던 것이다.

신립은 전군에 최후 공격을 명했다. 장졸들 모두가 칼을 벼르고 활을 가다듬었다. 하지만 중과부적이었다. 끝내 아군이 섬멸되기에 이르렀다. 신립은 마지막 순간이 왔음을 알았다. 그는 왕에게 올리는 글을 지었다. 남한강에 투신하기 직전이었다. 대덕산(혹은 오대산)에서 발원하여 정선에 이르러 '아라리'의 전설을 짓고, 단종이 유배되었던 영월에 닿는 남한강이었다. 〈난중잡록〉의 탄금대 전투 기록은 참혹하다.

……적병이 이미 아군의 뒤로 나와 천 겹으로 포위하자, 장병들이 놀라고 두려워하여 모두 달천의 물로 뛰어들었다. 왜적이 풀을 쳐내듯 칼을 휘둘러 마구 찍어 대니, 흘린 피가 들판에 가득 찼고 물에 뜬 시체가 강

을 메웠다.

탄금대 전투와 관련된 이런 전설 하나가 전해져 내려온다.

신립이 젊은 시절에 요괴(또는 도적)에게 납치된 처녀를 구해 주었다. 신립에게 마음이 끌린 그 처녀는 신립이 자기를 거두어 주기를 청했다. 하지만 신립은 거절하였는데, 이에 마음의 상처를 입은 처녀는 이내 자살하고 말았다. 그 후 조일전쟁이 일어나고 신립은 도순변사로 임명된 것이다. 처음에 신립은 천연의 요새인 조령에서 왜군을 막으려고 하였다. 그런데 그 처녀의 혼이 나타나서는 이렇게 말하였다.

"탄금대에서 싸우세요."

그 말을 들은 신립의 마음이 바뀌었다. 그리하여 탄금대에서 적을 맞아 싸우다가 그만 패배하여 전사하고 말았다. 우륵이 제자들을 가르치며 가야금을 탔던 곳이었다. 그 가야금 열두 줄에 애달픈 사연을 하나 더 걸어 놓고 신립은 떠났다. 만약 처음 계획처럼 조령에서 싸웠다면 이길 수도 있지 않았을까 하는 아쉬운 염원이 처녀의 원혼을 만들어 냈을 것이다.

종사관 김여물과 충주목사 이종장을 비롯한 장병들도 잇따라 자결하거나 적진으로 돌격하여 장렬한 최후를 마쳤다.

이때 김여물의 나이 45세였다. 자기가 그곳에서 죽더라도 우리 일가는 행재소(行在所, 임금이 임시로 있는 곳)로 가서 돕되, 난을 피해 도망치지 말라고 경계하였던 그였다.

소년 시절부터 남달리 돋보이자 주변에서 '그의 선대는 본디부터 무신의 후손이라.'고 하였고, 병진(兵陣)에 통달했으며, 힘이 세어 활쏘기와 말타기를 마음대로 하였다는 김여물. 아름다운 용모가 뛰어나게 빛나 그 광채가 몇 사람을 빙 두를 정도였다는 김여물. 친한 벗이 자녀를 많이 두고 부부 모두 죽자, 그들의 유약한 아이를 데려다가 자식처럼 길렀다는 김여물. 김상헌은 김여물의 비명(碑銘) 마지막에 써넣기를, '공의 명성은 천지와 더불어 끝없이 전하리라.'고 하였다.

한편, 소서행장은 여주에서 원호의 저항을 받았다. 일찍이 경서와 사기에 훤하여 선비 벗들로부터 추앙을 받았지만, 어느 날 갑자기 분발하여 이르기를, '사람은 무엇을 어떻게 수립하느냐가 문제이다. 반드시 머리를 숙이고 붓과 벼루 속에 골몰할 것이 무엇인가?' 하더니, 무과에 급제하여 선전관을 시작으로 주로 북관(北關)에 있으면서 명성을 날렸던 원호였다.

그런 원호가 이끌고 막는 조선군이었기에 소서행장은 가까스로 길을 뚫고 양근을 지나 드디어 한성에 이르러 동대문으로 들어갔다. 실로 머리칼을 쥐어뜯고 피를 토하고 죽을 일이 아닐 수 없었다. 가등청정은 죽산, 용인을 거쳐 남대문으로 들어갔다. 궁궐의 문이 하나둘 무너져 간 것이다. 당시 조선 수도경비는 비록 고수하고자 했지만 형세가 불가능하게 되어 있었다.

한양 4대문을 방어하고 있던 유도(留都)대장 이양원은, 수성할 병력이 없음에 하늘을 우러러 크게 한탄하고 양주 쪽으로 퇴각하게 되었다. 이황의 문인으로 성품이 중후하고 박학하며, 흑백 논쟁에 치우치지 않았다는 이양원. 나중에 그는 의주에 피난하던 선조가 요동으로 건너간 후 8일간 단식하다가 피를 토하고 죽게 된다.

어쨌든 부원수 신각이 이양원과 함께했다. 신각은 청렴한 무인이었으나, 영흥부사로 있을 때 신창현감의 부탁을 받고 그의 첩자식을 벼슬길에 나아갈 수 있게 해 주려고 관의 곡식을 꺼내 납속(納粟)을 충당해 주었다가 파직당한 일도 있었다. 신각의 아내 정씨는 남편이 죽자 장사를 지낸 후 자결한다.

이양원과 신각은 평안도남병사 이혼의 부대와 합류했다. 그러고는 얼마 후에 그들 부대는, 한양을 점령한 왜군의 한 무리가 양주 부근에 다다랐다는 소중한 첩보를 접하게 되었다.

"기회요. 이참에 왜놈들을 박살내 버립시다."

"마침 놈들이 방심을 하고 있는 것 같으니, 기습 공격을 감행하면 승리는 우리의 것이 될 것입니다."

조선군은 왜군이 머물고 있는 해유령을 습격하였다. 왜군은 혼비백산 달아났다.

"이겼지만 아쉽습니다. 좀 더 완전히 쳐부숴야 했는데……."

"무슨 소리요? 물론 실적이 약간 미미하긴 하나, 이번 전투야말로 우리 조선군이 육전에서 거둔 첫 승리가 아니오."

그랬다. 그것은 조선군이 왜군과의 육전에서 얻어 낸 최초의 승리였다. 적의 머리 70급(級)을 베었다. 그리하여 조선군에게는 적잖은 위안과 용기를 심어 주었던 것은 틀림없었다.

4월 30일 새벽은 조선의 앞날만큼이나 캄캄했다.

왕 일행이 어둠을 틈타 몰래 도성을 빠져나왔다. 있을 수 없는, 있어서는 아니 될 일이 일어난 것이다. 하지만 극비리에 행해진 그 일은 곧 알려지고 난민이 일어났다.

"임금이 제 혼자 살 거라고 백성을 버리고 도망을 치다니?"

"이 나라 역사에 이런 일이 또 있었던가?"

"이런 판국에 나라는 무슨 말라비틀어진 나라?"

양민이 폭도로 돌변했다. 땅도 하늘도 왕도 보이지 않았다.

"화가 나서 도저히 참을 수가 없다. 에라이!"

아무것도 보이지 않는 무리들보다 더 무섭고 두려운 존재가 또 있을까. 급기야 있을 수 없는, 있어서는 아니 될 일이 또 일어났다.

"가자! 가자!"

성난 백성들은 공사노복의 문적이 있는 장예원과 형조의 건물을 비롯하여, 경복궁과 창덕궁, 창경궁 등 궁궐에 방화와 약탈을 자행했다. 궁궐에 보관한 역대의 보배로운 그릇과 홍문관의 서적, 춘추관의 역대 실록 및 전조사초와 승정원일기 등이 회진 도난당했다. 어가가 도성을 떠나자 백성의 사기는 더욱 떨어지고 하삼도(下三道)는 무정부적 혼란 상태에 빠져들었다. 연을 띄워 올렸던 하늘에서 해와 달이 곤두박질할 것같이 불안해 보였다.

억수같이 퍼붓는 비를 고스란히 맞으며 혜음령 고개를 넘는 초라한 행렬이 있었다. 한양에서 벽제역을 거쳐 개성으로 가는 임금 행차였다. 실로 슬픈 장면이었다. 호종하는 자들은 유성룡과 이산해, 이항복 등 100여 명에 불과했다.

빗소리만 요란한 가운데 그들이 묵묵히 넘고 있는 혜음령에는 예로부터 전해져 오는 두 도적 이야기가 있었다. 욕심이 목구멍까지 찬 도적들이었다. 도적질을 한 장물들이 더 이상 숲에 숨기지 못할 정도로 불어나자, 두 도적은 서로를 죽여 혼자 독차지하고자 기회를 노렸다.

어느 날, 한 도적이 다른 도적을 죽일 요량으로 독이 든 술을 구하러 갔다. 남은 도적은 그가 돌아오면 단칼에 벨 작정으로 칼을 갈았다. 결국 독주를 갖고 오던 도적은 칼을 맞고 목이 달아났다. 그러자 칼을 든 도적은 그 많은 장물이 제 손에 들어왔다는 사실에 들뜬 나머지 무심결에 독이 든 술을 흥에 겨워 마시고 그 역시 죽고 말았다. 만족을 모르는 두 도적의 비참한 말로였다.

한편 거기서 그다지 머잖은 곳에는 김정국이란 사람이 은거했던 명봉산이 있었다. 기묘사화에 연루되어 삭탈관직당한 그는, '토란국과 보리밥을 넉넉히 먹고, 등 따스하게 넉넉히 잠자고, 맑은 샘물을 넉넉히 마시고, 서가에 가득한 책을 넉넉히 보고, 봄꽃과 가을 달빛을 넉넉히 감상하고, 새와 솔바람 소리를 넉넉히 듣고, 눈 속에 핀 매화와 서리 맞은 국화 향기를 넉넉히 맡는다. 그리고 이 일곱 가지를 넉넉히 즐기니 이것이 팔여다.' 라고 기록하였다. 그 명봉산의 팔여거사(八餘居士) 김정국은 훗날 다시 등용되어 당대에 칭송을 얻고 후대에 이름을 남겼다.

그 두 가지 이야기를 생각하며 이산해는 옆에서 흙탕물에 발을 적셔가며 같이 걷고 있는 유성룡과 이항복을 바라보았다. 그들 머릿속에도 도적들과 김정국이 떠오르고 있을 것이다. 상감도 마찬가지가 아닐까? 이산해는 몸뿐만 아니라 마음까지 빗물에 흠뻑 젖는 기분이었다.

이윽고 빗물에 먹을 감은 왕의 행차가 개성에 당도했을 때였다.

참으로 수치스럽고 어처구니없는 일을 겪었다. 어가를 향해 돌멩이가 날아들고, 욕설과 함께 비난하는 고함 소리가 높았다. 임금이 타는 수레지만 날아서 피할 수 있지 않은 이상 돌멩이와 비난을 고스란히 감내해야 할 형편이었다.

"전하! 이 고을 사민(士民)들이옵니다. 전하께옵서 이런 일을 당하시도록 만든 불충한 소신들을 벌하시옵소서!"

"죽여 주시옵소서!"

호종했던 신하들이 어가를 에워싸서 자기들 몸으로 왕을 보호하며 피맺히게 울부짖었다. 왕의 두 눈에 혜음령 고개에서 맞은 빗발보다도 굵고 진한 눈물이 흘러내렸다.

선조가 서천길에 오른 일은 조선 땅 곳곳에 숱한 악영향을 미쳤다. 전라순찰사 이광, 경상순찰사 김수, 충청순찰사 군국형은, 도성방위를 위해 군대를 이끌고 상경하던 중 그 소문을 들었다.

"허, 대명천지에 어떻게 이런 일이 일어날 수 있단 말이오?"

근왕병 3만을 이끌고 광교산에서 싸웠으나 패하기도 하는 이광이 말했다.

"큰일이오. 군사들 사기가 형편없이 땅에 떨어지고 있으니……."

저 유명한 남명 조식의 임종을 지켜보고 그의 유품인 칼을 받은 정인홍과 교분이 깊은 김수의 말에 군국형이 체념한 목소리로,

"어쩔 수 없소이다. 군대를 해산시키도록 합시다."

슬프고 원통한 노릇이었다. 큰 뜻을 품고 모인 의병이 흩어진 일은 또 있었을 것이다. 양반들 사이에서도 뜬소문이 일기 시작했다.

─나라는 반드시 망하고 만다.

조정에서는 급히 왕자들을 여러 곳에 파견하여 근왕병을 모집케 하고 명나라에 원병을 청했다. 일설에 의하면, 선조의 서자이지만 서열이 첫째여서 세자가 될 수 있음에도 성질이 난폭해 아우인 광해군에게 세자 자리를 빼앗기게 되는 임해군은 함경도로, 훗날 순화군의 군호까지 박탈당할 정도로 역시 평이 좋지 못했던 선조의 여섯 번째 아들인 순화군은 강원도로 떠났다. 아픈 역사였다. 특히 임해군의 장남인 일연은 가등청정에게 인질로 잡혀 두 살 위의 누이와 함께 일본으로 끌려가 다시는 고국 땅을 밟지 못할 줄은 뉘 알았으랴.

한편 침공군 총지휘관인 8번대 주장(主將) 우희다수가는, 5월 2일 부산에서 한성 점령의 보고를 받고 한성으로 북상하면서 호탕한 웃음과 함께 큰소리쳤다.

"으하하핫! 생각보다 너무 빨리 전쟁이 끝나겠구나. 이거야말로 모기를 보고 칼을 빼든 꼴 아니냐? 모기 피 정도의 피도 손에 못 묻히고 그

냥 귀국하는 거 아닌가?"

풍신수길의 신임이 굉장히 두터워 오대로(五大老)의 한 사람이 되지만, 관원 싸움에서 대패하여 팔장도(八丈島)에 무려 50년간 유폐되었다가 죽었다는 우희다수가. 한성에 입성할 때는 의기양양해도, 이듬해 행주 싸움에서 권율 장군에게 크게 패하여 부상을 입고 철군한다.

풍본에 대기 중인 9번대를 제외한 침공군이 모두 조선 땅에 들어왔고 대부분 한성에 집결했다. 그들은 10여 일을 머물면서 제장들이 북진계획을 의논했다. 우희다수가가 결정을 말했다.

"소서행장은 평안도로, 흑전장정은 황해도로, 가등청정은 함경도로, 도진의홍과 삼길성은 강원도로, 그 밖의 4진은 한성을 비롯한 후방 지역을 담당토록 하시오. 나는 한성을 지키겠소."

그런데 왜장들이 서둘러 거기 지휘본부를 빠져나갈 때였다. 우희다수가가 가등청정을 갑자기 불러 세웠다.

"가토 기요마사!"

"예."

"나 좀 보고 가시오."

"……."

순간, 가등청정 안색이 몹시 창백해졌다. 그는 우희다수가가 무슨 말을 하려는지 알고 있었다.

"언제쯤 사야가(沙也可) 그놈의 목을 구경할 수 있겠소?"

가등청정은 목을 움츠리며,

"조, 조금만 기다려 주시면……."

애매한 답변에 우희다수가는 벌컥 화를 냈다.

"다른 병사도 아니고 가토 장군 부대 선봉장으로 나선 자가 그런 반역을 저지르다니 말이나 되는 소리요?"

일본의 철포대장 사야가. 왜군들로서는 그 이름만 들먹여도 치를 떨 자였다.

"도대체 그놈이 대일본국을 배신한 연유가 뭐요?"

오카야마 성주인 아버지의 급사로 열한 살에 상속을 받은 우희다수 가였다.

"상세한 내막은 모르겠으나, 일본의 이번 조선 진출을 옳지 못한 침 공이라고……."

"뭐라? 그, 그런 발칙한 소리를……?"

가등청정 입에서는 갈수록 우희다수가를 흥분시키는 말이 나왔다.

"또한 조선 강산의 수려한 문물을 사랑한 나머지……."

"그만하시오! 그따위 소리는 더 듣고 싶지 않소."

우희다수가는 속이 부글부글 끓어오른다는 듯,

"그보다도 사야가 그놈이 조선 경상도병마절도사 박진이란 자에게 부하들을 이끌고 귀화했다는 소문이, 이미 우리 군사들 사이에도 파다 하게 퍼져 버렸으니 그게 더 큰 문제란 말이오."

그랬다. 조일전쟁 당시 조선에 귀화한 항왜(抗倭) 장수가 있었으니, 그 가 바로 귀화한 후에 자를 선지, 호는 모하당으로 지은 김충선이었다. 그는 동래성에 상륙한 다음 날, 박진에게 강화서를 보내면서 말했다. 조 선의 예의문물과 의관 풍속을 아름답게 여겨, 예의의 나라에서 조선 임금 의 은혜를 받는 백성이 되고자 할 따름이라고.

영천성 전투에서 의병장 권응수, 조희익과 더불어 빼앗긴 성을 다시 찾 기도 하고, 대규모 왜군이 머무르고 있던 경주성을 점령하여 경상좌도에 들어와 있던 왜군에게 큰 타격을 입힌 박진이었다.

왜군은 몰랐다. 사야가는 통제사 이순신, 홍의장군 곽재우 등과도 통의하여, 그네들 주무기인 조총 사용법과 화약 제조법을, 그의 군관 김계수, 김계충 등을 통해 조선군 각 진영에 보급시킬 줄은.

조일전쟁 이후에 나타나 있는 그의 행적도 흥미롭다. 야인들의 침범이 빈번해지자 변방 방어를 자청하였고, 10년간 북방 변경 수비를 한 공적을 인정받아 전헌대부가 되기도 했다. 인조 때 일어난 이괄의 난 때에는 이괄의 부장 서아지를 포참한 공으로 사패지를 받았지만 사양했다는 기록도 있다. 그는 병자호란이 일어나자 소명을 받지도 않고 광주 쌍령에 나가 싸워 청나라 병사 500여 명을 베었으나, 화의가 성립되었다는 말을 듣고 대성통곡하며 대구의 녹리로 돌아갔다는 것이다.

그는 일본에서 조선으로 오기까지의 심회와 투항, 조일전쟁의 경험, 향수와 한탄의 감정을 담은 〈모하당술회록〉을 남기는데, 그 작품은 귀화인이 국어로 창작했다는 점에서 특기할 만한 의의와 가치를 가진다.

사야가, 김충선이란 이름은, 그 후 한국과 일본 교과서에 동시에 오르게 된다. 진주목사 장춘점의 딸과 결혼하여 제2 김해김씨의 시조가 되니, 지금은 그 후손들이 경북 달성군 가창면 우록동에 뿌리를 내리고 살고 있다고 한다.

이름 그대로 보배 진주 같은 진주성.

조운과 성 위 다락에 나란히 오른 시민은 아까부터 고을의 북쪽을 바라보고 있었다. 조운의 눈길도 자연히 같은 방향을 향했다. 거기 멀리로 도읍터의 운수 기운이 매였다는 비봉산이 보였다.

그 산의 서편 자락 가마못 안쪽에 자리 잡은 그의 동네도 그렇지만, 조운의 마음에는 그보다도 더 저 뒤편 분지에 있는 비차 제작장이 강하게 그려졌다. 입구 쪽만 약간 제외하고 나머지 세 면은 야트막한 능선으로 둘러싸여 외부에서는 잘 들여다보이지 않는 비밀 장소로서 아주 적격인 명당자리가 아닐 수 없었다.

'저곳이 아니면 내가 작업할 장소가 마땅찮아 어려움이 많을 거야.'

조운과 둘님의 식구들 말고는 지금 그곳에서 소위 비차라고 하는 '나는 수레'를 만들고 있다는 사실을 아는 이가 드물었다. 간혹 거기를 지나는 사람이 있다고 하더라도 그냥 예사로 보아 넘길 것이었다. 그만큼 마른 짚이나 가마니 등으로 덮어서 가려 놓았고, 설혹 노출되어 있는 것들도 대나무나 무명천, 마끈 등속으로, 그다지 사람 눈길을 잡아끌 만한 재료들이 아니었던 것이다. 말하자면 비차의 재료들은 어디서나 쉽게 볼 수 있고 구할 수 있는 아주 흔한 것들이었다.

'다행한 일이야. 그것마저 어렵다면……'

그러나 단 한 사람, 바늘이나 송곳 끝처럼 잔뜩 신경을 쓰이게 하는 이가 있었으니 바로 저 광녀 도원이었다. 비차 제작장을 알고 있는 유일한 사람이라고나 할까, 하여튼 조운과 얽힌 그 헛소문이 아니더라도 여간 경계하고 단속하지 않으면 안 될 여자였다. 무엇보다 둘님을 다른 사람으로 만들어 버렸고, 지금도 여전히 조운을 향한 원초적인 성애로 접근해 오고 있는 위험한 시한폭탄과도 같은 존재였다.

조운이 보기에 시민은 약간 벙벙한 표정이었다. 그랬다. 사실 시민으로선 알 수 없는 일이 있었다. 그 지역에는 비봉산보다 높은 망진산도 있고, 비봉산보다 넓은 선학산도 있었다. 한데도 여기 사람들은 왜 비봉산을 이 고을의 상징적인 산으로 보는 것일까. 그곳에서 날아가 버렸다는 봉황새에 대한 미련이나 기대감 탓인지도 모르겠다.

"저 비봉산은 언제 어디서 봐도 의젓해 보이지 않소?"

"예, 그렇습니다."

"그대가 언젠가 본관에게 말했던 것처럼, 저 산 이름부터 본래대로 봉산으로 부르면 좋겠다는 생각이 드오."

시민의 말에 조운이 비봉산과 저편 대룡골 사이의 못 쪽을 가리켰다.

"저 못도 가마못이 아니고 원래 이름대로 서봉지(棲鳳池)가 되어야 할 것입니다."

"서봉지라고 했소?"

"예, 참 좋은 이름이었는데 없어져 버렸으니……."

조운의 심정이 한없이 막막했다. 흘러가 버린 물처럼 다시는 되돌릴 수 없는 과거. 비차는 날아가 버린 봉황새처럼 영영 붙들지 못할 새인가?

"봉황이 서식하고 있는 못이라……."

시민의 혼잣말을 듣던 조운 머리에 가마못에 얽힌 또 다른 설화가 떠올랐다.

어떤 노인이 못 둑에 앉아 담배를 피우며 고기를 잡고 있었는데, 저편에서 담배 연기 같은 것을 내뿜으며 커다란 구렁이가 모습을 드러내자, 노인은 봉곡리 타작마당까지 달아났지만 구렁이는 계속 따라왔고, 마침 타작하던 사람들이 도리깨로 구렁이를 때려 죽였는데 그날 밤 모두의 꿈에 구렁이가 나타나서는, 너희가 나를 죽여 황천으로 갈 수 있도록 해주어 정말 고맙다는 말을 하였다.

두 사람 대화는 쉬지 않고 흐르는 남강같이 이어졌다.

"태조 이성계가 무학대사를 시켜 우리 고을 지맥을 많이 끊어 버렸다고 합니다."

"어찌 그럴 수가?"

"그러게 말씀입니다. 없는 것도 새로 만들어야 할 텐데……."

그 지맥을 다시 연결시켜 주면 땅의 길에서 하늘의 길까지가 이어져 비차가 날아오를 수 있지 않을까? 소나무 바퀴를 참나무 바퀴로 바꿔 달아봐야지. 지난번에는 솜뭉치를 너무 많이 집어넣어 만든 바람에 비차 머리가 무거워진 것은 아닐는지 몰라.

조운은 시민과 이야기를 나누는 도중에도 또 병적인 혼자만의 상념에 젖었다.

가장 큰 문제는 역시 날아오르게 하는 장치야. 이제 대나무 몸체는 그만하면 부족할 게 없을 것 같고, 무명천과 화선지 날개가 바람에 쉽게 찢어지지 않도록 좀 더 튼튼하게 만들 필요가 있을 거야. 마끈은 어디서 더 구하지?

그때 들려온 시민의 말이 조운의 정신을 돌려놓았다.

"예전에는 지금 옥봉리에 있는 향교뿐만 아니라, 저 비봉루 옆에도 향교가 있었다고 들었는데?"

조운은 비봉산 남쪽 자락에 있는 비봉루 쪽을 바라보며,

"예. 하지만 조선을 뒤엎을 역적이 나올 명당자리라고……."

시민은 실망감과 분노가 뒤섞인 목소리로,

"허, 봉황새도 날아가고 향교도 없어져 버리고……."

조운은 신분 차이에도 불구하고 시민에게는 무슨 말이라도 할 수 있고 시민도 모두 받아 줄 것 같았다.

"사람을 키워야 하는데, 그게 제일 아쉽습니다."

"사람이지. 그러면 이 고을에 남아 있을 게 뭐가 될꼬?"

조운은 잠자코 있었다. 시민은 착잡한 심정으로 생각했다.

'어쨌든 봉황새는 어디까지나 상상 속의 새가 아닌가? 우리 인간은 현실을 헤쳐 가며 살아야 하고…….'

시민은 개인의 생사와 조정의 존폐가 달린 왜군과의 한바탕 싸움을 코앞에 둔 현실을 마음속에 다지며, 자신이 알고 있는 봉황새를 머릿속에 그려 가기 시작했다. 머리는 뱀, 턱은 제비, 등은 거북, 꼬리는 물고기, 깃에는 오색 무늬……

그러자 관아 연회 때 관기들이 영산회상에 맞추어 추던 봉황무가 떠올랐다. 조정과 백성이 다 같이 즐거워하던 그런 시절이 우리에게도 있었다. 하지만 얼마 안 가 이 고을도 피를 부르는 대격전이 시작될 것이고, 지금의 상황과 각오대로라면 그것은 가장 치열하고 비극적인 전투로 역사에 기록될 것이다. 어쩌면 단 한 사람도 살아남지 못할지도 모른다. 그 자신은 벌써부터 이곳을 무덤으로 정해 놓았지만.

'조운 저 사람도 그것을 완성시키지도 못하고 왜적의 총칼에 죽게 되겠지. 조선 최초의 비행기구로 전해질 그것을……'

시민은 뚜렷한 형체가 그려지지 않는 '나는 수레'를 상상하며,

"상감께옵서 차마 망극한 그런 일을 당하셨다니, 들리는 소식들이 왜 하나같이 이리도 나쁜지 모르겠소."

"좋은 소식이 들릴 날도 있을 것이라고 봅니다."

조운의 말에 시민은 고개를 끄덕이면서도 표정은 여전히 어두웠다.

"노을은 저리도 아름답건만……"

가마못보다 서녘으로 비켜난 하늘가로 낙조가 붉었다. 전쟁이 몰아올 피 냄새가 벌써 하늘을 핥아 대고 있는가.

어쩌면 우리 집에서 둘님이 아궁이에 군불을 지피고 있을지도 모른다는 생각과 함께, 조운은 광녀의 붉은 웃음소리와 울음소리가 들려오는 듯하여 저절로 몸서리가 쳐졌다.

오타아의 등롱

조선의 현실은 조운이 꿈꾸는 따뜻한 아궁이와는 달리 춥기만 했다.

한강에서 후퇴한 도원수 김명원은, 한응인, 이양원 등과 임진강에 방어선을 구축했다. '더덜나루', '더덜매', '이진매'라는 여러 이름을 가진 임진강. 상류에는 조운이 비차 바퀴 재료로 쓰려고 하는 소나무와 참나무 등의 숲이 울창한 그곳은, 고구려와 백제, 신라의 국경으로 격전이 벌어지기도 했으니 비운의 강이라고 할 만하였다.

지금 그곳에 모인 장수들 표정이 그때까지 살아온 것과는 다르게 모두 어둡고 굳었다. 승진이 너무 빠르다고 논박하는 언관(言官)들에게 선조가 이르기를, 장차 절도사를 삼을 사람이니 바꿀 수가 없다고 한 김명원. 임금이 서쪽으로 피난을 가자 상복 차림으로 전쟁에 임하기도 하는 그는, 장수인 것도 같고 정승인 것도 같다는 평을 받는다.

한응인은 유교칠신의 한 사람으로 선조에게서 영창대군 보호를 부탁받기도 한 인물로서, 정여립의 모반사건을 고하여 관직이 더 오르기도 한다. 이양원은 명나라의 〈태조실록〉과 〈대명회전〉에 이성계의 아버지가 고려의 이인임으로 잘못 기재된 것을 바로잡은 공으로 높은 벼슬을 얻었다.

김명원 부대에는 조선군 중에서 정예병으로 알려져 있는 평안도 사병들까지 동원되었다. 서북면 국경 수비를 주임무로 하고, 함경도 지방의 6진제와 함께 다른 지방군과는 특이한 성격을 가진 평안도 사병은, 무너진 조선군의 사기를 크게 높였다.

"우리가 강을 건너 역습합시다."

"예? 방어도 어려운 이런 판에……?"

"왜적은 우리가 선제공격을 할 줄은 전혀 짐작하지 못할 것이오."

"그래도 워낙 병력의 차이가……."

"지난번 한강에서의 치욕을 깨끗이 씻을 절호의 기회요."

김명원의 제안에 다른 사람들은 반신반의했다.

"어설프게 공격하는 것보다는 수비로 나가는 게 안전하지 않겠습니까?"

"그게 더 좋겠습니다."

그러나 김명원은 고집을 꺾지 않았다.

"이번만 내 뜻대로 합시다."

"……."

도강 역습이 시작되었다. 그런데 왜군은 미리 알고 기다렸던 모양이었다. 아군의 선봉대가 여지없이 무너지고 있었다.

"아, 적의 유인작전에 빠졌다아!"

"더 나아가지 말고 어서 후퇴하라!"

섣부른 역습이 얼마나 어리석은가를 여실히 보여 준 전투였다. 방어사 신할과 조방장 유극량이 목숨을 잃었다.

도순변사 신립의 동생인 신할. 어머니가 재상 홍섬의 노비였던 유극량.

어려서 아버지를 여의고 무예를 닦아 무과에 급제한 입지전적인 인물인 유극량은 어느 날 어머니로부터 이런 이야기를 듣는다.

"나는 어느 집안의 여종이었는데, 어려서 잘못하여 그 집 옥배를 깨뜨리고 도망쳐 나와 네 아버지를 만나 너를 낳았다."

그러자 유극량은 어머니가 노비로 있던 재상 홍섬의 집을 찾아가 죄를 진술하고 종으로 삼아 줄 것을 고하니, 그 장한 태도에 감복한 홍섬이 그를 조정에까지 이끌어 준 것이다. 그날 백발을 흩날리며 강을 건너가 왜군 여러 명을 죽이고 전사하는 그의 모습을 지켜본 군사들은 하나같이 눈물을 흘렸다.

궤산된 수비군 일부를 겨우 수습해 평양으로 돌아오면서 김명원은 가슴을 쳤다. 그의 심정은 날개 찢긴 나비와도 같았다. 아니, 들녘에는 나비 한 마리 보이지 않았다. 꽃잎들이 말발굽에 짓밟힌 탓이리라.

소서행장과 가등청정이 이끄는 왜군은 강을 건너 개성을 점령했다.

주변이 구릉으로 둘러싸인, 송도라고도 불리던 고려의 수도였던 개성. 거란족의 침공에 대비하여 구릉지에 토루를 쌓고 나성(羅城)이라 하였던, 만월대에 왕궁이 있던 곳. 동쪽에는 고려말 충신 정몽주와 연관된 송양서원과 저 유명한 선죽교(善竹橋)가 자리한 곳. 바로 그곳이 섬나라 오랑캐들의 말발굽에 짓밟히고 만 것이다.

왜군은 게걸스러운 돼지 무리 같았다. 개성을 손에 넣은 지 며칠도 지나지 않은 6월 초하룻날 개성을 출발, 북상을 계속했고, 소서행장이 대동강까지 다다른 것은 그달 13일이었으니, 참으로 파죽지세의 연속이었다.

"우리가 처해 있는 현실을 그대로 알리시오. 그러면 설마……"

"예, 전하. 소신, 어명을 받들어 반드시 성공하고 돌아오겠사옵니다."

선조는 명나라에 이덕형을 보내 원병을 청했다. 오성 이항복과의 기발한 장난과 절친한 우정에서 비롯된 재미있는 일화를 숱하게 남기는 한음 이덕형. 조선 역사상 가장 젊은 나이에 대제학에 오른 귀재였다.

저 〈토정비결〉로 유명한 이지함이 그의 인물됨을 알아보고 조카인 이산해에게 사윗감으로 추천하여, 이산해의 딸인 한산 이씨와 혼인했다. 그 한산 이씨는 조일전쟁 중에 왜적에게 쫓기다가 절벽에서 스스로 몸을 날려 자살하는 비운의 여인이다.

"허, 이런!"

명나라에 닿은 이덕형은 난감했다. 당시 신종이 다스리던 명나라는 기강이 아주 문란했다. 더욱이 감숙성 영하에서 전 부총병 발배가 반란을 일으켜, 총병관 이여송이 토벌코자 출병 중이어서 조선에 원병을 보낼 처지가 못 되었다. 명나라를 멸망하게 만든 세 가지가 있으니, 조일전쟁과 양응룡의 난, 그리고 또 한 가지가 발배의 난이라는 말이 있을 정도로 명나라에 치명적이었던 그 난이 벌어진 상황이었으니 당연하기도 했다.

"아, 어쩐단 말이냐?"

이덕형은 하늘이 놀놀하고 땅이 새까맸다. 돌아가서 상감을 무슨 낯으로 알현할 것이며, 조선 백성을 어떻게 할 것인가.

"내 차라리 여기에 내 무덤을……"

그런데 사람이 죽으란 법은 없다더니, 다행히 병부상서 석성이 출병을 강하게 주장하여, 요동순무 도걸에게 명하여 선발부대에 뒤이어 요동의 병사 5천 명을 움직였다. 그러고는 일찍이 북경에서 전공을 세운 요동부총장 조승훈으로 하여금 이를 거느리게 하고, 좌참장 곽몽진, 우참장

대조변, 유격 사유 등과 합세하여 조선을 도우도록 했다.

석성이 조선에 명나라군 파병을 강력히 주장한 것과 관련해 전해지는 일화가 있다. 그것은 국적을 초월한 아름다운 하나의 동화와도 같았다.

석성에게는 전 부인 정씨에 이어 류씨 부인이 있었는데, 그 류씨 부인과 조선 사람 홍순언 사이에는 어떤 인연이 있었다. 당시 역관이었던 홍순언이 북경에 갔을 때였다. 통주의 청루(靑樓)에서 젊고 기품 있는 소복 차림의 한 여인을 만났다. 홍순언이 몸을 파는 그 천한 기생에게 물었다.

"소복을 한 연유가 무엇이오?"

기생이 대답했다.

"이 몸의 부모는 원래 절강 사람으로, 아버지가 남경에서 호부시랑 벼슬을 하다가 병에 걸렸는데, 어머니마저 전염되어 부모가 모두 세상을 뜨고 말았습니다. 하오나 집이 워낙 가난하여 장례를 치르지 못해 이몸을 팔아 그 돈으로 장례를 치르고자 합니다."

홍순언이 말했다.

"참으로 갸륵한 일이오. 삼백금을 줄 터이니 장사를 치르도록 하오."

여인이 감격하여 눈물을 뿌리며 말했다.

"이 몸을 드리오니, 하시고 싶은 대로 하십시오."

그러나 홍순언은 잠자코 고개를 저으며,

"어서 가서 장사나 치르도록 하시오."

하고는 자리에서 일어서는 것이었다. 그러자 여인은 얼른 홍순언의 옷자락을 붙들며 간곡하게 청했다.

"그러면 존함이라도……."

"홍순언이라 하오이다."

그게 끝이었다. 그로부터 몇 해가 흘렀다. 선조는 잘못 기록된 역사서를 바로잡기 위해 열 번이나 중국으로 보낸 사신들이 모두 실패하자 진노했다.

"이번에도 고치지 못하고 오면 살 생각을 말라."

그러니 역관들이 다투어 서로 가지 않으려고 한 건 당연했다. 이에 당시 공금유용이란 죄목으로 옥에 갇혀 있던 홍순언을 보내기로 결정하고, 사신 황정욱을 따라 통역관으로 가게 했다.

일찍이 그의 할아버지가, '이 아이는 기개와 도량이 범상치 않으니 나중에 반드시 나라를 다스릴 만한 기량이 있는 사람이 될 것이다.'라고 예언했던 황정욱. 그는 또한 기대승이 문하생들에게 이르기를, '오늘날 우리들 가운데 학문을 강론하는 실력이 정밀하기로는 황정욱만 한 자가 없으니, 너희가 나중에 서울에 들어가 스승을 구하게 되면 바로 그 사람이다.'는 말로 극찬한 인물이기도 했다.

어쨌거나 모두가 꺼려하였던 길이었다. 그런데 어떻게 알았는지 예부시랑 벼슬에 있던 석성과 류씨 부인이 몸종 10여 명의 호위를 받으며 나타났다. 그러고는 보은배를 하며 홍순언을 반갑게 맞이하였다.

"이승에서는 그 은혜를 갚지 못할 줄 알았는데……."

"아, 그게 언젯적 일인데 아직도 잊지 않으시고……."

그리하여 석성의 도움으로 200년간 잘못 기록된 역사를 바로잡았을 뿐만 아니라 명의 원군 파병까지 가능했던 것이다. 참으로 묘한 인연이 아닐 수 없었다.

그러나 전세는 갈수록 조선에게 불리하기만 했다. 결국 선조는 윤두수를 유수대장으로 삼아, 김명원과 이원익 등을 지휘해 평양을 방어케 하고, 자신은 평양을 떠나 의주로 피신하기에 이르렀다.

윤두수는 세수하고 머리를 빗질한 후에 관대를 갖추고 하루 종일 엄연한 자세로 앉아 있어 사람들이 그의 나태한 모습을 보지 못했던 것으로 알려져 있다. 그의 부음 소식이 전해지자 사대부들은 물론 항간에서도 어진 정승이 죽었다고 슬퍼하였다.

정여립의 난을 수습한 공으로 경림군에 봉해졌던 김명원은, 몇 해 전에 왜구가 녹도를 함락하자 도순찰사가 되어 물리치기도 했으며, 원병으로 온 명나라 장수들의 자문에 응하기도 하는 등, 유학과 병서, 궁마에 능했던 인물이다.

이조판서로서 평안도 도순찰사 직무를 띠고 선조의 피난길을 호종했던 이원익. 그는 서민적인 인품으로 문장이 뛰어났으며 오리정승(梧里政丞)으로 더 많이 알려져 있었다. 여든일곱 살까지 장수했던 까닭에 조일전쟁, 인조반정, 정묘호란 등 조선 중기 중요한 사건들을 모두 겪었던 그. 병사들이 1년에 4회 입번(入番, 당번이 되어 근무처에 들어감)하던 것을 6번으로 고쳐 근무 기간을 넉 달에서 두 달로 줄였고, 또한 양잠을 확산시켜 사람들로부터 '이공상(李公桑)'이라고 불리기도 했다.

그런데 평양 수성군 중 고언백 등이 지휘하는 정병 400명이 능라도에서 대안의 왜진을 기습한 게 화근이었다. 능라도, 그곳이 어디인가.

능수버들이 대동강 물결 위에 비단을 풀어 놓은 듯이 아름답다고 하여 붙여진 이름, 능라도였다. 그곳에서 바라보는 금수산 벼랑 위의 부벽루와 영명사, 을밀대의 경치는 얼마나 뛰어났는가. 산벚나무와 전나무가 천연기념물로 삼을 만하고, 남쪽 금릉동굴은 또 그 신비함이 예사롭지 않았다. 바로 그런 곳에 치욕의 역사가 기록되어야 했으니.

교동향리로 근무하다가 무과에 급제하여 당시 영원군수로 있다가 대동강 방어에 나온 고언백. 그는 대동강 전투에서는 패했지만 그해 9월 왜군을 산간으로 유인하여 62명의 목을 베는 전과를 올린다. 하지만 10

여 년이 흐른 뒤 광해군이 임해군을 제거할 때 그의 심복이라 하여 같이 살해되는 운명이 되고 만다.

조선군은 왜군에게 패하고 대동강의 한 여물목인 왕성탄 얕은 물을 건너 돌아왔다. 그 광경을 지켜본 왜군은 회심의 미소를 지었다.

"수심이 저렇게 얕은 줄 몰랐구나."

"당장 오늘 저녁에 저 강을 건너 성을 공격하자."

군사 수로 보나 무기로 보나 왜군의 공성을 막기는 역부족이었다. 그대로 두었다가는 전멸할 것 같았다. 윤두수와 김명원 등은 눈물을 머금고 명했다.

"병기를 연못에 버리고 퇴각하라!"

군인에게 생명과도 같은 무기를 스스로 포기하면서 조선군은 피눈물을 평평 내쏟았다. 지난날 시민이 사직서를 써 가면서까지 병조판서에게 보수를 간언했던 군기였다.

성내 조선군이 물러난 것을 확인한 소서행장, 흑전장정, 종의지 등이 모두 입성했다. 조일전쟁 당시 왜군 제3군을 이끌고 침공한 흑전장정은, 정유재란 때에도 소서행장, 가등청정 등과 함께 조선으로 또 쳐들어오지만 실패하고 돌아간다. 풍신수길이 죽은 후에는 덕천가강에게 충성을 다하는 기회주의자이다.

그런데 소서행장은 뜻밖에도 조선 여자아이 하나를 데리고 있었다. 그는 의아해하는 사위 종의지에게 말하였다.

"전쟁고아다."

"그런 아이를 왜⋯⋯?"

소서행장은 그 소녀의 머리를 매만지며 대답했다.

"본국으로 돌아갈 때 데리고 갈 생각이야."

종의지는 더욱 황당해하는 눈빛으로,

"예에? 그 아이를 우리 일본으로 데리고 가신다고요?"

소서행장은 자기를 올려다보고 있는 조선 소녀의 까만 눈망울을 들여다보며 이미 결심을 굳힌 듯 그렇다고 짧게 말했다. 종의지는 장인 눈치를 살피며 조심스럽게 입을 열었다.

"마음만 잡수신다면 저애보다 더 성숙한 조선 처녀들도 많은데……."

"뭐라고?"

소서행장이 홀연 웃음을 터뜨렸다. 조선 소녀가 소서행장을 물끄러미 쳐다보았다. 숫제 포기한 건지 아니면 부모형제를 모두 잃은 충격으로 넋이 나가 버린 탓인지, 얼핏 아무 생각도 없어 보이는 백치 같은 모습이었지만, 자세히 보면 미모가 돋보이는 소녀였다.

"얼굴도 예쁘고 영리해 보이기는 합니다만……."

종의지는 계속 말꼬리를 흐렸다. 소서행장은 기대 섞인 말투로,

"자네 눈에는 어떤가?"

종의지는 경멸의 빛이 드러나지 않게 조심하면서,

"무얼 말씀입니까?"

소서행장은 동의를 구하듯,

"내가 보기에는 양반집 규수 같은데 말이야."

"그, 글쎄요. 그보다도 누가 납치를……?"

종의지 말에 소서행장이 벌컥 화를 내었다.

"그게 뭐가 중요해? 우리 본국의 내전에서도 이런 경우는 많잖아."

"그, 그렇긴 합니다만……."

종의지는 떨떠름한 빛을 지우지 못했다. 혹시 천주교도 영주이며 기리시탄(기독교인) 다이묘(大名)라고 불리는 장인이 변태가 아닌가 여기는 눈치

였다. 그러자 소서행장도 그런 낌새를 챈 듯,

"엉뚱한 상상일랑 하지 마시게. 양녀로 삼을 생각이니까."

하지만 종의지는 더 경악하는 모습이었다.

"조, 조선 여자아이를 양녀로 삼으신다고요?"

소서행장은 꼬부장한 눈으로 상대를 째려보듯 하며,

"왜? 그러면 안 된다는 게 가톨릭 교리에라도 있는가?"

종의지는 더 이상 그 일에는 끼어들고 싶지 않다는 듯,

"천애 고아를 돌보겠다면 하느님께서는 더 흡족해하시겠지만……."

소서행장은 비로소 기분이 좀 풀린다는 듯,

"그러면 된 거지 뭐."

하지만 정작 당사자인 그 조선 소녀는 여전히 무표정해 보였다. 물론 일본말을 몰라 그들이 주고받는 이야기 내용을 알지 못하는 탓도 있겠지만, 어쩌면 극도의 공포와 경계심에 싸여 아무것도 생각할 수 없는 지경에까지 이른 때문인지도 모른다. 어느 누구라도 그 소녀와 같은 처지가 되면 마찬가지일 것이다. 그리하여 코앞의 일도 깜깜할 그 어린 소녀가 앞으로 닥쳐올 파란만장한 자기 운명을 어찌 내다볼 수 있었으랴.

그 소녀가 바로 훗날 바다 건너 낯선 이국땅에서 '줄리아'라는 천주교회 세례명과 '오타아'라는 일본 이름으로 살아가게 되는 소서행장의 양녀였던 것이다. 전쟁이 낳은 비운과 굴곡의 여인 줄리아 오타아.

오타아가 언제 태어나서 언제 죽었는지는 분명치 않다. 실명(實名)이 무엇인지, 어떤 집안 출신인지, 부모가 어떻게 죽었는지, 그 어떤 것도 알려진 것은 없다. 하긴 그게 전쟁고아들의 비극과 참상이 아니겠는가.

그에 비해 오타아의 일본에서의 생애는 상당히 많이 전해지고 있는 편이다. 소서행장의 아내로부터 극진한 교육을 받기도 한 오타아는 약초

에 조예가 깊었다는 이야기가 있다. 아주 뛰어난 미모와 재능을 가진 오타아의 삶이 또 한 번 회오리에 휩싸인 것은, 그녀의 양부인 소서행장이 서군으로 참전한 세키가하라 전투에서 패배하여 참수당한 후부터였다. 덕천가강이 슨푸 성의 대전으로 불러 총애를 쏟기 시작한 것이다. 그런 가운데 오타아는 기도와 성서 공부를 하며 신앙을 전파하였다.

그러나 막부의 기독교 탄압이 심해지면서 오타아는 또다시 중요한 갈림길에 서게 된다. 배교의 거부, 그리고 정식 측실이 되라는 덕천가강의 권유가 그것이었다. 결국 오타아는 그 모든 것을 거절하고 그곳에서 쫓겨나 여러 섬에서 유배 생활을 하였다. 그러는 와중에 수청을 들면 죄를 사해 주겠다는 덕천가강의 제안을 또 받지만 이번에도 받아들이지 않고, 동료 시녀들인 클라라, 루치아 등과 더불어 수도 생활에 전념하다가 여생을 귀양지에서 보내게 된다.

오타아가 살았던 슨푸 시대에는 일본식 조명등인 등롱(燈籠)을 만들어 명상을 했다고 하는데, 일본인들은 그 당시 오타아가 사용하던 등롱을 가리켜 기리시탄 등롱이라고 부르며, 지금은 시즈오카 시에 있는 정토종계 사찰인 보대원에 보관하고 있다고 한다.

소서행장이 중화에 축성을 하기 위해 병력을 그곳으로 많이 기울이고 있다는 보고를 명나라 조승훈이 받은 것은 의주에 이르렀을 때였다. 그곳은 경덕왕 때 관문을 쌓아올려 북방경계가 된 지역이었다.

부총병 조승훈은 즉시 남진하여 풍우가 심한 야음을 틈타 평양성을 공격했다. 왜군은 갈팡질팡했고 성이 금방 공략될 것같이 보였다. 그러나 캄캄한 데다가 눈마저 뜰 수 없게 하는 너무나 심한 비바람에 공격군은 주춤했다. 물론 그 나쁜 기상 조건은 수비군도 괴롭히긴 마찬가지였다.

"안 되겠다. 잠시 공성을 멈추게 하라. 이런 악천후 속에서 계속 전진한다는 건 무모한 짓이다."

부하들이 같은 생각이라는 듯,

"잘 판단하셨습니다."

줄기차게 내리퍼붓는 굵고 검은 장대비를 보며, 조승훈은 왜군도 모두 손에서 무기를 놓고 비가 그치기만을 기다리고 있을 거라고 판단했다. 그런 상황에서는 전투는커녕 가만히 앉아 있는 것도 힘들 판이었다.

하지만 아니었다. 왜군은 허를 찔러 기습을 해 왔고, 대조번과 사유가 전사하였다. 칠흑 같은 어둠 속에 들리는 빗소리는 왜군의 함성 소리 같았다. 당황한 조승훈은 부랴부랴 퇴각 명령을 내렸다. 명의 제1차 구원병은 장맛비에 돌담 내려앉듯 그렇게 어이없이 무너져 버렸다. 비가 원수였다.

가등청정이 영흥에 닿았을 때였다. 영흥평야의 중심지로서 양잠과 축우가 발달했고 예로부터 명주로 유명한 곳이었는데, 거기서 근왕병을 모집하러 갔던 임해군과 순화군이 모두 함경도에 피신해 있다는 정보를 입수했다. 그는 걸신이 들린 아귀같이 막 서두르기 시작했다.

"잘 들어라. 과도직무는 이곳을 지켜라. 나는 북상을 계속할 터이니, 상량뢰방은 지체 없이 내 뒤를 따르라."

나중에 일본으로 돌아가서 사가성을 쌓아 비전국 나베시마번의 기초를 닦은 것으로 알려져 있는 과도직무. 그자는 조일전쟁과 정유재란의 두 번에 걸친 조선 침공을 통해 이삼평(李參平)을 비롯한 조선 도공들을 많이 잡아가 아리타(有田)를 도자기의 명산지로 만든 장본인이다. 이순신의 수군과도 싸우게 되는 과도직무의 무용담이 세상에 널리 알려진 것은 저 일본에서의 금산합전에서였다. 6만여 명의 오토모 대군을 맞아 사가성이 함락될 위기에 처했을 때, 직접 700여 기(騎)를 거느리고 상대 본진을 야습하여 노부사다의 목을 베고 사가성을 지켜 낸 것이다.

상량뢰방은 과도직무보다는 한참 못했다. 그는 자기보다도 강한 자의 압박을 받으면 항복해 버렸으며, 결국에는 그의 명령을 좇아 싸우다가 상대의 기습을 받아 죽고 마는 인물이다.

한편 북병사 한극성은 육진의 병사들을 직접 이끌고 해정청에서 가등청정의 군대를 가로막았다. 그는 부하들에게 자신 있게 말했다.

"저놈들은 우리 기사(騎射)를 결코 당해 내지 못할 것이다."

말을 타고 달리면서 활을 쏘는 기사는 북병의 특장이었다. 그렇지만 말이나 화살보다 빠른 총탄 앞에서는 맥을 못 췄다.

조선군은 무너지고 가등청정은 곧바로 회령을 향해 내달렸다. 그곳 해안에는 포영이 있어 수군만호가 관할하였고 왜구 침입을 막기 위한 황보성이 있었다. 고구려 패망 후 발해 영토였다가 여진족이 차지하기도 한 회령은, 두만강을 경계로 중국 관서지방과 마주한, 한성에서 멀고도 굴곡 많은 고장이었다.

그즈음 두 왕자는 마천령을 넘어 회령에서 수개월을 머물러 있었다.

높은 영(嶺)이 구름과 맞닿은 듯하다 하여 이름 붙은 마천령. 그 험한 등성이를 넘어갈 적에, 영마루의 박달나무와 신갈나무, 잎갈나무 등도 바람에 울부짖는 소리를 내었다. 그나마 조금 의연한 것은 그 약간 아래 무성하게 자라는 소나무들이었다고나 할까.

그 고개를 이판령(伊板嶺)이라고도 하는데, 이판이란 '소'를 뜻하는 여진어로서 그렇게 부르게 된 데에는 전설 하나가 있다.

재 밑에 사는 어떤 농부가 산 너머 마을에 송아지를 팔았다. 그런데 어미 소가 새끼를 찾아 재를 넘어갔다. 그래서 주인이 어미 소 발자국을 따라 찾아 나섰고, 사람들은 소가 처음으로 길을 낸 고개라고 하여 이 판령이라 하였다는.

그 전설은 어쩌면 위험하고도 먼 길을 떠나보낸 자식들을 찾아 나서고 싶은 어머니 공빈 김씨와 순빈 김씨의 애틋한 심경을 그대로 드러내 주는 것인지도 모른다. 그렇다면 두 왕자는 그 고갯길에 무엇을 처음으로 내었다고 할 수 있을는지. 어쨌든 새로운 전설 하나가 더 만들어질 수도 있을 슬프고도 가슴 아픈 역사가 아닐 수 없었다.

그런데 더욱 애통하게도 왕자들은 천인공노할 반역자가 그들 바로 곁에 있다는 것을 까마득히 몰랐다. 국경인이란 자였다. 그는 전주에 살다가 죄를 지어 그곳에 유배되었다. 그 후 회령부 아전이 되어 부를 쌓았으나 조정에 대해 깊은 원한을 품었다. 그런 그가 숙부인 세필, 명천의 아전인 정말수 등과 함께 백성을 선동하여 반란을 일으킨 것이다.

"임해군과 순화군은 순순히 나와 포박을 받으시오!"

청천벽력 같은 소리를 듣고 나온 두 왕자는 하늘을 우러러 탄식했다. 나라의 녹을 먹던 자가 달려들어 결박을 하고는 어디론가 끌고 가는 것이다. 그동안 길고 힘든 도피 생활에 지쳐 버린 왕자들은 저항할 엄두도 내지 못했다.

"이놈들! 대체 우리를 어떻게 할 참이냐?"

임해군이 악을 썼다. 본디 약간 포악한 성질로 알려져 있는데다가 왜군에게 쫓기는 정신적인 압박감으로 분노가 머리끝까지 치밀어 있는 그였다.

하지만 국경인은 전혀 개의치 않고 도리어 능글능글한 웃음기까지 실실 뿌려 가면서 성깔을 돋우듯 되물었다.

"일본 장수 가토 기요마사라고 들어 보았소?"

"왜놈 장수 가토……."

순화군이 신음하듯 말했다. 그 역시 사간원과 사헌부의 탄핵을 받고 순화군의 군호까지 박탈당할 정도로 제멋대로 놀았다고 하는데, 지금은 어쩔 수 없이 날개 꺾인 독수리 형상이었다. 똑같이 백성들의 원성을 샀다는 두 사람은 질린 얼굴로 말했다.

"그, 그럼 우리를 왜놈에게 넘길 셈이더란 말이냐?"

"우리가 누군 줄이나 알고 이러느냐? 후환이 두렵지 않으냐?"

하지만 국경인은 들은 체도 하지 않고 매몰차게 등을 돌려세웠다. 왕자들은 가등청정의 포로가 되어 안변으로 호송되고, 국경인은 판형사제북로에 임명되어 회령을 다스리게 되었다.

그러나 하늘은 무심치 않았다. 조국을 배신하고 온갖 횡포를 자행하던 국경인, 그는 가등청정 퇴각 후 북평사 정문부의 격문을 받은 회령 유생 신세준과 오윤적 등에게 붙잡혀 참살되었던 것이다.

옥봉리 말티고개 근처에 있는 어느 대장간 앞이었다.

그 안에는 불 피울 때 바람을 일으키는 풀무와, 숯불을 담아 놓은 화로, 무쇠를 불려서 만든 쇠붙이 등속이 보였다. 모루와 메, 집게, 망치 등의 연장도 있었다.

그런데 그곳에 참혹한 장면이 펼쳐져 있었다. 발이 꽁꽁 묶인 말이 땅바닥에 그대로 쓰러져 있었다. 모가지를 길게 빼고 너무나 아픈 표정을 짓는 그 말을 차마 똑바로 볼 수가 없었다. 보묵 스님이 혀를 찼다. 술명이 자세히 보니 낯빛이 검붉은 대장장이 둘이 말굽에 징을 박고 있는 중인데, 말의 고통 따윈 안중에도 없다는 듯 심드렁한 얼굴이 참으로 잔인해 보였다.

'대장장이 집에 식칼이 놀고, 미장이 집에 구들장 빠진 게 삼 년 간다더니…….'

술명은 당장 징과 관련된 그 악몽이 떠오르면서 대패로 깎아내리는 듯 마음이 아팠다. 이 나라는 언제 어디서 누구를 만나 봐도 인정이 흘러넘치고 착해 빠진 사람들이었는데, 어쩌다가 꼭 있어야 할 조상 대대로의 그런 미덕이 사라져 버린 이런 지경에 이르렀는지 한숨이 터져 나왔다. 결국 그 시절은 조선 강토가 왜놈들 말발굽에 짓밟혀 그만큼 조선인들의 인간성이 메말라 버렸다는 증거였다.

'우리 백성들뿐만 아니라 우리 말들도 불행한 시대를 타고 태어났구나. 대체 책임져야 할 사람은 누구인가?'

어쩌면 군마(軍馬)로 끌려갈지도 모를 말이었다. 총칼이나 화살에 맞아 비명을 올리며 참혹한 모습으로 숨이 끊어져 가고 있는 그 말의 모습이 보이는 듯하여 술명은 가슴이 먹먹하기만 했다. 그런 술명은 거기 대장간 물건이 장차 아들 조운의 일에 그렇게 큰 도움을 주리라곤 전혀 내다보지 못했다.

"아드님은 포기하지 않고 있겠지요?"

서둘러 대장간 앞을 떠나 몇 걸음 걸어가던 보묵 스님이 뜬금없이 물은 말이었다.

"예? 예……."

술명은 자기 가슴에 징이 박히는 느낌이었다. 신의 가죽 창이나 말굽, 쇠굽 등에 박는, 대가리가 넓고 크며 길이는 짧은 그 대못이, 요즘 들어 그의 꿈속에서도 아들 조운과 함께 곧잘 보이곤 하였다.

끝없이 펼쳐진 좁고 가파른 길을 조운이 걸어가고 있었다. 그런데 아무리 꿈이라지만 하늘도 산도 그리고 조운이 밟고 가는 길도 그렇게 하나같이 검은 빛일 수 있을까? 한데, 그런 가운데 신기한 것은, 조운의 몸만은 온통 새하얀 빛으로 에워싸여 있다는 사실이었다. 전체적으로 검은 바탕 때문에 그 흰빛은 한층 눈부시고 돋보였다.

술명이 그만 기겁을 한 것은 어렵게 겨우 한걸음 한걸음 내딛고 있던 조운이 갑자기 두 손으로 발을 감싸 쥐면서 내지르는 비명 소리를 듣고서였다. 그는 놀란 눈으로 보았다. 조운의 발바닥에 박혀 있는 커다란 징을. 더욱 두렵고 무서운 일은, 그런 징들이 하나 둘도 아니고 조운이 걸어가는 검은 길바닥 위에 까맣게 널려 있다는 사실이었다.

저 징들은 조운이를 방해하려는 악귀들이 던져 놓은 것들이 틀림없어. 술명은 그것들을 치워 버리기 위해 달려가려고 했지만 눈에 보이지 않는 어떤 밧줄에 묶인 듯 옴짝달싹할 수도 없어 조운을 향해 애타게 울부짖기만 하였다.

"세상 새들이 날기를 그만두지 않는 한 아드님도……."

"운명인지라……."

보묵 스님 말에 그렇게 응하는 술명은, 남강 하류 뒤벼리 쪽에 있는, 이전부터 돼지를 많이 키운다고 해서 '돝골(猪洞, 저동)'이라고 이름 붙여진 곳으로 가는 도중이었다. 그러다가 마침 그 고을 공동묘지가 있는 선학산 쪽에서 내려오는 보묵 스님과 우연히 마주쳤던 것이다. 왜군들과 조선군들 시체가 쌓여 간다는 끔찍한 소문이 들려올 때마다 어김없이 떠오르곤 하는 공동묘지였다.

"아, 보묵 스님! 여긴 어쩐 일이십니까?"

"지인이 죽었어요. 그래 부처님께 잘 이끌어 주십사고 기도를 드리고 오는 길이지요."

그 말끝에 보묵 스님이 어두운 표정으로 말했다.

"지금 왜놈들 횡포가 심하다니 부디 몸조심들 하십시오."

가랑잎 굴러가는 듯한 그 음성은 여전했다.

"고맙습니다. 인간의 기본도 모르는 것들이니 스님께서도……."

술명의 진심어린 말을 듣고 좌우를 둘러보며 보묵 스님이 또 한 번 굳은 목소리로,

"아드님이 어서 그 일을 이루어 내야 할 터인데……."

"그러잖아도 큰 걱정입니다. 스님께서 오래전에 예언하신 대로 나라가 위기에 빠지고 말았는데, 나라를 건질 귀인을 구할 운명을 지니고 태어난 제 자식놈이, 아직도 하늘이 내리신 소명을 해내지 못하고 있으니……."

언제 그곳에도 왜군이 들어올지 모르는 그런 판국인데도 낮술에 취한 이들이 큰소리를 지르며 옆을 지나가고 있었다. 너무 서두르지 마십시오. 보묵 스님은 조금 전 자기가 내려온 말티고개 쪽을 올려다보았다. 소장수나 말장수가 소나 말을 팔고 가다가 쉬어 가기도 하는 커다란 정자나무가 서 있고, 큰 고개 곳곳에는 술꾼들을 유혹하는 주막들이 즐비하였다. 보묵 스님 시선을 좇아가던 술명의 머릿속에 문득 불쌍하게 죽은 나막신쟁이 이야기가 자리 잡았다.

그 고장에만 있는 날, 나막신쟁이날(나막신장이의 날). 섣달 스무이튿날, 한 해의 마지막 장날. 소설, 대설, 소한, 대한, 다 지났는데도 항상 모질게도 춥기만한 날이다. 거기 말티고개 언덕바지에 살던 착한 나막신쟁이를 죽게 한 것은 가난이었다.

그날도 진주 장터에 나막신을 팔러 나갔다가 돈도 벌지 못한 채 집

으로 돌아오는 길에, 진주성 안에 사는 어떤 부자가 죄를 지어 관가에서 곤장을 맞아야 하는데 돈을 받고 자기 대신 맞아 줄 사람을 구한다는 이야기를 듣게 되었다. 그리하여 부자를 찾아가 돈 석 냥을 받은 나막신쟁이는 곤장 서른 대를 맞아 혼절, 가까스로 정신을 차려 집으로 갈 거라고 말티고개를 넘어오다가 쓰러지고 말았고, 다음 날 가족들에 의해 언 손에 돈 석 냥을 쥔 싸늘한 시체로 발견되었다. 그가 죽은 후로 그날만 되면 이상하게 모진 바람이 불고 날씨가 추웠으며, 진주 사람들은 그날을 나막신쟁이날이라고 부르게 되었다.

나막신쟁이날과 함께 전쟁으로 인해 너나없이 그 나막신쟁이처럼 겪어야 할 저주와 고통의 가난을 떠올리고 있는 술명의 정신을 되돌린 것은, 그때 막 들려온 보묵 스님의 이런 말이었다.

"오르막이 있으면 내리막도 있는 법입니다. 사람에게 언제나 오르막만 있으면 살 수가 없지요. 그러니 아드님한테도……."

"그렇게만 된다면야 더 이상 바랄 게 없겠지만, 저희가 지금까지 옆에서 지켜본 바로는 아무래도……."

"자고로 필요할 때에 성공은 따라온다고 했습니다. 이제 나라를 위기에서 구해야 할 때가 왔으니, 그 일도 성공할 수가 있을 것입니다."

그곳에서 남쪽 하늘 위로 흰 구름 몇 개가 두둥실 떠 있는 게 보였다. 술명은 저 속에 조운이가 띄워 올린 비행기구가 섞여 있으면 얼마나 좋을까 생각했다. 어떤 면에서는 술명과 박씨 부부를 더 힘들게 하는 사람이 조운보다도 둘님이었다. 도원이란 그 광녀로 인해 지금 아들과 며느리 사이가 어떤 상태인지를 누구보다도 잘 알고 있는 그들이기에 하루하루가 지옥의 연속이었다. 사돈 김학노와 정씨가 딸의 마음을 돌리려고 무진 애를 쓰고, 도원의 오라버니와 어머니가 그들 부부나 조운을 보면 어쩔 줄 몰라 하지만, 광녀가 조운만 보면 광기를 나타내는 그 짓을 멈추지 않는 한 아무 소용없는 일이었다. 보묵 스님이 선학산을 떠받치고 있는 뒤벼리를 가리키며 말했다.

"저 벼랑을 보십시오. 참으로 꿋꿋해 보이지 않습니까? 자랑스러운 아드님입니다. 좀 더 기다려 봅시다. 반드시 이루어 낼 것입니다."

그 말을 듣기라도 한 것일까. 때마침 선학산 능선 쪽에서 푸른 남강을 향해 흰새 한 마리가 크게 날갯짓을 하며 내려오고 있었다.

"저 새의 날개를 보십시오. 사람도 저런 날개가 달린 기구를 타고 하늘을 나는 일이니 그게 어디 수월한 노릇이겠습니까?"

그 순간의 보묵 스님 음성은 연지사의 종소리를 닮아 있었다. 술명은 보묵 스님의 설명을 들어 가며 아내와 함께 보았던 연지사종을 잊을 수 없었다. 구름 위에 앉아 천의를 날리며 두 팔을 벌린 채 장구를 치고 있는 비천상하며, 신라 금속예술의 최고의 걸작인 그 종의 몸에 새겨져 있는 소중한 명문(銘文)들······.

청주태수 김헌창의 난과 흉년으로 말미암은 굶주림에 돌아선 민심을 되돌리고, 그 고을 백성들의 평안과 태평을 기원하기 위해 만들어진, 신라 3대 범종 중의 하나인 연지사종. 허공에 퍼지는 그 종소리의 메아리를 타고 조운이 만든 '나는 수레'가 높이 날아오르는 광경을 꿈꿔 온 지가 대체 몇몇 해인가?

"가정도 엉망이지만 건강도 너무 좋지 못해서······."

술명은 목이 메어 말을 잇지 못했다. 몸을 혹사한 조운은 비쩍 마른 대나무 같았다. 특히 그의 두 손은 온통 상처투성이여서 차마 볼 수가 없을 지경이었다.

"제 자식놈 운명이 원망스럽습니다, 스님."

급기야 술명의 입에서는 그런 절망과 한탄의 소리까지 나왔다. 순간, 지금까지 온후해 보이던 보묵 스님이 홀연 다른 사람처럼 변했다.

"무슨 그런 말씀을?"

"……!"

술명의 가슴이 뜨끔했다.

"부처님께서 들으면 진노하실 것입니다."

절간 사천왕상같이 무서운 얼굴이었다. 술명의 고개가 부러진 수숫대처럼 팍 꺾였다. 보묵 스님은 잠시 말이 없었다. 그 대신 입속으로 열심히 염불을 외는 듯했다. 독실한 불제자인 그도 마음을 추스르기가 쉽지 않은 것일까? 태양 아래 훤히 드러나 보이는 그의 얼굴에 깊이 팬 주름이 똑똑히 보였다. 잠시 후 그가 입을 열었다.

"저잣거리에 있는 객줏집에 가는 길인데, 혹시 바쁘지 않으면 저와 동행해 주실 수 있겠습니까?"

"바쁘지는 않습니다만……."

술명은 그만 어리둥절한 표정이 되었다. 나그네들에게 술이나 음식을 팔고 손님에게 잠자리를 제공하는 영업을 하는 집에 같이 가자니?

"사람이 길을 가면, 중도 보고 소도 본다고 했지요."

보묵 스님은 왠지 비밀스럽게 느껴지는 목소리로,

"빈승이 보여 드릴 게 있어서요."

"그, 그러겠습니다."

조운은 보묵 스님 부탁이라면 아직은 누구에게도 공개하기 싫어하는 그 미완성의 비행기구를 보여 주지 않을까 하는 생각을 술명은 했다. 조운은 부모에게도 그 '비차'라는 것을 보이길 꺼려했다. 그러나 술명은 볼 수 있었다. 참담하게 망가진 비차의 잔해들을. 그 앞에서 분노하고

절규하는 아들 모습을. 보묵 스님이 발을 떼 놓으면서,

"이 나라 백성이면 누구나 보아야 할 것입니다."

두 사람은 모래밭이 넓게 펼쳐져 있는 남강을 옆구리에 끼고 나란히 걸어갔다. 조금 아까 선학산 쪽에서 날아온 그 새일까? 유난히 새하얀 몸빛을 한 새가 푸른 물가에 앉아 긴 목을 숙인 채 강 속을 들여다보고 있었다. 작은 움직임도 느껴지지 않는 새는 나무나 돌로 만든 조형물처럼 비쳤다.

그것은 동네 뒤편 분지에 감옥살이하듯 갇혀 오로지 비차 제작에만 몰두하는 조운의 모습을 연상시켰다. 술명의 눈앞에서 그 새가 점점 비차로 변해 가기 시작했다. 투명하게 드러나 보이는 새의 뼈대는 대나무 몸체로, 펼친 듯 접힌 새의 날개는 무명천과 화선지 날개로, 검은 새의 다리는 소나무 바퀴로, 작고 둥근 새의 머리는 솜뭉치로…….

'저놈이 왜 빨리 날지 않고 있는 거야?'

술명은 영원히 날지 않을 것처럼 강가에 웅크리고 있는 그 새를 향해 내심 욕설과 저주를 퍼붓다가 나중에는 빌다시피 했다.

'제발 어서 날아다오, 새야. 네가 날지 않으면…….'

그래도 그 새는 날기를 포기해 버린 것처럼 움직이지 않았다. 그러자 그 순간에는 아니 할 말로, 나는 새를 쏘아 맞혀 떨어뜨린다는 왜놈들 조총이란 게 있으면 당장 그놈을 향해 총알을 발사하고 싶은 술명의 심정이었다.

'내가 광녀 도원이같이 미쳤다. 우리 조선 사람들에게 왜놈들 조총이 어떤 것인데, 이런 천벌을 받을 생각을……?'

고을 중앙통이 가까워질수록 사람과 우마차 등이 많이 나타났다. 굵은 철사로 둥글게 만든 굴렁쇠를 굴려 가며 노는 철부지 아이들도 있었

지만 사람들 얼굴에는 하나같이 난리를 걱정하는 기색이 역력했다. 정신 없이 걸어가면서도 연방 이곳저곳으로 눈을 돌렸다. 언제 갑자기 왜구가 그곳까지 쳐들어올지 어느 누구도 장담할 수 없는 긴박한 상황이었다. 살벌한 공기가 온 고을을 무겁게 짓누르고 있었다.

"자, 다 왔습니다."

보묵 스님 말에 술명은 정신이 들었다. 비차로 변한 새는 어디에도 보이지 않았다. 그는 속으로 기도하듯 했다.

'아, 비차가 날아간 걸까? 정말이지 다시는 추락하면 안 되는데 어떡하나?'

술명은 객줏집을 달리 보게 되었다. 여각이라고도 하는 객줏집은 예상한 것보다 훨씬 규모가 컸다. 인구가 불어나고 상업이 갈수록 힘을 씀에 따라, 객줏집 또한 봄비에 쑥부쟁이 돋아나듯 무섭게 성장하는 것인지도 몰랐다.

그런 생각 끝에, 장사 경험도 없고 농사일에도 서툴고 관직에 나아갈 신분도 못 되고, 단지 하고 있는, 할 수 있는 일이라고는, '나는 수레' 만드는 게 유일한 조운을 떠올리니 술명의 가슴은 먹먹하기만 하였다. 만약 영원히 비차를 만들지 못한다면 조운의 인생은 영원한 실패작으로 전락할 도리밖에 없을 것이다.

'아아, 미리부터 새의 운수로 태어날 운명이었다면 사람이 아니고 차라리 완전히 새로 태어났더라면 더 좋았으련만.'

술명이 거기 문간에서 맞닥뜨린 사내는 그러잖아도 위축된 그의 가슴을 한층 졸아붙게 했다. 양반집 수청방에 있으면서 여러 가지 잡일을 맡아보는 청지기를 연상케 하는 그 사내는 인상부터가 사람을 위압했다. 턱과 이마는 툭 불거져 나오고 코 부근은 움푹 들어간 얼굴이 험상궂기 그지없었다.

'객줏집 칼도마 같다고 하더니, 객줏집 사내라서 그런 것인가? 진짜 무섭게도 생겼네. 악랄한 왜놈들도 보면 덜덜 떨겠다.'

아직은 건장하고 기운도 센 술명이지만 주눅부터 들었다. 조운이 상돌이란 백정과 함께 충청도 노성에 살고 있는 윤달규라는 사람을 찾아가던 길에 만났다는 산적 두목도 어쩌면 저렇게 생겼을지 모르겠다는 생각도 들었다. 비차라는 이름과 비차의 배를 두드리면 날아오를 수 있을 것이라고 말해 주었다던 윤달규도 그렇지만, 목숨을 살려 준 정백이라는 그 산적 두목도 여간 고맙지가 않았다.

그런데 객줏집 사내는 생김새와는 달리 퍽 온순하고 친절했다. 보묵 스님과는 구면인 듯 사내는 아주 공손히 그들을 맞았다. 그곳에는 방이 많았는데, 보묵 스님은 술명을 그중 한 방에 있게 하고는, 자신은 그 옆 방으로 들어갔다. 술명은 이유도 모른 채 혼자 방 안에 앉아 기다렸다. 웬일인지 보묵 스님은 술명에게 어떤 귀띔도 해 주지 않았다.

방 밖에서는 계속해서 떠들썩한 소리들이 들려오고 있었다. 난리 중에도 생업은 멈출 수 없는 법이긴 했다. 하지만 언제 갑자기 병사가 되어 왜군과 싸워야 할지 모른다. 어쩌면 왜적의 포로가 되어 같은 동포를 향해 총탄을 날려야 할 처지가 될 수도 있었다. 그만큼 그 시대는 모든 게 불투명해 보였다.

문틈으로 내다보이는 넓은 마당에는 온갖 상인들이 드나들고 있었다. 조용히 농사를 짓는 술명으로선 마치 다른 세계에 온 듯 그 모든 게 신기해 보였다.

'어? 곡류를 가지고 온 장사치도 있네!'

뿐만이 아니었다. 담배라든지 쇠가죽 따위를 든 사람들도 있었다. 과연 상인의 물건을 위탁 받아 팔거나 매매를 거간하며, 또 그 상인들을 치르는 영업을 하는 곳답게 활기가 넘쳐나는 곳이었다. 문득, 물건 만드는 재주가 뛰어난 조운은, 비차가 완성되고 나면 생업을 위해 장인바치의 길로 나가야 하지 않을까 하는 생각이 그의 뇌리를 쳤다.

그러나 술명은 모르고 있었다. 보묵 스님이 들어간 방에서 그때 무슨 일이 벌어지고 있는가는. 거기는 방문도 굳게 닫혀 있었고, 또한 어떤 작은 소리도 새나오지 않았다. 벽에 대고 잔뜩 귀를 기울여 보았지만 아무 말도 들을 수가 없었다. 그는 점점 궁금증이 솟아났고 나중에는 불안감에 휩싸였다.

그 안에서는 세상이 모를 뭔가가 이뤄지고 있는 것 같은 불투명한 느낌과 함께, 조운의 비밀 작업장인 동네 뒤쪽 분지가 되살아났다. 조운은 지금 이 순간에도 비차에 생명을 불어넣기 위해 안간힘을 다하고 있을 것이다. 망가진 비차를 앞에 놓고 머리칼을 쥐어뜯으며 피눈물을 내쏟고 있을지도 모른다. 지지리도 복도 없는 불쌍한 놈. 어쩌다가 새의 운수를 타고 태어나 그런 고통을 겪으며 살아가야 하는지.

술명이 거기 객줏집 마당으로부터 전해지는 이상한 공기를 느낀 것은 그때였다. 뭔가 어수선하고 안정되지 못한 분위기였다. 그가 고개를 갸웃거리고 있는데 별안간 방문 밖에서 웬 젊은 여자 목소리가 크게 들리고 곧이어 사람들이 웅성거리는 소리가 났다. 그는 반사적으로 문틈에 얼굴을 갖다 댔다가 자칫 비명을 지를 뻔했다.

'헉! 저 처녀가……?'

뜻밖에도 그와 같은 동네에 사는 저 광녀가 있었던 것이다. 그녀가 어떻게 객줏집 마당까지 들어왔는지는 모르지만 분명히 노처녀 도원이다. 그런데 보다 술명을 경악케 한 것은 그때 광녀가 하고 있는 짓거리였다.

지금까지 그가 보아 온 것과는 전혀 다른.

그 귀한 솜을 어디서 구한 걸까. 광녀는 왼손에 하얀 솜뭉치를 들고 오른손으로 솜털을 하나씩 뽑아 입으로 '후' 불어서 공중으로 날려 보내고 있는 것이다. 그러면서 어깨춤을 덩실덩실 추는 동시에 이런 소리를 내지르는 것이다.

> 난다 난다 비, 비차
> 진주성에 가 보자
> 비차 비차 비차다
> 진주성에 가 보자

방 안에 앉아서 그 광경을 내다보고 있는 술명은 물론, 다른 방이나 마당 등에 있던 사람들도 그 희한한 장면에 크나큰 호기심과 흥미를 느끼는 것 같았다. 술명 귀에 이런 왁자지껄한 소리들이 들려왔다.

"비차가 뭐지?"

"난다고 하니까, 새나 나비 같은 거 아닐까?"

"진주성에 가면 그게 있는 모양이야."

그런 가운데 이런 이야기들도 섞여 나와 술명을 바짝 긴장시켰다.

"그런데 왠지 좀 이상하잖아?"

"뭐가?"

"저 처녀, 하는 짓거리도 그렇고, 차림새도······."

"맞아. 내가 보기에도 그래. 정상이 아냐."

"그럼 미친······?"

"바로 그거야. 돌아버린 여자라고, 돈 여자."

그다음부터는 뒤죽박죽이었다. 여기저기서 웃음이 터지고 욕설도 흘러나오고 혀를 차는가 하면, 못 볼 꼴을 봐서 재수 없다느니 오늘 장사 다 망쳤다느니 별의별 소리들이 난무하였다.

그러나 술명은 달랐다. 그는 광녀가 공중으로 날려 보내는 무수한 솜털을 통해 비차를 보고 있었다. 그 솜털 수만큼의 비차. 처음에는 솜을 재료로 한 비차 머리 부분처럼 보이다가, 점차 몸통과 날개, 바퀴 등이 모두 갖춰진 하나의 완성된 비차로 변해 갔다.

술명은 가슴이 터질 것 같았다. 수십 개의 비차들이 그곳 객줏집 마당 위를 날아오르고 있는 것이다. 드디어 비상에 성공한 비차—그것은 광녀가 날린 솜털이 아니라 조운이 날린 비차가 되어 술명을 감격과 환희로 몰아넣었다. 아아, 얼마나 기다리고 기다리던 이 순간이란 말인가. 그런 속에 광녀의 노래가 또 나왔다.

난다 난다 비, 비차. 진주성에 가 보자. 비차 비차 비차다. 진주성에 가 보자…….

그러나 그 노래가 끝이었다. 그 소란이 벌어지자 누가 불러왔는지 아니면 스스로 듣고 달려온 건지는 모르나 객줏집 사내가 그 모습을 드러낸 것이다.

"이게 어떻게 또 안으로 들어왔지? 내가 쭉 문간에서 지키고 있었는데……."

객줏집 사내가 혼잣말같이 하는 그 소리를 들은 술명은 곧 깨달았다. 광녀는 그전에도 그곳에로의 출입이 잦았다는 사실을. 술명은 가슴을 졸였다. 거구인 객줏집 사내의 주먹이나 발길질 한 방이면 광녀는 뼈도 추리지 못할 것이었다. 그런데 그나마 다행인 게, 그는 술명이 처음에 느낀 대로 사람 좋은 태도를 보였다.

"어서 나가지 못해? 맞고 싶은 거야?"

객줏집 사내는 그렇게 입으로만 을러댈 뿐 폭력을 행사할 것 같지는 않았다. 어쩌면 그는 미쳐 버린 그녀를 가련하게 생각하고 있는지도 몰랐다.

그런데 정작 문제는 도원 처녀였다. 순순히 말을 들을 모습이 아니었다. 그녀는 객줏집 사내의 말은 들은 척도 하지 않고 제가 하던 짓을 계속하는 것이다. 그러다 보니 솜털 몇 개는 그녀 가까이 서 있는 객줏집 사내 얼굴과 어깨에 들러붙기까지 하였다.

"안 되겠군. 그냥 곱게 돌려보내 주려고 했는데……."

급기야 화가 치민 객줏집 사내가 솥뚜껑만한 손으로 우악스럽게 가녀린 광녀 허리를 움켜쥐었다. 술명이 조마조마한 눈으로 지켜보기에 사내가 손아귀에 조금만 힘을 주면 광녀 허리는 그대로 부러지고 말 것 같았다. 하지만 광녀는 사내에게 허리를 틀어 잡힌 채로 솜털을 뽑아 공중으로 날려 보내는 짓을 멈추지 않았다. 심지어 입으로는 그 노래를 부르면서.

객줏집 사내가 주먹으로 광녀 입을 콱 틀어막았다. 광녀가 사내 손을 떼 내려고 버둥거렸지만 어림없었다. 광녀는 문간 쪽으로 질질 끌려갈 수밖에 없을 것이다.

장사꾼들 웃음소리가 객줏집을 크게 울렸다. 그들 중에는 너무나 재미있다는 듯 얼굴이 벌겋게 되어 손뼉까지 쳐대는 자도 있었다. 술명은 가슴이 칼로 저미듯 아팠다. 조운을 죽자꾸나 하고 쫓아다니는 여자였다. 더욱이 조운의 평생의 꿈인 비차가 나는 노래까지 부르고 있는 것이다. 그 노래를 들으면 술명 자신도 용기가 날 정도이니 조운에게는 한층 큰 힘이 되어 주지 않겠는가.

그런데 미친 사람은 기운이 세다더니 광녀가 그러했다. 단숨에 끌려 나갈 줄 알았는데 그게 아니었다. 태산이라도 무너뜨릴 것 같은 객줏집 사내의 완력이 광녀에게는 제대로 먹혀들지 못했다. 그건 눈앞에서 빤히 보면서도 실로 믿기지 않는 일이었다. 팽팽하게 맞선다고까지는 할 수 없을지 몰라도 광녀가 버티는 바람에 객줏집 사내는 많은 사람들 앞에서 난감한 꼴이 되고 말았다. 체구가 그다지 크지도 않은 여자 하나를 제대로 다루지 못하고 있는 것이다.

"내가 도와주지."

"나도."

옆에서 처음부터 끝까지 구경하고 있던 장사치 몇이 그렇게 말하며 발버둥치고 있는 광녀에게 달려들었다. 참으로 꼴불견이 아닐 수 없었다. 여자 하나를 두고 덩치 큰 사내들 여럿이 그 행태라니. 그런데 나중에 나선 사내들 속셈이 이내 드러났다.

술명은 당장 마당으로 달려가 광녀를 붙들고 있는 사내들 뺨이라도 후려치고 싶은 걸 간신히 참았다. 그자들 손이 광녀 젖가슴과 허벅지를 더듬고 있었다. 객줏집 사내를 도와 소란을 피우는 광녀를 밖으로 끌어내주는 척하면서 사실은 그녀 몸을 만지려는 엉큼한 속내들이었던 것이다. 치한들의 그 짓거리는 술명의 속을 울컥거리게 했다.

"놔! 놔! 이거 놔란 말이야!"

광녀가 악을 써댔다. 하지만 속수무책이었다. 그녀는 허리와 젖가슴과 허벅지를 잡힌 채 짐짝처럼 끌려갔다. 그런 그녀의 몸은 그녀가 조금 전까지 입김을 불어 공중으로 날리던 솜털보다도 더 가벼워 보였다. 게다가 술명의 가슴을 가일층 아프게 깎아내리는 것은, 그 와중에도 그녀는 손에 쥐고 있는 솜뭉치를 끝까지 움켜쥐고 있다는 사실이었다. 그것은 공중에서 추락하지 않으려고 안간힘을 다하는 비차를 연상케 했다.

술명은 마지막 광경까지 지켜보지 못하고 방문에서 떨어져 나왔다. 그리고는 방바닥에 퍼질고 앉은 채 가쁜 숨을 몰아쉬었다. 스스로 생각해 봐도 내가 미쳤지 싶으면서도, 그의 눈에 지금 당하고 있는 광녀의 몸 위로 조운의 모습이 겹쳐 보이기까지 하는 것이다. 그랬다. 집단 폭행에 시달리고 있는 아들이었다. 지금 조운이 하고 있는 일을 알면 세상 사람들은 광녀보다도 더 조운을 미치광이로 보게 될 것이었다. 정신병자들을 수용하고 있는 곳이 있다면 조운을 그곳에 감금해 버리는지도 몰랐다.

그리하여 그 망상을 떨쳐 버리기 위해 세차게 머리를 흔들어 대던 그는 그만 심장이 무너져 내리는 소리를 들었다. 광녀가 여러 사내들 손에 의해 밖으로 끌려 나가면서 발악하듯 불러대는 노랫소리가 거기 객줏집 안을 왕왕 울려 댔던 것이다.

> 난다 난다 비, 비차
> 진주성에 가 보자
> 비차 비차 비차다
> 진주성에 가 보자

— 2권에 계속

* 비차(비거)가 나오는 기록들

신경준(申景濬, 1712~1781) 『여암전서(旅菴全書)』차제책(車制策)
이규경(李圭景, 1788~1863) 『오주연문장전산고(五洲衍文長箋散稿)』 비차변증설(飛車辨證說)
권덕규(權悳奎, 1890~1950) 『조선어문경위(朝鮮語文經緯)』 조선시대발명품(朝鮮時代發明品) 광문사(廣文社), 192
일본 역사서